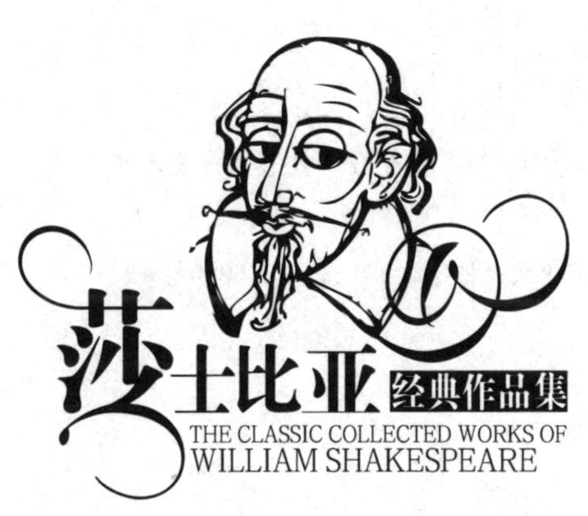

威尼斯商人

【英】莎士比亚　著
朱生豪　编译

图书在版编目（C I P）数据

威尼斯商人 / （英）莎士比亚著；朱生豪编译. --
北京 : 知识出版社，2016.1
（莎士比亚经典作品集）
ISBN 978-7-5015-8924-1

Ⅰ. ①威… Ⅱ. ①莎… ②朱… Ⅲ. ①喜剧－剧本－
英国－中世纪 Ⅳ. ①I561.33

中国版本图书馆CIP数据核字（2015）第315060号

威尼斯商人 【英】莎士比亚 著 朱生豪 编译

出 版 人 姜钦云
策划制作 北京和平雅华文化传播有限公司 和平雅华 HE PING YA HUA
责任编辑 朱金叶
装帧设计 罗俊南
出版发行 知识出版社
地 址 北京市西城区阜成门北大街17号
邮 编 100037
电 话 010-88390659
印 刷 金世嘉元(唐山)印务有限公司
开 本 710mm×1000mm 1/16
印 张 17.5
字 数 286千字
版 次 2016年1月第1版
印 次 2025年5月第3次印刷
书 号 ISBN 978-7-5015-8924-1
定 价 68.00元

出版说明

威廉·莎士比亚（William Shakespeare，1564—1616），英国文艺复兴时期伟大的剧作家、诗人，西方文艺史上最杰出的作家之一，全世界最卓越的文学家之一。他流传下来的作品包括 37 部戏剧、154 首十四行诗、2 首长篇叙事诗和其他诗歌。他的戏剧被翻译成所有现在使用着的主要语言，并且表演次数远远超过其他任何戏剧家。马克思将他和古希腊的埃斯库罗斯并称为“人类最伟大的戏剧天才”。

莎士比亚的作品从 20 世纪初首次出现在中国戏剧舞台上开始，就成为中国人心目中的戏剧经典。后来，在胡适的组织下，众多翻译家们，如梁实秋、闻一多、徐志摩等人一起翻译了莎士比亚戏剧全集。在此期间，取得翻译成就最大的是朱生豪。

朱生豪（1912—1944），著名的莎士比亚戏剧翻译家、诗人，浙江嘉兴人。曾就读于杭州之江大学中国文学系和英文系。1933 年毕业后在上海世界书局任英文编辑。他从 24 岁起，以宏大的气魄、坚韧的毅力，经数年呕心沥血，译稿 3 次被毁，翻译出版了《莎士比亚戏剧全集》，共 31 部剧。他打破了英国牛津版按写作年代编排的次序，将莎剧分为喜剧、悲剧、史剧、杂剧 4 类，自成体系，从而更加方便中国读者阅读。迄今，他所译的《莎士比亚戏剧全集》是中国莎士比亚翻译作品中最完整的、质量较好的译本。唯一遗憾的是，朱生豪未能完成莎士比亚全部作品的翻译。

本套“莎士比亚经典作品集”以 1947 年世界书局出版的朱生豪译本为底本，分 8 卷对其进行编辑整理，共收录了包括莎士比亚四大喜剧、四大悲剧在内的 31 部经典作品。编辑过程中，编者仅对个别字词、标点符号及原稿中的剧名、人名、地名进行修正，最大限度地保持了朱生豪译本的原貌。如有不当之处，敬请读者朋友指正。

编　者

THE MERCHANT OF VENICE

译者自序

于世界文学史中，足以笼罩一世，凌越千古，卓然为词坛之宗匠，诗人之冠冕者，其唯希腊之荷马，意大利之但丁，英之莎士比亚，德之歌德乎。此四子者，各于其不同之时代及环境中，发为不朽之歌声。然荷马史诗中之英雄，既与吾人之现实生活相去过远，但丁之天堂地狱，复与近代思想诸多抵牾；歌德去吾人较近，彼实为近代精神之卓越的代表。然以超脱时空限制一点而论，则莎士比亚之成就，实远在三子之上。盖莎翁笔下之人物，虽多为古代之贵族阶级，然彼所发掘者，实为古今中外贵贱贫富人人所同具之人性。故虽经三百余年以后，不仅其书为全世界文学之士所耽读，其剧本且在各国舞台与银幕上历久搬演而弗衰，盖由其作品中具有永久性与普遍性，故能深入人心如此耳。

中国读者闻莎翁大名已久，文坛知名之士，亦尝将其作品译出多种，然历观坊间各译本，失之于粗疏草率者尚少，失之于拘泥生硬者实繁有徒。拘泥字句之结果，不仅原作神味荡焉无存，甚且艰深晦涩，有若天书，令人不能卒读，此则译者之过，莎翁不能任其咎者也。

余笃嗜莎剧，尝首尾研诵全集至十余遍，于原作精神，自觉颇有会心。廿四年春，得前辈同事詹文浒先生之鼓励，始着手为翻译全集之尝试。越年战事发生，历年来辛苦搜集之各种莎集版本，及诸家注释考证批评之书，不下一二百册，悉数毁于炮火，仓促中唯携出牛津版全集一册，及译稿数本而已，厥后转辗流徙，为生活而奔波，更无暇晷，以续未竟之志。及三十一年春，目睹世变日亟，闭户家居，摈绝外务，始得专心一志，致力译事。虽贫穷疾病，交相煎迫，而埋头伏案，握管不辍。凡前后历十年而全稿完成（按译者撰此文时，原拟在半年后可以译竟。讵意体力不支，厥功未就，而因病重辍笔），夫以译莎工作之艰巨，十年之功，不可云久，然毕生精力，殆已尽注于兹矣。

余译此书之宗旨，第一在求于最大可能之范围内，保持原作之神韵，必不得已而求其次，亦必以明白晓畅之字句，忠实传达原文之意趣；而于逐字逐句对照式之硬译，则未敢赞同。凡遇原文中与中国语法不合之处，往往再四咀嚼，不惜全部更易原文之结构，务使作者之命意豁然呈露，不为晦涩之字句所掩蔽。每译一段竟，必先自拟为读者，察阅译文中有无暧昧不明之处。又必自拟为舞台上之演员，审辨语调之是否顺口，音节之是否调和，一字一句之未惬，往往苦思累日。然才力所限，未能尽符思想，乡居僻陋，既无参考之书籍，又鲜质疑之师友。谬误之处，自知不免。所望海内学人，惠予纠正，幸甚幸甚！

原文全集在编次方面，不甚惬当，兹特依据各剧性质，分为喜剧、悲剧、杂剧、史剧四辑，每辑各自成一系统。读者循是以求，不难获见莎翁作品之全貌。昔卡莱尔尝云：“吾人宁失百印度，不愿失一莎士比亚。”夫莎士比亚为世界的诗人，固非一国所独占；倘因此集之出版，使此大诗人之作品，得以普及中国读者之间，则译者之劳力，庶几不为虚掷矣。知我罪我，唯在读者。

生豪书于三十三年四月

目录 Contents

THE TWO GENTLEMEN OF VERONA
维洛那二绅士

真正的爱情是不能用言辞表达的，行为才是忠心的最好说明。

导 读

《维洛那二绅士》是莎士比亚的早期喜剧作品，创作于文艺复兴期间。

该剧本是莎士比亚第一部以爱情和友谊为主题的浪漫喜剧，以两个朋友在爱情上的波折为主要情节。剧中凡伦丁为正面人物，行为高尚，爱情专一，被放逐做了绿林强盗首领，但仍不失绅士风度。普洛丢斯为反面角色，喜新厌旧，出卖朋友，但最后悔过，回归旧我。朱丽娅代表了多情的女性，西尔维娅则是代表稳重的女性。最后的结局皆大欢喜，两对有情人都各遂心愿，友谊也得到修复。

虽然故事是快乐的结局，但其中有非常阴暗的一面。此剧中，莎士比亚对人性与爱情的描写十分深刻动人。也是从这部戏剧开始，莎士比亚抛弃了传统闹剧的模式，开始注重人物性格的塑造和心理描写。

剧中人物

米兰公爵　西尔维娅的父亲

凡伦丁 } 二绅士
普洛丢斯 } 二绅士

安东尼奥　普洛丢斯的父亲

修里奥　凡伦丁的愚蠢的情敌

爱格勒莫　助西尔维娅脱逃者

史比德　凡伦丁的傻仆

朗　斯　普洛丢斯的傻仆

潘西诺　安东尼奥的仆人

旅店主　朱利娅在米兰的居停主人

强　盗　随凡伦丁啸聚的一群

朱利娅　普洛丢斯的恋人

西尔维娅　凡伦丁的恋人

露西塔　朱利娅的女仆

仆人、乐师等

地　点

维洛那，米兰及曼多亚边境

第一幕

第一场　维洛那。旷野

【凡伦丁及普洛丢斯上。

凡伦丁　不用劝我，亲爱的普洛丢斯；年轻人株守家园，见闻总是限于一隅。倘不是爱情把你锁系在你情人的温柔的眼波里，我倒很想请你跟我一块儿去见识见识外面的世界，那总比在家里无所事事，把青春消磨在懒散的无聊里要好得多。可是你现在既然在恋爱，那就恋爱下去吧，祝你得到美满的结果。我要是着起迷来，也会这样的。

普洛丢斯　你真的要走了吗？亲爱的凡伦丁，再会吧！你在旅途中要是见到什么值得注意的新奇事物，请你想起你的普洛丢斯；当你得意的时候，也许你会希望我能够分享你的幸福；当你万一遭遇什么风波和危险的时候，你可以不用忧虑，因为我在虔诚地为你祈祷，祝你平安。

凡伦丁　你是念着恋爱经为我祈祷祝我平安吗？

普洛丢斯　我将吟诵我所珍爱的经典为你祈祷。

凡伦丁　那一定是里昂德[①]游泳过赫勒思滂海峡去会他的情人一类深情蜜爱的浅薄故事。

普洛丢斯　他为了爱不顾一切，那证明了爱情是多么深刻。

凡伦丁　不错，你为了爱也不顾一切，可是你没有游泳过赫勒思滂海峡去。

普洛丢斯　嗳，别取笑吧。

---

① 里昂德，传说中的情人，爱恋少女赫洛，游泳过海峡赴约，惨遭灭顶。

凡伦丁　不，我决不取笑你，那实在一点意思也没有。

普洛丢斯　什么？

凡伦丁　我是说恋爱。苦恼的呻吟换来了轻蔑；多少次心痛的叹息才换得了羞答答的秋波一盼；片刻的欢娱，是二十个晚上辗转无眠的代价。即使成功了，也许会得不偿失；要是失败了，那就白辛苦一场。恋爱汩没了人的聪明，使人变得愚蠢。

普洛丢斯　照你说来，我是一个傻子了。

凡伦丁　瞧你的样子，我想你的确是一个傻子。

普洛丢斯　你所诋斥的是爱情，我可是身不由己。

凡伦丁　爱情是你的主宰，你甘心让爱情驱使，这样的人，我想总不见得是一个聪明人吧。

普洛丢斯　可是作书的人这样说：最芬芳的花蕾中有蛀虫，最聪明人的心里才会有蛀蚀心灵的爱情。

凡伦丁　作书的人还说：最早熟的花蕾，在未开放前就给蛀虫吃去；所以年轻聪明的人也会因爱情变得愚蠢，在盛年的时候就丧失欣欣向荣的生机，未来一切美妙的希望都成为泡影。可是你既然是爱情的皈依者，我又何必向你多费唇舌呢？再会吧！我的父亲在码头上等着送我上船呢。

普洛丢斯　我也要送你上船，凡伦丁。

凡伦丁　好普洛丢斯，不用了吧，让我们就此分手。我在米兰等着你来信报告你在恋爱上的成功，以及我去了以后这儿的一切消息；我同样也会寄信给你。

普洛丢斯　祝你在米兰一切顺利幸福！

凡伦丁　祝你在家里也是这样！好，再见。（下）

普洛丢斯　他追求着荣誉，我追求着爱情；他离开了他的朋友，使他的朋友们因他的成功而增加光荣；我为了爱情，把我自己、我的朋友们以及一切都舍弃了。朱利娅啊，你已经把我变成了另一个人，使我无心学问，虚掷光阴，违背良言，忽略世事。我的头脑因相思而变得衰弱，我的心灵因恋慕而痛苦异常。

【史比德上。

史比德　普洛丢斯少爷，上帝保佑您！您看见我家主人了吗？

普洛丢斯　他刚刚离开这里，上船到米兰去了。

史比德　那么他多半已经上了船了。我就像一头迷路的羊，找不到他了。

普洛丢斯　是的，牧羊人一走开，羊就会走失了。

史比德　您说我家主人是牧羊人，而我是一头羊吗？

普洛丢斯　是的。

史比德　那么不管我睡觉也好，醒着也好，我的角也就是他的角了。

普洛丢斯　这种蠢话正像是一头蠢羊嘴里说出来的。

史比德　这么说，我又是一头羊了。

普洛丢斯　不错，你家主人还是牧羊人。

史比德　不，我可以用比喻证明您的话不对。

普洛丢斯　我也可以用另外一个比喻证明我的话没错。

史比德　牧羊人寻羊，不是羊寻牧羊人；我找我的主人，不是我的主人找我，所以我不是羊。

普洛丢斯　羊为了吃草跟随牧羊人，牧羊人并不为了吃饭跟随羊；你为了工钱跟随你的主人，你的主人并不为了工钱跟随你，所以你是羊。

史比德　您要是再说这样一个比喻，那我真的要咩咩地叫起来了。

普洛丢斯　我问你，你有没有把我的信送给朱利娅小姐？

史比德　哦，少爷，我——一头迷路的羔羊，把您的信给她——一头细腰的绵羊，可是她这头细腰的绵羊什么谢礼也不给我这头迷路的羔羊。

普洛丢斯　这么多的羊，这片牧场上要容不下了。

史比德　如果容纳不下，给她一刀子不就完了吗？

普洛丢斯　你又在胡说八道了，应该把你圈起来。

史比德　谢谢您，少爷，给您送信不值得给我钱。

普洛丢斯　你听错了，我说圈，没说钱——我指的是羊圈。

史比德　我却听成洋钱了。不管怎么样都好，我给您的情人送信，只得个圈圈未免太少！

普洛丢斯　可是她说什么话了没有？（史比德点头）她就点点头吗？

史比德　是。

普洛丢斯　点头，是；摇头，不——这不成傻瓜了吗？

史比德　您误会了，我说她点头了。您问我她点头了没有，我说“是”。

普洛丢斯　照我的解释，这就是傻瓜。

史比德　您既然费尽心血把它解释通了，就把它奉赠给您吧。

普洛丢斯　我不要，就给你算作替我送信的谢礼吧。

史比德　看来我只有委屈一点，不跟您计较了。

普洛丢斯　怎么叫不跟我计较？

史比德　本来嘛，少爷，我给您辛辛苦苦地把信送到，结果您只赏给我一个傻瓜的头衔。

普洛丢斯　说老实话，你应对倒是蛮聪明的。

史比德　聪明有什么用，又不能打开您的钱袋来。

普洛丢斯　算了算了，简简单单把事情交代明白。她说些什么话？

史比德　打开您的钱袋来，一面交钱，一面交话。

普洛丢斯　好，拿去吧。（给他钱）她说什么？

史比德　老实对您说吧，少爷，我想您是得不到她的爱的。

普洛丢斯　怎么？这也给你看出来了吗？

史比德　少爷，我在她身上什么都看不出来。我把您的信送给她，可是我连一块钱的影子也看不见。我给您传情达意，她待我却这样刻薄，所以您当面向她谈情说爱的时候，她也会一样冷酷无情的。她的心肠就像铁石一样硬，您还是不要送她什么礼物，就送些像钻石似的硬货给她吧。

普洛丢斯　什么？她一句话也没说吗？

史比德　就连一句“谢谢你”也没有出口。总算是您慷慨，赏给我这两角钱，谢谢您，以后请您自己带信给她吧。现在我要告辞了。

普洛丢斯　去你的吧，船上有了你，可以保证不会中途沉没，因为你是命中注定要在岸上吊死的。（史比德下）我一定要找一个可靠些的人送信去，我的朱利娅从这样一个狗奴才手里接到我的信，也许会不高兴答复我。（下）

第二场　同前。朱利娅家中花园

【朱利娅及露西塔上。

朱利娅　露西塔，现在这儿没有别人，告诉我，你赞成我跟人家恋爱吗？

露西塔　我赞成，小姐，只要您不是莽莽撞撞的。

朱利娅　照你看，在每天和我言辞对答的这一批高贵绅士中间，哪一位最值得敬爱呢？

露西塔　请您一个个举出他们的名字来，我可以用我的粗浅的头脑批评他们。

朱利娅　你看漂亮的爱格勒莫爵士怎样？

露西塔　他是一个谈吐风雅、衣冠楚楚的骑士，可是假如我是您，我就不会选中他。

朱利娅　你看富有的墨凯西奥怎样？

露西塔　他虽然有钱，人品却不过如此。

朱利娅　你看温柔的普洛丢斯怎样？

露西塔　主啊！主啊！请看我们凡人是何等愚蠢！

朱利娅　咦！为什么你听见了他的名字要这样感慨呢？

露西塔　宽恕我，亲爱的小姐。可是像我这样一个卑贱之人，怎么配批评高贵的绅士呢？

朱利娅　为什么别人可以批评，普洛丢斯却批评不得？

露西塔　因为他是众多好男子中间最好的一个。

朱利娅　何以见得？

露西塔　我除了女人的直觉以外没有别的理由，我以为他最好，因为我觉得他就是最好。

朱利娅　你愿意让我把爱情用在他的身上吗？

露西塔　是的，要是您不以为您是在浪掷您的爱情。

朱利娅　可是他比其余的任何人都要冷淡，从来不向我追求。

露西塔　可是我想他比其余的任何人都更爱您。

朱利娅　他不多说话，这表明他的爱情是有限的。

露西塔　火关得越紧，烧起来越猛烈。

朱利娅　在恋爱中的人们，不会没有任何表示。

露西塔　不，越是到处宣扬着他们的爱情的，他们的爱情越靠不住。

朱利娅　我希望我能知道他的心思。

露西塔　请读这封信吧，小姐。（给朱利娅信）

朱利娅　“给朱利娅”。——这是谁写来的？

露西塔　您看过就知道了。

朱利娅　说出来，这封信谁交给你的？

露西塔　凡伦丁的仆人送来的，我想是普洛丢斯叫他送来的。他本来要当面交给您，因为我刚巧遇见他，所以就替您收下了。请您原谅我的放肆吧。

朱利娅　嘿，好一个牵线的！你竟敢接受调情的书简，瞒着我跟人家串通一气，是欺侮我年轻吗？这真是一件好差使，你也真是一个能干的角色。把这信拿去，给我退回原处，否则再不用见我啦。

露西塔　为爱求情，难道就得到一顿责骂吗？

朱利娅　你还不去吗？

露西塔　我马上去，好让您仔细思忖一番。（下）

朱利娅　可是我希望我曾经窥见这信的内容。我把她这样责骂过了，现在又不好意思叫她回来，反过来恳求她。这傻丫头明知我是一个闺女，偏不把信硬塞给我看。一个温淑的姑娘嘴里尽管说“不”，她却要人家解释“是”。唉！唉！这一段痴愚的恋情是多么颠倒，正像一个坏脾气的婴孩一样，一会儿在他保姆身上乱抓乱打，一会儿又服服帖帖地甘心受责。刚才我把露西塔这样凶狠地撵走，现在却巴不得她快点儿回来。当我一面装出了满脸怒容的时候，内心的喜悦却使我心坎里满含着笑意。现在我必须引咎自责，叫露西塔回来，请她原谅我刚才的愚蠢。喂，露西塔！

【露西塔重上。

露西塔　小姐有什么吩咐？

朱利娅　现在是快吃饭的时候了吧？

露西塔　我希望是，免得您空着肚子在佣人身上出气。

朱利娅　你在那边小小心心地拾起来的是什么？

露西塔　没有什么。

朱利娅　那么你为什么俯下身子去？

露西塔　我在地上掉了一张纸，把它拾了起来。

朱利娅　那张纸难道就不算什么？

露西塔　它不干我什么事。

朱利娅　那么让它躺在地上，留给相干的人吧。

露西塔　小姐，它对相干的人是不会说谎的，除非它给人家误会了。

朱利娅　是你的什么情人寄给你的情诗吗？

露西塔　小姐，要是您愿意给它谱上一个调子，我可以把它唱起来。您看怎么样？

朱利娅　我看这种玩意儿都十分无聊。可是你要唱就按《爱的清光》那个调子去唱吧。

露西塔　这个歌儿太沉重了，和轻狂的调子不配。

朱利娅　沉重？准是重唱那部分加得太多了。

露西塔　正是，小姐。可是您要唱起来，一定能十分婉转动人。

朱利娅　你为什么就不唱呢？

露西塔　我调门没有那么高。

朱利娅　拿歌儿来给我看看。（取信）怎么，这贱丫头！

露西塔　您就这么唱起来吧，可是我想我不大喜欢这个调子。

朱利娅　你不喜欢？

露西塔　是，小姐，太刺耳了。

朱利娅　你这丫头太放肆了。

露西塔　这回您的调子又太直了。这么粗声粗气的岂不破坏了原来的音律？本来您的歌儿里只缺一个男高音。

朱利娅　男高音早叫你这下流的女低音给盖过去了。

露西塔　我这女低音不过是为普洛丢斯低声下气地祈求。

朱利娅　你再油嘴滑舌，我可不答应了。瞧谁再敢拿进这种不三不四的书信来！（撕信）给我出去，让这些纸头丢在地上，你碰它们一下，我就要生气了。

露西塔　她故意这样装模作样，其实心里巴不得人家再送一封信来，好让她再发一次脾气。（下）

朱利娅　不，就是这一封信已经够使我心痛了！啊，这一双可恨的手，忍心把这些可爱的字句撕得粉碎！就像残酷的黄蜂一样，刺死了蜜蜂而吮吸它的蜜。为了补赎我的罪愆，我要吻遍每一片碎纸。瞧，这里写着“仁慈的朱利娅”：狠心的朱利娅！我要惩罚你的薄情，把你的名字掷在砖石上，把你任情地践踏蹂躏。这里写着“受创于爱情的普洛丢斯”：疼人的受伤的名字！把我的胸口做你的眠床，养息到你的创痕完全平复吧，让我用起死回生的一吻吻在你的伤口上。这儿有两三次提着普洛丢斯的名字。风啊，请不要吹起来，好让我找到这封信里的每一个字；我单单不要看见我自己的名字，让一阵旋风把它卷到狰狞丑怪的岩石上，再把它打下波涛汹涌的海中去吧！瞧，这儿有一行字，两次提到他的名字：“被遗弃的普洛丢斯，受制于爱情的普洛丢斯，给可爱的朱利娅。”我要把朱利娅的名字撕去；不，他把我们两人的名字配合得如此巧妙，我要把它们折叠在一起。现在你们可以放胆地相吻拥抱，彼此满足了。

【露西塔重上。

露西塔　小姐，饭已经预备好了，老爷在等着您。

朱利娅　好，我们去吧。

露西塔　怎么！让这些纸片丢在这儿，给人家瞧见议论吗？

朱利娅　你要是这样关心它们，那么还是把它们拾起来吧。

露西塔　不，我可不愿再挨骂了。可是让它们躺在地上，也许会受了寒。

朱利娅　你倒是怪爱惜它们的。

露西塔　呃，小姐，随您怎样说吧。也许您以为我是瞎子，可是我也长着眼睛呢。

朱利娅　来，来，还不走吗？（同下）

第三场　同前。安东尼奥家中一室

【安东尼奥及潘西诺上。

安东尼奥　潘西诺，刚才我的兄弟跟你在走廊里谈些什么正经话儿？

潘西诺　他说起他的侄子，您的少爷普洛丢斯。

安东尼奥　噢，他怎么说呢？

潘西诺　他说他不懂您——老爷为什么让少爷在家里消度他的青春，人家名望不及我们的，都把他们的儿子送到外面去找机会：有的投身军旅，博得一官半职；有的到远远的海岛上去探险发财；有的到大学校里去寻求高深的学问。他说普洛丢斯少爷对这些锻炼当中的哪一种都很适宜；他叫我在您面前说起，请您不要让少爷老在家里游荡，年轻人不出去走走，对于他的前途是很有妨碍的。

安东尼奥　这倒不消你说，我这一个月来就在考虑着这件事情。我也想到他这样蹉跎时间，的确不大好。他要是不在外面多经历经历世事，将来很难成为大用。一个人的经验是要在刻苦中得到的，也只有岁月的磨炼才能够使它成熟。那么照你看来，我最好叫他到什么地方去？

潘西诺　我想老爷大概还记得他有一个朋友，叫作凡伦丁的，现在正在公爵府中供职。

安东尼奥　不错，我知道。

潘西诺　我想老爷要是送他到那里去，那倒很好。他可以在那里练习挥枪使剑，听听人家高雅优美的谈吐，和贵族们聊聊天，还可以见识到适合他的青春和家世的种种训练。

安东尼奥　你说得很对，你的意思很好，我很赞成你的建议。看吧，我马上就照你的话做去，我立刻就叫他到公爵的宫廷里去。

潘西诺　老爷，亚尔芳索大人和其余各位士绅明天就要动身去朝见公爵，准备为他效劳。

安东尼奥　那么普洛丢斯有了很好的同伴了。他应当立刻准备起来，跟他们同去。我们现在就去对他说。

【普洛丢斯上。

普洛丢斯　甜蜜的爱情！甜蜜的字句！甜蜜的人生！这是她亲笔所写，表达着她的心情；这是她爱情的盟誓，她的荣誉的典质。啊，但愿我们的父亲赞同我们缔结良缘，成全我们的好事！啊，天仙一样的朱利娅！

安东尼奥　喂，你在读谁寄来的信？

普洛丢斯　禀父亲，这是凡伦丁托他的朋友带来的一封问候的书信。

安东尼奥　把信给我，让我看看那里有什么消息。

普洛丢斯　没有什么消息，父亲。他只是说他在那里生活得如何愉快，公爵如何看得起他，每天和他见面；他希望我也和他在一起，分享他的幸福。

安东尼奥　那么你对于他的希望做何感想？

普洛丢斯　他虽然是一片好心，但我的行动还要听您老人家指挥。

安东尼奥　我的意思和他的希望差不多。你也不用因为我突然的决定而吃惊，我要怎样，就是怎样，干脆一句话没有更动。我已经决定你应当到公爵宫廷里去，和凡伦丁在一块儿过日子。他的亲族给他多少维持生活的费用，我也照样拨给你。明天你就准备动身，不许有什么推托，我的意志是坚决的。

普洛丢斯　父亲，这么快我怎么来得及准备？请您让我延迟一两天吧。

安东尼奥　听着，你要是缺少什么，我马上就会寄给你。不用耽搁时间，明天你非去不可。来，潘西诺，你要给他收拾收拾东西，让他早些动身。（安东尼奥、潘西诺下）

普洛丢斯　我因为害怕灼伤而躲过了火焰，不料却在海水中惨遭没顶。我不敢把朱利娅的信给我父亲看，因为生怕他会反对我谈恋爱。谁知道他却利用我的推托之词，给我的恋爱这样一下无情的猛击。唉！青春的恋爱就像阴晴不定的四月天气，太阳的光彩刚刚照耀大地，片刻间就遮上了黑沉沉的一片乌云！

【潘西诺重上。

潘西诺　普洛丢斯少爷，老爷有请。他说叫您快些，请您立刻去吧。

普洛丢斯　事既如此，无可奈何，我只有遵从父亲的吩咐，虽然我的心回答了一千声“不”。（同下）

第二幕

第一场　米兰。公爵府中一室

【凡伦丁及史比德上。

史比德　少爷，您的手套。（把手套给凡伦丁）

凡伦丁　这不是我的，我的手套戴在手上。

史比德　那有什么关系？再戴上一只也不要紧。

凡伦丁　且慢！让我看看。呃，把它给我，这是我的。天仙手上可爱的装饰物！啊，西尔维娅！西尔维娅！

史比德　（叫喊）西尔维娅小姐！西尔维娅小姐！

凡伦丁　怎么，狗奴才？

史比德　她不在这里，少爷。

凡伦丁　谁叫你喊她的？

史比德　是您哪，少爷，难道我又弄错了吗？

凡伦丁　哼，你老是这么莽莽撞撞的。

史比德　可是上次您骂我太迟钝。

凡伦丁　好了好了，我问你，你认识西尔维娅小姐吗？

史比德　就是您爱着的那位小姐吗？

凡伦丁　咦，你怎么知道我在恋爱？

史比德　哦，我从各方面看了出来。第一，您学会了像普洛丢斯少爷一样把手臂交叉在胸前，像一个失意的人那样；嘴里喃喃不停地唱情歌，就像一只知更雀似的；喜欢一个人独自走路，好像一个得了瘟疫的人；老是唉声叹气，好像一个忘记了字母的小学生；动不动就流眼泪，好像一个死了妈妈的小姑娘；见了饭吃不下去，好像一个节食的人；夜里睡不着觉，好像担心有强盗；说起话来带着三分哭音，好像一个万圣节[①]的叫花子。从前您可不是这个样子。您从前笑起来声震四座，好像一只公鸡报晓；走起路来挺胸凸肚，好像一头狮子；只有在狼吞虎咽一顿之后才节食；只有在没有钱用的时候才面带愁容。现在您被情人迷住了，您已经完全变了一个人，当我瞧着您的时候，我简直不相信您是我的主人了。

凡伦丁　你能够在我身上看出这一切来吗？

史比德　这一切在您身外就能看出来。

凡伦丁　身外？绝不可能。

史比德　身外？不错，是不大可能，因为除了您这样老实、不知矫饰之外，别人谁也不会如此。您的愚蠢不但在外面，也在里面。人们透过您的身体，就像透过尿缸子看得见尿一样，无论谁看您一眼，都像一个医生一样诊断得出您的病症来。

凡伦丁　可是我问你，你认识西尔维娅小姐吗？

史比德　就是在吃晚饭的时候您一眼不眨地望着的那位小姐吗？

凡伦丁　那也给你看见了吗？我说的就是她。

史比德　噢，少爷，我不认识她。

凡伦丁　你看见我望着她，怎么又说不认识她？

史比德　她不是长得很难看的吗，少爷？

凡伦丁　她的面貌还不及心肠那么美。

史比德　少爷，那个我知道。

凡伦丁　你知道什么？

史比德　她面貌并不美，可是您心肠美，所以爱上她了。

凡伦丁　我是说她的美貌是无比的，可是她的心肠更好。

史比德　那是因为一个靠打扮，另一个是看不出来的。

凡伦丁　怎么叫靠打扮？怎么叫看不出来？

① 万圣节，11 月 1 日，为祭祀基督教诸圣徒的节日。乞丐在此日都以哀音高声乞讨。

史比德　咳，少爷，她的美貌完全是靠打扮而来的，她的心肠没人能看出来。

凡伦丁　那么我呢？我还是看出来了。

史比德　可是她自从残废以后，您还没有看见过她哩。

凡伦丁　她是什么时候残废的？

史比德　自从您爱上了她之后，她就残废了。

凡伦丁　我第一次看见她的时候就爱上了她，可是我始终看见她很美丽。

史比德　您要是爱她，您就看不见她。

凡伦丁　为什么？

史比德　因为爱情是盲目的。唉！要是您有我的眼睛就好了！从前您看见普洛丢斯少爷忘记扣上袜带而讥笑他的时候，您的眼睛也是明亮的。

凡伦丁　要是我的眼睛明亮便怎样？

史比德　您就可以看见您自己的愚蠢和她的不堪领教的丑陋。普洛丢斯少爷因为恋爱的缘故，忘记扣上他的袜带；您现在因为恋爱的缘故，连袜子也忘记穿上了。

凡伦丁　这样说来，你也是在恋爱了，因为今天早上你忘记了擦我的鞋子。

史比德　不错，少爷，我正在恋爱着我的眠床，幸亏您把我打醒了，所以我现在也敢大胆提醒您不要太过于迷恋了。

凡伦丁　总而言之，我的心已经定了，我非爱她不可。

史比德　我倒希望您的心是净了，把她忘得干干净净。

凡伦丁　昨天晚上她请我代她写一封信给她所爱的一个人。

史比德　您写了没有？

凡伦丁　写了。

史比德　一定写得很没劲吧？

凡伦丁　不，我用尽心思把它写好。安静点，她来了。

【西尔维娅上。

史比德　（旁白）嘿，这出戏真好看！真是个头等的木偶！这回该他唱几句词儿了。

凡伦丁　小姐，女主人，向您道一千次早安。

史比德　（旁白）道一次晚安就得了！干吗这么客套？

西尔维娅　凡伦丁先生，我的仆人，我还你两千次。

史比德　（旁白）该男的送礼，这回女的倒抢先了。

凡伦丁　您吩咐我写一封信给您的一位秘密的无名的朋友，我已经照办了。我很不愿意写这封信，但是您的旨意是不可违背的。（把信给西尔维娅）

西尔维娅　谢谢你，好仆人。你写得很用心。

凡伦丁　相信我，小姐，它是很不容易写的，因为我不知道受信的人究竟是谁，随便写去，不知道写得对不对。

西尔维娅　也许你嫌这工作太麻烦吗？

凡伦丁　不，小姐，只要您用得着我，尽管吩咐我，就是一千封信我也愿意写，可是——

西尔维娅　好一个可是！你的意思我猜得到。可是我不愿意说出名字来；可是即使说出来也没有什么关系；可是把这信拿去吧；可是我谢谢你，从此以后不再麻烦你了。

史比德　（旁白）可是你还会找上门来的，这就又是一个“可是”。

凡伦丁　这是什么意思？您不喜欢它吗？

西尔维娅　不，不，信是写得很巧妙，可是你既然写的时候不大愿意，那么你就拿回去吧。嗯，你拿去吧。（还信）

凡伦丁　小姐，这信是给您写的。

西尔维娅　是的，那是我请你写的，可是，我现在不要了，就给了你吧。我希望能写得再动人一点。

凡伦丁　那么请您允许我另写一封吧。

西尔维娅　好，你写好以后，就代我把它读一遍。要是你自己觉得满意，那就罢了；要是你自己觉得不满意，也就罢了。

凡伦丁　要是我自己觉得满意，那便怎样？

西尔维娅　要是你自己满意，那么就把这信给你作为酬劳吧。再见，仆人。（下）

史比德　人家说，一个人看不见自己的鼻子，教堂屋顶上的风信标变幻莫测，这个玩笑也开得玄妙神奇！我主人向她求爱，她却反过来求我的主人，正像当学生的反过来变成老师。真是绝好的计策！我主人代人写信，结果却写给了自己，谁听到过比这更妙的计策吗？

凡伦丁　怎么？你在说些什么？

史比德　没说什么，只是唱几句顺口溜。应该说话的是您！

凡伦丁　为什么？

史比德　您应该做西尔维娅小姐的代言人啊。

凡伦丁　我代她向什么人传话？

史比德　向您自己啊。她不是拐着弯向您求爱吗？

凡伦丁　拐什么弯？

史比德　我指的是那封信。

凡伦丁　怎么，她又不曾写信给我。

史比德　她何必自己动笔呢？您不是替她代写了吗？咦，您还没有懂得这个玩笑的用意吗？

凡伦丁　我可不懂。

史比德　我可也不懂，少爷。难道您还不知道她已经把爱情的凭证给了您吗？

凡伦丁　除了责怪以外，她没有给我什么呀。

史比德　真是！她不是给您一封信吗？

凡伦丁　那是我代她写给她的朋友的。

史比德　那封信现在已经送到了，还有什么说的吗？

凡伦丁　我希望你没有猜错。

史比德　包在我身上，准没有差错。您写信给她，她因为害羞提不起笔，或者因为没有闲工夫，或者因为害怕传书的人窥见了她的心事，所以她才让她的爱人代她答复他自己。这一套我早在书上看见过了。喂，少爷，您在想些什么？好，吃饭了。

凡伦丁　我已经吃过了。

史比德　哎呀，少爷，这个没有常性的爱情虽然可以喝空气过活，我可是非吃饭吃肉不可。您可不要像您爱人那样忍心，求您发发慈悲吧！（同下）

第二场　维洛那。朱利娅家中一室

【普洛丢斯及朱利娅上。

普洛丢斯　请你忍耐吧，好朱利娅。

朱利娅　没有办法，我也只好忍耐了。

普洛丢斯　如果我有机会回来，我会立刻回来的。

朱利娅　你只要不变心，回来的日子是不会远的。请你保留着这个，常常想起你的朱利娅吧。（给他戒指）

普洛丢斯　我们彼此交换，你把这个拿去吧。（给她一个戒指）

朱利娅　让我们用神圣的一吻永固我们的盟誓。

普洛丢斯　我举手宣誓我的不变的忠诚。朱利娅，要是我在哪一天哪一个时辰里不曾为了你而叹息，那么在下一个时辰里，让不幸的灾祸来惩罚我的薄情吧！我的父亲在等我，你不用回答我了。潮水已经升起，船就要开了。不，我不是说你的泪潮，那是会留住我，使我误了行期的。朱利娅，再会吧！（朱利娅下）啊，一句话也不说就去了吗？是的，真正的爱情是不能用言辞表达的，行为才是忠心的最好说明。

【潘西诺上。

潘西诺　普洛丢斯少爷，他们在等着您哩。

普洛丢斯　好，我就来，我就来。唉！这一场分别啊，真叫人满怀愁绪。（同下。）

第三场　同前。街道

【朗斯牵犬上。

朗　斯　哎哟，我到现在才哭完呢，咱们朗斯家族里的人都有心肠太软的毛病。我像《圣经》上的浪子一样，拿到了我的一份家产，现在要跟着普洛丢斯少爷上京城里去。我想我的狗克来勃是最狠心的一条狗。我的妈眼泪直流，我的爸涕泗横流，我的妹妹放声大哭，我家的丫头也号啕喊叫，就是我们养的猫儿也悲伤得乱搓两手，一家人弄得七零八乱，这条狠心的恶狗却不流一点泪儿。它是一块石头，像一条狗一样没有心肝。就是犹太人，看见我们分别的情形，也会禁不住流泪的。看我的老祖母吧，她眼睛早已盲了，可是因为我要离家远行，也把她的眼睛都哭瞎了呢。我可以把我们分别的情形演给你们看。这只鞋子算是我的父亲；不，这只左脚的鞋子是我的父亲；不，不，这只左脚的鞋子是我的母亲；不，那也不对。——哦，不错，对了，这只鞋子底已经破了，它已经穿了一个洞，它就算是我的母亲；这一只是我的父亲。他妈的！就是这样。这一根棒是我的妹妹，因为她就像百合花一样白，像一根棒那样瘦小。这一顶帽子是我家的丫头阿南。我就算是狗，不，狗是它自己，我是狗——哦，狗是我，我是我自己。对了，就是这样。现在我走到我父亲跟前："爸爸，请你祝福我。"现在这只鞋子就要哭得说不出一句话来。然后我就要吻我的父亲，他还是哭个不停。现在我再走到我的母亲跟前。唉！我希望她现在能够像一个疯女人一样开起口来！我就这么吻了她，一点也没错，她嘴里完全是这个气味。现在我要到我妹妹跟前，你瞧她哭得多么伤心！可是这条狗站在旁边，瞧着我一把一把眼泪挥在地上，却始终不流一点泪，也不说一句话。

【潘西诺上。

潘西诺　朗斯，快走，快走，上船了！你的主人已经登船，你得坐小划子赶去。什么事？这家伙，怎么哭起来了？去吧，蠢货！你再耽搁下去，潮水要退下去了。

朗　斯　退下去有什么关系？它这么不通人情就叫它去吧。

潘西诺　谁这么不通人情？

朗　斯　就是它，克来勃，我的狗。

潘西诺　呸，这家伙！我说，潮水要是退下去，你就要错过这次航行了；错过这次航行，你就要失去你的主人了；失去你的主人，你就要失去你的工作了；失去你的工作——你干吗堵住我的嘴？

朗　斯　我怕你会失去你的舌头。

潘西诺　舌头怎么会失去？

朗　斯　说话太多。

潘西诺　我看你倒是放屁太多。

朗　斯　误了潮水，连航行、主人、工作，外带这条狗，都失去了！我对你说吧，要是河水干了，我会用眼泪把它灌满；要是风势低了，我会用叹息把船只吹送。

潘西诺　来吧，来吧，主人派我来叫你的。

朗　斯　你爱叫我什么就叫我什么好了。

潘西诺　你到底走不走呀？

朗　斯　好，走就走。（同下）

第四场　米兰。公爵府中一室

【凡伦丁、西尔维娅、修里奥及史比德上。

西尔维娅　仆人！

凡伦丁　小姐？

史比德　少爷，修里奥大爷在向您怒目而视呢。

凡伦丁　嗯，那是为了爱情的缘故。

史比德　他才不爱您呢。

凡伦丁　那就是爱这位小姐。

史比德　我看您该好生揍他一顿。

西尔维娅　仆人，你心里不高兴吗？

凡伦丁　是的，小姐，我好像不大高兴。

修里奥　好像不大高兴，其实还是很高兴吧？

凡伦丁　也许是的。

修里奥　原来是装腔作势。

凡伦丁　你也一样。

修里奥　我装什么腔？

凡伦丁　你瞧上去还像个聪明人。

修里奥　你凭什么证明我不是个聪明人？

凡伦丁　就凭你的愚蠢。

修里奥　何以见得我愚蠢？

凡伦丁　从你这件外套就看得出来。

修里奥　我这件外套是双料的。

凡伦丁　好吧，那就算你是双料的愚蠢。

修里奥　什么？

西尔维娅　咦，生气了吗，修里奥？瞧你脸色变成这样子！

凡伦丁　让他去，小姐，他是一只善变的蜥蜴。

修里奥　这只蜥蜴可要喝你的血，它一天都不愿意和你共处。

凡伦丁　你说得很好。

修里奥　现在我可不同你多讲话了。

凡伦丁　我早就知道你总是未开场就先结束的。

西尔维娅　二位，你们的唇枪舌剑倒是有来有往。

凡伦丁　不错，小姐，这得感谢我们的赐予者。

西尔维娅　赐予者是谁呀，仆人？

凡伦丁　就是您自己，美丽的小姐，是您把火点着的。修里奥先生的辞令也全是从您脸上借来的，因此才当着您的面，慷他人之慨，一下全用光了。

修里奥　凡伦丁，你要是跟我斗嘴，我会说得你哑口无言的。

凡伦丁　那我倒完全相信。我知道尊驾有一个专门收藏言语的库房，在你手下的人，都用空话代替工钱；从他们寒酸的装束上，就可以看出他们是靠着你的空话过活的。

西尔维娅　两位别说了，我的父亲来啦。

【公爵上。

公　爵　西尔维娅，你给他们两位包围起来了吗？凡伦丁，你的父亲身体很好；你家里有信来，带来了许多好消息，你要不要我告诉你？

凡伦丁　殿下，我愿意洗耳恭听。

公　爵　你认识你的同乡中有一位安东尼奥吗？

凡伦丁　是，殿下，我知道他是一位德高望重的绅士，享有良好的声誉。

公　爵　他不是有一个儿子吗？

凡伦丁　是，殿下，他有一个克绍箕裘的贤嗣。

公　爵　你和他很熟悉吗？

凡伦丁　我知道他就像知道我自己一样，因为我们从小就在一起长大的。虽然我因为习于游惰，不肯用心上进，可是普洛丢斯——那是他的名字——不曾把他的青春蹉跎过去。他少年老成，虽然涉世未深，见识却超人一等。他的种种好处，我一时也称赞不尽。总而言之，他的品貌才学，都是尽善尽美，凡是上流人所应有的美德，他身上无不具备。

公　爵　真的吗？要是他真是这样好，那么他是一个值得王后的眷爱、适宜充任帝王的辅弼的人。现在他已经到我们这儿来了，许多大人物都写信来替他说话。他准备在这儿耽搁一些时间，我想你一定很高兴听见这消息吧。

凡伦丁　那真是我求之不得的。

公　爵　那么就准备着欢迎他吧。我这话是对你说的；西尔维娅，也是对你说的，

修里奥，因为凡伦丁是用不着我再鼓励他了。我就去叫他来和你们相见。（下）

凡伦丁　这就是我对您说起过的那个朋友；他本来是要跟我一起来的，可是他的眼睛给他情人的晶莹的盼睐摄住了，所以不能脱身。

西尔维娅　大概现在她已经释放他了，另外有人向她奉献他的忠诚了。

凡伦丁　不，我相信他仍旧是她的俘虏。

西尔维娅　他既然还在恋爱，那么他就应该是盲目的；他既然盲目，怎么能够迢迢而来，找到了你的所在呢？

凡伦丁　小姐，爱情是有二十对眼睛的。

修里奥　他们说爱情不长眼睛。

凡伦丁　爱情没有眼睛来看见像您这样的情人，对于丑陋的事物，它是会闭目不视的。

西尔维娅　算了，算了。客人来了。

【普洛丢斯上。

凡伦丁　欢迎，亲爱的普洛丢斯！小姐，请您用特殊的礼遇欢迎他吧。

西尔维娅　要是这位就是你时常念念不忘的好朋友，那么凭着他的才德，一定会得到竭诚的欢迎。

凡伦丁　这就是他。小姐，请您接纳他，让他同我一样做您的仆人。

西尔维娅　这样高贵的仆人，侍候这样卑微的女主人，未免太屈尊了。

普洛丢斯　哪里的话，好小姐，草野贱士，能够在这样一位卓越的贵人之前亲聆謦欬，实在是三生有幸。

凡伦丁　大家不用谦虚了。好小姐，请您收容他做您的仆人吧。

普洛丢斯　我将以能够奉侍左右，勉效奔走之劳，作为我最大的光荣。

西尔维娅　尽职的人必能得到报酬。仆人，一个庸愚的女主人欢迎着你。

普洛丢斯　这话若出自别人口里，我一定要他的命。

西尔维娅　什么话，欢迎你吗？

普洛丢斯　不，给您加上“庸愚”两字。

【一仆人上。

仆　人　小姐，老爷叫您去。

西尔维娅　我就来。（仆人下）来，修里奥，咱们一块儿去。新来的仆人，我再向你说一声欢迎。现在我让你们两人畅叙家常，等会儿我们再谈吧。

普洛丢斯　我们两人都随时等候着您的使唤。（西尔维娅、修里奥、史比德同下）

凡伦丁　现在告诉我，家乡的一切情形怎样？

普洛丢斯　你的亲友们都很好，他们都叫我问候你。

凡伦丁　你的亲友们呢？

普洛丢斯　我离开他们的时候，他们也都很健康。

凡伦丁　你的爱人怎样？你们的恋爱进行得怎么样了？

普洛丢斯　我的恋爱故事是向来使你讨厌的，我知道你不爱听这种儿女私情。

凡伦丁　可是现在我的生活已经改变过来了。我正在忏悔我自己从前对于爱情的轻视，它的至高无上的权威，正在用痛苦的绝食、悔罪的呻吟、夜晚的哭泣和白昼的叹息惩罚着我。为了报复我从前对它的侮蔑，爱情已经从我被蛊惑的眼睛中驱走了睡眠，使它们永远注视着我自己心底的忧伤。啊，普洛丢斯！爱情是一个有绝大权威的君王，我已经在他面前甘心臣服，他的惩罚使我甘之如饴，为他服役是世间最大的快乐。现在我除了关于恋爱方面的谈话以外，什么都不想听；单单提起爱情的名字，便可以代替我的三餐一宿。

普洛丢斯　够了，我在你的眼睛里可以读出你的命运来。你所膜拜的偶像就是她吗？

凡伦丁　就是她。她不是一个天上的神仙吗？

普洛丢斯　不，她是一个地上的美人。

凡伦丁　她是神圣的。

普洛丢斯　我不愿谄媚她。

凡伦丁　为了我的缘故谄媚她吧，因为爱情是喜欢听人家恭维的。

普洛丢斯　当我有病的时候，你给我苦味的丸药，现在我也要以其人之道还治其人之身。

凡伦丁　那么就说老实话吧，她即使不是神圣，也是举世无双的魁首，她是世间一切有生之伦的女皇。

普洛丢斯　除了我的爱人以外。

凡伦丁　不，没有例外，除非你有意诽谤我的爱人。

普洛丢斯　我没有理由喜爱我自己的爱人吗？

凡伦丁　我也愿意帮助你抬高她的身份：她可以得到这样隆重的光荣，为我的爱人捧持衣裾，免得卑贱的泥土偷吻她的裙角；它在得到这样意外的幸运之余，会变得骄傲起来，不肯再去滋养盛夏的花卉，使苛酷的寒冬永驻人间。

普洛丢斯　哎呀，凡伦丁，你简直在信口胡说。

凡伦丁　原谅我，普洛丢斯，我的一切赞美之词，对她都毫无用处；她的本身的美丽，就可以使其他一切美人黯然失色。她是独一无二的。

普洛丢斯　那么你不要做非分之想吧。

凡伦丁　什么也不能阻止我去爱她。告诉你吧，老兄，她是属于我的。我有了这样一件珍宝，就像是二十个大海的主人，它的每一粒泥沙都是珠玉，每一滴海水都是天上的琼浆，每一块石子都是纯粹的黄金。不要因为我从来不曾梦到过你而见怪，因为你已经看见我是怎样倾心于我的恋人。我那愚蠢的情敌——她的父亲因为他雄于资财而看中了他——刚才和她一同去了，我现在必须追上他们，因为你知道爱情是充满着嫉妒的。

普洛丢斯　可是她也爱你吗？

凡伦丁　是的，我们已经互许终身了，而且我们已经约好设计私奔，结婚的时间也已定下来了。我先用绳梯爬上她的窗口，把她接出来，各种手续程序都已完全安排好了。好普洛丢斯，跟我到我的寓所去，我还要请你在这种事情上多多指教呢。

普洛丢斯　你先去吧，你的寓所我会打听到的。我还要到码头上去，拿一点必需的用品，然后我就来看你。

凡伦丁　那么你赶快一点吧。

普洛丢斯　好的。（凡伦丁下）正像一阵更大的热焰压盖住原来的热焰，一枚大钉敲落了小钉，我的旧日的恋情，也因为有了一个新的对象而完全冷淡了。是我的眼睛在作祟吗？还是因为凡伦丁把她说得天花乱坠？还是她的真正的完美使我心醉？或者是我的见异思迁的罪恶，使我全然失去了理智？她是美丽的，我所爱的朱利娅也是美丽的。可是我对于朱利娅的爱已经成为过去了，那一段恋情，就像投入火中的蜡像，已经全然溶解，不留一点原来的痕迹。好像我对于凡伦丁的友谊已经突然冷淡，我不再像从前那样喜爱他了。啊，这是因为我太过于爱他的爱人了，所以我才对他毫无好感。我这样不假思索地爱上了她，如果跟她相知渐深之后，更将怎样为她倾倒？我现在看见的只是她的外表，可是那已经使我的理智的灵光晕眩不定，那么当我看到她内心的美好时，我一定会变成盲目的了。我要尽力克制我的罪恶的恋情，否则就

得设计赢得她的芳心。（下）

第五场　同前。街道

【史比德及朗斯上。

史比德　朗斯，以我的良心起誓，欢迎你到米兰来！

朗　斯　别胡乱起誓了，好孩子，没有人会欢迎我的。我一向的看法就是：一个人没有吊死，总还有命；要是酒账未付，老板娘没有笑逐颜开，也谈不上欢迎两个字。

史比德　来吧，你这疯子，我就请你上酒店去，那里你可以用五便士买到五千个欢迎。可是我问你，你家主人跟朱利娅小姐是怎样分别的？

朗　斯　呃，他们热烈地山盟海誓之后，就这样开玩笑似的分别了。

史比德　她将要嫁给他吗？

朗　斯　不。

史比德　怎么？他将要娶她吗？

朗　斯　也不。

史比德　咦，他们破裂了吗？

朗　斯　不，他们两人都是完完整整的。

史比德　那么究竟是怎么一回事呀？

朗　斯　是这样的，要是他没有什么问题，她也没有什么问题。

史比德　你真是头蠢驴！我不懂你的话。

朗　斯　你真是块木头，什么都不懂！连我的拄杖都懂。

史比德　懂你的话？

朗　斯　是啊，和我做的事。你看，我摇摇它，它就懂了。

史比德　你的拄杖倒是动了。

朗　斯　懂了，动了，完全是一回事。

史比德　老实对我说吧，这门婚姻成不成？

朗　斯　问我的狗好了：它要是说是，那就是成；它要是说不，那也是成；它要是摇摇尾巴不说话，那还是成。

史比德　那么结论就是：准成。

朗　斯　像这样一桩机密的事你要我直说出来是办不到的。

史比德　我总算听懂了。可是，朗斯，你知道吗？我的主人也变成一个大情人了。

朗　斯　这我早就知道。

史比德　知道什么？

朗　斯　知道他是像你所说的一个大穷人。

史比德　你这狗娘养的蠢货，你说错了。

朗　斯　你这傻瓜，我又没有说你，我是说你主人。

史比德　我对你说，我的主人已经变成一个火热的情人了。

朗　斯　让他在爱情里烧死吧，那不关我的事。你要是愿意陪我上酒店去，很好；不然的话，你就是一个希伯来人，一个犹太人，不配称为一个基督徒。

史比德　为什么？

朗　斯　因为你连请一个基督徒喝杯酒的博爱精神都没有。你去不去？

史比德　遵命。（同下）

第六场　同前。公爵府中一室

【普洛丢斯上。

普洛丢斯　舍弃我的朱利娅，我就违背了盟誓；爱恋美丽的西尔维娅，我也违背了盟誓；中伤我的朋友，更违背了盟誓。爱情的力量当初使我信誓旦旦，现在却又诱令我干这三重毁盟的大罪。动人灵机的爱情啊！如果你自己犯了罪，那么我是你诱惑的对象，也教教我如何为自己辩解吧。我最初爱慕的是一颗闪烁的星星，如今崇拜的是一个中天的太阳。无心中许下的誓愿，可以有意把它毁弃不顾。只有没有智慧的人，才会迟疑于好坏二者间的选择。呸，呸，不敬的唇舌！她是你从前用两万遍以灵魂做证的盟言，甘心供她驱使的，现在怎么好把她加上个坏字！我不能朝三暮四转爱他人，可是我已经变心了；我应该爱的人，我现在已经不爱了。我失去了朱利娅，失去了凡伦丁；要是我继续对他们忠实，我必须失去我自己。我失去了凡伦丁，换来了我自己；失去了朱利娅，换来了西尔维娅。爱情永远是自私的，我自己当然比一个朋友更为宝贵，朱利娅在天生丽质的西尔维娅面前，不过是一个黝黑的丑妇。我要忘记朱利娅尚在人间，记着我对她的爱情已经死去；我要把凡伦丁当作敌人，努力取得西尔维娅更甜蜜的友情。要是我不用些诡计破坏凡伦丁，我就无法贯彻自己的心愿。今晚他要用绳梯爬上西尔维娅卧室的窗口，我是他的同谋者，因此与闻了这个秘密。现在我就去把他们设计逃走的事情通知她的父亲，他在勃然大怒之下，一定会把凡伦丁驱逐出境，因为他本来的意思是要把他的女儿下嫁给修里奥的。凡伦丁一去之后，我就可以用些巧妙的计策，拦截修里奥迟钝的进展。爱神啊，你已经帮助我运筹划策，请你再借给我一双翅膀，让我赶快达到我的目的吧！（下）

第七场　维洛那。朱利娅家中一室

【朱利娅及露西塔上。

朱利娅　给我出个主意吧，露西塔好姑娘，你得帮帮我。你就像是一块石板一样，我的心事都清清楚楚地刻在上面。现在我用爱情的名义，请求你指教我，告诉我有什么好法子让我到我那亲爱的普洛丢斯那里去，而不致出乖露丑。

露西塔　唉！这条路是悠长而累人的。

朱利娅　一个虔诚的巡礼者用他的软弱的脚步跋涉过万水千山，是不会觉得疲乏的；一个借着爱神之翼的女人，当她飞向像普洛丢斯那样亲爱、那样美好的爱人怀中去的时候，尤其不会觉得路途的艰难与遥远。

露西塔　还是不必多此一举，等候着普洛丢斯回来吧。

朱利娅　啊，你不知道他的目光是我灵魂的滋养吗？我在饥荒中因渴慕而憔悴已经好久了。你要是知道一个人在恋爱中的内心的感觉，就会明白用空话来压遏爱情的火焰，正像雪中取火一般无益。

露西塔　我并不是要压住您的爱情的烈焰，可是这把火不能够让它燃烧得过于炽盛，那是会把理智的藩篱完全烧去的。

朱利娅　你越遏制它，它越燃烧得厉害。你知道汩汩的轻流如果遭遇障碍就会激成怒湍，可是它的路程倘使顺流无阻，它就会在光润的石子上弹奏柔和的音乐，轻轻地吻着每一根在它巡礼途中的芦苇，以这种游戏的心情经过许多曲折的路程，最后到达辽阔的海洋。所以让我去，不要阻止我吧。我会像一道耐心的轻流一样，忘怀长途跋涉的辛苦，一步步挨到爱人的门前，然后我就可以得到休息。就像一个有福的灵魂，在经历无数的折磨以后，永息在幸福的天国里一样。

露西塔　可是您在路上应该怎样打扮呢？

朱利娅　为了避免轻狂男子的调戏，我要扮成男装。好露西塔，给我找一套合身的衣服来，使我穿扮起来就像个良家少年一样。

露西塔　那么，小姐，您的头发不是要剪短了吗？

朱利娅　不，我要用丝线把它扎起来，扎成各种花样的同心结。装束得炫奇一点，扮成男子后也许更像年龄比我大一些的小伙子。

露西塔　小姐，您的裤子要裁成什么样式的？

朱利娅　你这样问我，就像人家问“老爷，您的裙子腰围要多大”一样。露西塔，你看怎样好就怎样做就是了。

露西塔　可是，小姐，您裤裆前头也得有个兜儿才成。

朱利娅　呸，呸，露西塔，那像个什么样子！

露西塔　小姐，当前流行的紧身裤子，前头要没有那个兜儿，可就太不像话了。

朱利娅　如果你爱我的话，露西塔，就照你认为合适时兴的样子随便给我找一身吧。可是告诉我，我这样冒险远行，世人将要怎样批评我？我怕他们都要说我的坏话呢。

露西塔　既然如此，那么住在家里不要去吧。

朱利娅　不，那我可不愿意。

露西塔　那么不要管人家怎么说，要去就去吧。要是普洛丢斯看见您来了很喜欢，那么别人赞成不赞成您去又有什么关系？可是我怕他不见得会多么高兴吧。

朱利娅　那我可一点不担心。一千遍的盟誓、海洋一样的眼泪以及爱情无限的证据，都向我保证我的普洛丢斯一定会欢迎我。

露西塔　什么盟誓眼泪，都不过是假心的男子们的工具。

朱利娅　卑贱的男人才会把它们用来骗人，可是普洛丢斯有一颗生就的忠心，他说的话永无变更，他的盟誓等于天诰，他的爱情是真诚的，他的思想是纯洁的，他的眼泪出自衷心，诈欺沾不进他的心肠，就像天壤一样不能相合。

露西塔　但愿您看见他的时候，他还是像您所说的一样！

朱利娅　你要是爱我的话，请你不要怀疑他的忠心。你也应当像我一样爱他，我才喜欢你。现在你快跟我进房去，把我在旅途中所需要的物件检点一下。我所有的东西，我的土地财产，我的名誉，一切都归你支配，我只要你赶快帮我收拾动身。来，别多说话了，赶快！我心里已经等不及了。（同下）

第三幕

第一场　米兰。公爵府中接待室

【公爵、修里奥及普洛丢斯上。

公　爵　修里奥，请你让我们两人说句话儿，我们有点秘密的事情要商议一下。（修里奥下）现在告诉我吧，普洛丢斯，你要对我说些什么话？

普洛丢斯　殿下，按照朋友的情分而论，我本来不应该把这件事情告诉您。可是我想起像我这样无德无能的人，多蒙殿下恩宠有加，倘使这次知而不报，在责任上实在说不过去；虽然如果换了别人，无论多少世间的财富，都不能诱我开口的。殿下，您要知道在今天晚上，我的朋友凡伦丁想要把令爱劫走，他曾经把他的计划告诉我。我知道您已经决定把她嫁给修里奥，令爱对这个人却是不大满意的。现在假如她跟凡伦丁逃走了，那对于您这样年纪的人一定是一个重大的打击。所以我因为责任所迫，宁愿破坏我朋友的计谋，也不愿代他隐瞒起来，免得您因为事出不意而气坏了身子。

公　爵　普洛丢斯，多谢你这样关切我，我活一天，一定会补报你的。他们虽然当我在睡梦之中，可是我早就看出他们两人在恋爱。我也常常想禁止凡伦丁和她亲近，或是不许他到我的宫廷里来，可是因为我不愿急切从事，生怕我的猜疑并非事实，反倒错怪了好人，所以仍旧照样持之以礼，慢慢看出他的举止用心来。我知道年轻人血气未定，易受诱惑，早就防范到这一步，每天晚上我叫她睡在阁上，她房间的钥匙由我亲自保管，所以别人是没有法子把她偷走的。

普洛丢斯　殿下，他们已经想出了一个法子，他预备用绳梯爬上她的窗口，把她从窗里接下来。他现在去拿绳梯去了，等会儿就会经过这里，您要是愿意的话，就可以拦住问他。可是殿下，您盘问他的时候话要说得巧妙一点，别让他知道是我报的信，因为我这样报告您，只是出于我对您的忠诚，不是因为和我的朋友有什么过不去的地方。

公　爵　我用名誉发誓，他不会知道我是从你这里得到这消息的。

普洛丢斯　再会，殿下，凡伦丁就要来了。（下）

【凡伦丁上。

公　爵　凡伦丁，你这么急急地要到哪儿去？

凡伦丁　启禀殿下，有一个寄书人在外面，等着我把信交给他带给我的朋友们。

公　爵　是很重要的信吗？

凡伦丁　不过告诉他们我在殿下这儿很好、很快乐而已。

公　爵　那没什么要紧，陪我谈谈吧。我要告诉你一些我的切身的事情，你可不要对外面的人说。你知道我曾经想把我的女儿许给我的朋友修里奥。

凡伦丁　那我非常清楚，殿下，这门亲事要是成功，那的确是门当户对。而且这位先生品行又好、又慷慨、又有才学，令爱许配给他真是再好没有了。殿下不能够叫她也喜欢他吗？

公　爵　就是这么说。这孩子脾气坏，没有规矩，瞧不起人，不听话又固执，一点不懂得孝道。她忘记了她是我的女儿，也不把我当一个父亲那样敬畏。不瞒你说，她这样忤逆，使我对于她的爱也完全消失了。我本来想，像我这样年纪的人，有这么一个女儿承欢膝下，也可以娱此余生。现在事与愿违，我已经决定再娶一房妻室。至于我这女儿，谁要她便送给他，她的美貌就是她的嫁妆，因为她既然瞧不起我，当然也不会把我的财产放在心上了。

凡伦丁　关于这件事情，殿下要吩咐我做些什么？

公　爵　在这儿，有一位维洛那地方的姑娘，我看中了她，可是她很贞静幽娴，我这老头子说的话是打不动她的心的。我已经老早忘记了求婚的那一套法子，而且现在时世也不同了，所以我现在要请你教导教导我，怎样才可以使她那太阳一样明亮的眼睛眷顾到我。

凡伦丁　她要是不爱听空话，那么就用礼物去博取她的欢心。无言的珠宝比之流利的言辞，往往更能打动女人的心。

公　爵　我也曾经送过礼物给她，可是她一点不看重它。

凡伦丁　女人有时在表面上装作不以为意，其实心里是万分喜欢的。你应当继续把礼物送去给她，切不可灰心。起先的冷淡，将会使以后的恋爱更加热烈。她要是向你假意生嗔，那不是因为她讨厌你，而是因为她希望你更加爱她。她要是骂你，那不是因为她要你离开她，因为女人若是没有人陪着是会气得发疯的。无论她怎么说，你总不要后退，因为她嘴里叫你走，其实并不是要你走。称赞恭维是讨好女人的秘诀，尽管她生得又黑又丑，你不妨说她是天仙化人。一个男人生着三寸不烂之舌，要是说服不了一个女人，那还算是什么男人！

公　爵　可是我所说起的那位姑娘，已经由她的亲族们许配给一个年轻的绅士了。她家里门户森严，任何男人在白天都无法进去。

凡伦丁　那么要是我，就在夜里去见她。

公　爵　可是门户密闭，没有钥匙，在夜里更走不进去。

凡伦丁　门里走不进去，不是可以从窗户进去吗？

公　爵　她的寝室在很高的楼上，要是爬上去，准有生命危险。

凡伦丁　只要找一副轻便的绳梯，用一对铁钩把它抛到窗沿上就好了。若是你有胆量冒这个险，就可以像古诗里的少年那样攀上高楼去和情人幽会。

公　爵　请你看在你世家子弟的身份上，告诉我什么地方可以弄到这种梯子。

凡伦丁　你什么时候要用？请你告诉我。

公　爵　我今夜就要，因为恋爱就像小孩一样，想要什么东西巴不得立刻就得到。

凡伦丁　七点钟我可以给你弄到这么一副梯子来。

公　爵　可是我想一个人去看她，这副梯子怎么带去呢？

凡伦丁　那是很轻便的，你可以把它藏在外套里面。

公　爵　像你这样长的外套藏得下吗？

凡伦丁　可以藏得下。

公　爵　那么让我穿穿你的外套，我要照这尺寸另做一件。

凡伦丁　啊，殿下，随便什么外套都一样可以的。

公　爵　外套应当怎样穿法才对？请你让我试穿一下吧。（拉开凡伦丁的外套）这封是什么信？上面写的是什么？——给西尔维娅！这儿还有我所需要的工具！恕我这回无礼，把这封信拆开了。

　　相思夜夜飞，飞绕情人侧；

身无彩凤翼，无由见颜色。

灵犀虽可通，室迩人常遐，

空有梦魂驰，漫漫怨长夜！

这儿还写着什么？“西尔维娅，请于今夕偕遁。”原来如此，这就是你预备好的梯子！哼，好一副偷天换日的本领！你因为看见星星向你闪耀，就想上去把它们采摘吗？去，你这妄图非分的小人，放肆无礼的奴才！向你的同类们去胁肩谄笑吧！不要以为你自己有什么了不起的地方，我因为不屑和你计较，才叫你立刻离开此地，不过分为难你。我从前已经给过你太多的恩惠，现在就向你再开一次恩吧。可是你假如不立刻收拾动身，在我的领土上多停留一刻工夫，哼！那时我发起怒来，可要把我从前对你和我女儿的心意都抛开不管了。快去！我不要听你无益的辩解，你要是看重你的生命，就立刻给我走吧。（下）

凡伦丁　与其活着受煎熬，何不一死了事？死不过是把自己放逐出自己的躯壳以外。西尔维娅已经和我合成一体，离开她就是离开我自己，这不是和死同样的刑罚吗？看不见西尔维娅，世上还有什么光明？没有西尔维娅在一起，世上还有什么乐趣？我只好闭上眼睛假想她在旁边，用这样美好的幻影寻求片刻的陶醉。除非夜间有西尔维娅陪着我，夜莺的歌唱只是不入耳的噪音；除非白天有西尔维娅在我的面前，否则我的生命将是一个不见天日的长夜。她是我生命的精华，我要是不能在她的煦护拂庇之下滋养生机，就要干枯憔悴而死。即使能逃过他这可怕的判决，我也仍然不能逃避死亡。因为我留在这儿，结果不过一死，可是离开了这儿，就是离开了生命所寄托的一切。

【普洛丢斯及朗斯上。

普洛丢斯　快跑，小子！跑，跑，把他找出来。

朗　斯　喂！喂！

普洛丢斯　你看见什么？

朗　斯　我们所要找的那个人，他头上每一根头发都是凡伦丁。

普洛丢斯　是凡伦丁吗？

凡伦丁　不是。

普洛丢斯　那么是谁？他的魂吗？

凡伦丁　也不是。

普洛丢斯　那么你是什么？

凡伦丁　我不是什么。

朗　斯　那么你怎么会说话呢？少爷，我打他好不好？

普洛丢斯　你要打谁？

朗　斯　不打谁。

普洛丢斯　狗奴才，住手。

朗　斯　唷，少爷！我打的不是什么呀，请你让我——

普洛丢斯　我叫你不许放肆。——凡伦丁，我的朋友，让我跟你讲句话儿。

凡伦丁　我的耳朵里满是坏消息，现在就是有好消息也听不见了。

普洛丢斯　那么我还是把我所要说的话埋葬在无言的沉默里吧，因为它们是刺耳而不愉快的。

凡伦丁　难道是西尔维娅死了吗？

普洛丢斯　没有，凡伦丁。

凡伦丁　没有凡伦丁，不错，神圣的西尔维娅已经没有她的凡伦丁了！难道是她把我遗弃了吗？

普洛丢斯　没有，凡伦丁。

凡伦丁　没有凡伦丁，她要是把我遗弃了，世上自然再没有凡伦丁这个人了！那么你有些什么消息？

朗　斯　凡伦丁少爷，外面贴着告示说要把你驱逐出境。

普洛丢斯　把你驱逐了。是的，那就是我要告诉你的消息，你必须离开这里，离开西尔维娅，离开我，你的朋友。

凡伦丁　唉！这服苦药我已经咽下去了，太多了将使我噎塞而死。西尔维娅知道我已经被驱逐了吗？

普洛丢斯　是的，她听见这个判决以后，曾经流过无数珍珠溶化成的眼泪，跪倒在她凶狠的父亲脚下苦苦哀求，她那皎洁的纤手好像因为悲哀而变得惨白，在她的胸前搓绞着。可是跪地的双膝、高举的玉手、悲伤的叹息、痛苦的呻吟，银色的泪珠，都不能感动她那冥顽不灵的父亲，他坚持着凡伦丁倘在米兰境内被捕，就必须处死。而且当她在恳求他收回成命的时候，他因为她的多事而大为震怒，竟把她关了起来，恫吓着要把她终身禁锢。

凡伦丁　别说下去了，除非你的下一句话能够致我于死命，那么我就请你轻声送进我的耳中，好让我能够从无底的忧伤中获得解放，从此长眠不醒。

普洛丢斯　事已至此，悲伤也没用，还是想个补救的办法吧。只要静待时机，总有命运扭转的一天。你要是停留在此地，仍旧见不到你的爱人，而且你自己的生命也会保不住。希望是恋人们的唯一凭借，你不要灰心，尽管到远处去吧。虽然你自己不能到这里来，你仍旧可以随时通信，只要写明给我，我就可以把它转交到你爱人的乳白的胸前。现在时间已经很匆促，我不能多多向你劝告，来，我送你出城，在路上我们还可以谈谈关于你的恋爱的一切。即使你不以自己的安全为重，也应该为你的爱人着想。请你就跟着我走吧。

凡伦丁　朗斯，你要是看见我那小子，叫他赶快到北城门口会我。

普洛丢斯　去，狗奴才，快去找他。来，凡伦丁。

凡伦丁　啊，我的亲爱的西尔维娅！倒霉的凡伦丁！（凡伦丁、普洛丢斯同下）

朗　斯　瞧吧，我不过是一个傻瓜，可是我知道我的主人不是个好人，这且不去说它。没有人知道我也恋爱了，可是我真的恋爱了，可是几匹马也不能把这秘密从我嘴里拉出来，我也决不告诉别人我爱的是谁。不用说，那是一个女人；可是她是怎样一个女人，这连我自己也不知道。总之她是一个挤牛奶的姑娘，其实她不是姑娘，因为据说她都养过几个私生子了，可是她是个拿工钱给东家做事的姑娘。她的好处比猎狗还多，这在一个基督徒可就不容易了。（取出一纸）这儿是一张清单，记载着她的种种能耐。“第一条，她可供奔走之劳，为人来往取物。”啊，就是一匹马也不过如此。不，马可供奔走之劳，却不能来往取物，所以她比一匹吊儿郎当的马好得多了。“第二条，她会挤牛奶。”听着，一个姑娘要是有着一双干净的手，这是一个很大的好处。

【史比德上。

史比德　喂，朗斯先生，尊驾可好？

朗　斯　我东家吗？他到港口送行去了。

史比德　你又犯老毛病，把词儿听错了。你这纸上有什么新闻？

朗　斯　很不妙，简直是漆黑一团。

史比德　怎么会漆黑一团呢？

朗　斯　咳，不是用墨写的吗？

史比德　让我也看看。

朗　斯　呸，你这呆鸟！你又不识字。

史比德　谁说的？我怎么不识字？

朗　斯　那么我倒要考考你。告诉我，谁生下了你？

史比德　呃，我的祖父的儿子。

朗　斯　哎哟，你这没有学问的浪荡货！你是你祖母的儿子生下来的。这就可见得你是个不识字的。

史比德　好了，你才是个蠢货，不信让我念给你听。

朗　斯　好，拿去，圣尼古拉斯①保佑你！

史比德　“第一条，她会挤牛奶。”

朗　斯　是的，这是她的拿手本领。

史比德　“第二条，她会酿上好的麦酒。”

朗　斯　所以有那么一句古话：“你酿得好麦酒，上帝保佑你。”

史比德　“第三条，她会缝纫。”

朗　斯　这就是说：她会逢迎人。

史比德　“第四条，她会编织。”

朗　斯　有了这样一个女人，可不用担心袜子破了。

史比德　“第五条，她会揩拭抹洗。”

朗　斯　妙极，这样我可以不用替她揩身抹脸了。

史比德　“第六条，她会织布。”

朗　斯　这样我可以靠她织布维持生活，舒舒服服地过日子了。

史比德　“第七条，她有许多无名的美德。”

朗　斯　正像私生子一样，因为不知谁是他的父亲，所以连自己的姓名也不知道。

史比德　“下面是她的缺点。”

朗　斯　紧接在她好处的后面。

史比德　“第一条，她的口气很臭，未吃饭前不可和她接吻。”

朗　斯　嗯，这个缺点是很容易矫正过来的，只要在吃过饭后吻她就可以了。念下去。

史比德　“第二条，她喜欢吃糖食。”

朗　斯　那可以掩盖住她的口臭。

---

①　圣尼古拉斯，此处是中世纪录事文书等的保护神。

史比德　“第三条，她常常睡梦里说话。”

朗　斯　那没有关系，只要不在说话的时候打瞌睡就是了。

史比德　“第四条，她说起话来慢吞吞的。”

朗　斯　他妈的！这怎么算是她的缺点？说话慢条斯理是女人最大的美德。请你把这条涂掉，把它改记到她的优点里面。

史比德　“第五条，她很骄傲。”

朗　斯　把这条也涂掉。女人是天生骄傲的，谁也对她无可奈何。

史比德　“第六条，她没有牙齿。”

朗　斯　那我也不在乎，我就是爱啃面包皮的。

史比德　“第七条，她爱发脾气。”

朗　斯　哦，她没有牙齿，不会咬人，这也不要紧。

史比德　“第八条，她喜欢时不时喝杯酒。”

朗　斯　是好酒她当然喜欢喝，就是她不喝我也要喝，好东西是人人喜欢的。

史比德　“第九条，她为人太随便。”

朗　斯　她不会随便说话，因为上面已经写着她说起话来慢吞吞的；她也不会随便用钱，因为我会管牢她的钱袋；至于在另外的地方随随便便，那我也没有法子。好，念下去吧。

史比德　“第十条，她的头发比智慧多，她的错处比头发多，她的财富比错处多。”

朗　斯　慢慢，听了这一条，我又想要她，又想不要她；你且给我再念一遍。

史比德　“她的头发比智慧多——”

朗　斯　这也许是的，我可以用比喻证明：包盐的布包袱比盐多，包住脑袋的头发也比智慧多，因为多的才可以包住少的。下面怎么说？

史比德　“她的错处比头发多——”

朗　斯　那可糟透了！哎哟，要是没有这句话多好！

史比德　“她的财富比错处多。”

朗　斯　啊，有这么一句，她的错处也变成好处了。好，我一定要娶她。要是这门亲事成功，天下没有不可能的事情——

史比德　那么你便怎样？

朗　斯　那么我就告诉你吧，你的主人在北城门口等你。

史比德　等我吗？

朗　斯　等你！嘿，你算什么人！他还等过比你身份高尚的人哩。

史比德　那么我一定要到他那边去吗？

朗　斯　你非得飞奔着去不可，因为你在这里耽搁了这么多的时间，跑去恐怕还来不及。

史比德　你为什么不早告诉我？他妈的，还念什么情书！（下）

朗　斯　他擅自读我的信，现在可要挨一顿揍了。谁叫他不懂规矩，滥管人家的闲事。我倒要跟上前去，瞧瞧这狗头受些什么教训，也好让我痛快一番。（下）

第二场　同前。公爵府中一室

【公爵及修里奥上。

公　爵　修里奥，不要担心她不爱你，现在凡伦丁已经不在她眼前了。

修里奥　自从他被驱逐以后，她格外讨厌我，不愿跟我在一起，见了面就要骂我，现在我对于获得她的爱情已经不抱什么希望了。

公　爵　这种爱情的脆弱的刻痕就像冰雪上的纹印一样，只需片刻的热气，就能把它溶化在水中而消失影踪。她的凝冻的心思不久就会溶解，那时她就会忘记卑贱的凡伦丁。

【普洛丢斯上。

公　爵　啊，普洛丢斯！你的同乡有没有照我的命令离开米兰？

普洛丢斯　他已经走了，殿下。

公　爵　我的女儿因为他走了很伤心呢。

普洛丢斯　殿下，过几天她的悲伤就会慢慢消失的。

公　爵　我也这样想，可是修里奥不认为如此。普洛丢斯，我知道你为人可靠——因为你已经用行动表示你的忠心——现在我要跟你商量商量。

普洛丢斯　只要我活在世上一天，我对于殿下的忠心是永不改变的。

公　爵　你知道我很想让修里奥和我女儿成亲。

普洛丢斯　是，殿下。

公　爵　我想你也不会不知道她是怎样违逆着我的意思。

普洛丢斯　那是当凡伦丁在这儿的时候，殿下。

公　爵　是的，可是她现在仍旧执迷不悟。我们怎样才可以叫这孩子忘记了凡伦丁，转过心来爱修里奥？

普洛丢斯　最好的法子是散播关于凡伦丁的坏话，说他心思不正，行为懦弱，出身寒贱，这三件是女人家听见了最恨的事情。

公　爵　不错，可是她会以为这是人家故意造谣中伤他。

普洛丢斯　是的，如果那种话是出之于他的仇敌之口的话。所以我们必须叫一个她所认为是他的朋友的人，用巧妙婉转的措辞去告诉她。

公　爵　那么这件事就得有劳你了。

普洛丢斯　殿下，那可是我最最不愿意做的事。本来这种事就不是一个上流人所应该做的，何况又是说自己好朋友的坏话。

公　爵　现在你的好话既不能使他得益，那么你对他的诽谤也未必对他有什么害处，所以这件事其实是无所谓的，请你瞧在我的面上勉为其难吧。

普洛丢斯　殿下既然这么说，那么我也只好尽力效劳，使她不再爱他。可是即使她听了我说的关于凡伦丁的坏话，断绝了她对他的痴心，那也不见得她就会爱上修里奥。

修里奥　所以你在替她斩断情丝的时候，为了避免它变成纠结紊乱的一团，对谁都没有好处，你得把它转系到我的身上。你说了凡伦丁怎样一句坏话，就反过来说我怎样一句好话。

公　爵　普洛丢斯，我们敢于信任你去干这件工作，因为我们听见凡伦丁说起过，知道你已经是一个爱神龛前的忠实信徒，不会见异思迁的，所以我们可以放心让你和西尔维娅自由谈话。她现在心绪非常恶劣，因为你是凡伦丁的朋友，她一定高兴你去和她谈谈，你就可以婉劝她断绝对凡伦丁的爱情，来爱我的朋友。

普洛丢斯　我一定尽力而为。可是修里奥大人，您在恋爱上面的功夫还差一点儿，您该写几首缠绵凄恻的情诗，诉说着您是怎样愿意为她鞠躬尽瘁，才可以笼络住她的心。

公　爵　对了，诗歌感人之力是非常强大的。

普洛丢斯　您可以说在她美貌的圣坛上，您愿意贡献您的眼泪、您的叹息以及您的赤心。您要写到墨水干涸，然后用眼泪润湿您的笔尖，写下几行动人的诗句，表明您的爱情是如何真诚。因为俄耳甫斯[①]的琴弦是用诗人的心肠做成的，它的金石之音足以使木石为之感动，猛虎听见了会帖耳驯服，巨大的海怪会离开深不可测的海底，在沙滩上应声起舞。您在寄给她这种悲歌以后，便应该在晚间到她的窗下用柔和的乐器，一声声弹奏出心底的忧伤。黑夜的静寂是适宜于这种温情的哀诉的，只有这样才能博取她的芳心。

公　爵　你这样循循善诱，足见是情场老手。

修里奥　我今夜就照你的指教实行。普洛丢斯，我的好老师，咱们一块儿到城里去访寻几位音乐的好手。我有一首现成的情诗在此，不妨先把它拿来试一下。

公　爵　那么你们立刻找去吧！

普洛丢斯　我们还要侍候殿下用过晚餐，然后决定如何进行。

公　爵　不，现在就去准备起来吧，我不会怪你们的。（同下）

① 俄耳甫斯，希腊神话里的著名歌手，据说他能以歌声使山林、岩石移动，使野兽驯服。

第四幕

第一场　米兰与维洛那之间的森林

【若干强盗上。

盗　甲　弟兄们，站住，我看见有一个过路人来了。

盗　乙　尽管来他十个二十个，大家也不要怕，上前去。

【凡伦丁及史比德上。

盗　丙　站住，老兄，把你的东西丢下来，倘有半个不字，我们就要动手抢了。

史比德　少爷，咱们这回完了，这班人就是行路人最害怕的那种家伙。

凡伦丁　列位朋友——

盗　甲　你错了，老兄，我们是你的仇敌。

盗　乙　别嚷，听他怎么说。

盗　丙　不错，我们要听听他怎么说，因为他瞧上去还像个好人。

凡伦丁　不瞒列位说，我是一个命运不济的人，除了这一身衣服以外，实在没有一点财物。列位要是一定要我把衣服脱下，那就等于把我全部的家财夺走了。

盗　乙　你要到哪里去？

凡伦丁　到维洛那去。

盗　甲　你是从哪儿来的？

凡伦丁　米兰。

盗　丙　你住在那里多久了？

凡伦丁　十六个月。倘不是厄运降临到我身上，我也不会就离开米兰的。

盗　乙　怎么，你是给他们驱逐出来的吗？

凡伦丁　是的。

盗　乙　因为什么罪名？

凡伦丁　一提起这件事情，我心里就异常难过。我杀了一个人，现在觉得十分后悔，可是幸而他是我在一场争斗中杀死的，我并不曾用阴谋诡计加害于他。

盗　甲　果然是这样，那么你也不必后悔。可是他们就是为了这么一件小小过失，把你驱逐出境吗？

凡伦丁　是的，他们给我这样的判决，我自己认为已经是一件幸事。

盗　乙　你会讲其他国家的语言吗？

凡伦丁　因为我在年轻的时候就走远路，所以勉强会说几句，不然有许多次简直要吃大亏哩。

盗　丙　以侠盗罗宾汉手下那个胖神父的光头起誓，这个人叫他做咱们这一伙儿的首领，倒很不错。

盗　甲　我们要收留他。弟兄们，讲句话儿。

史比德　少爷，您去和他们合伙吧，他们倒是一群光明磊落的强盗呢。

凡伦丁　别胡说，狗奴才！

盗　乙　告诉我们，你现在有没有什么事情好做？

凡伦丁　没有，我现在悉听命运的支配。

盗　丙　那么老实对你说吧，我们这一群里面也有几个良家子弟，因为少年气盛，胡作非为，被循规蹈矩的上流社会所摈斥。我自己也是维洛那人，因为想要劫走一位公爵近亲的贵家嗣女，所以才遭驱逐。

盗　乙　因为我一时气恼，把一位绅士刺死了，被他们从曼多亚赶了出来。

盗　甲　我也是犯着和他们差不多的小罪。可是闲话少说，我们之所以把我们的过失告诉你，是因为要让你知道我们过这种犯法的生涯，也是不得已的。一方面我们也是见你长得一表人才，照你自己说来又会说各国语言，像你这样的人，倒是我们所需要的。

盗　乙　尤其因为你也是一个被驱逐之人，所以我们破例来和你商量。你愿不愿意做我们的首领？穷途落难，未始不可借此栖身，你就像我们一样生活在旷野里吧！

盗　丙　你说怎么样？你愿意和我们同伙吗？你只要答应下来，我们就推戴你做首领，大家听从你的号令，把你尊为寨主。

盗　甲　可是你倘不接受我们的好意，那你休想活命。

盗　乙　我们决不放你活着回去向人家吹牛。

凡伦丁　我愿意接受列位的好意，和你们大家在一起。可是我也有一个条件，你们不许侵犯无知的女人，也不许劫夺穷苦的旅客。

盗　丙　不，我们一向不干这种卑劣的行为。来，跟我们去吧。我们要带你去见我们的合寨弟兄，把我们所得到的一切金银财宝都给你看，什么都由你支配，我们大家都愿意服从你。（同下）

第二场　米兰。公爵府中庭园

【普洛丢斯上。

普洛丢斯　我已经对凡伦丁不忠实，现在又必须欺骗修里奥。我假意替他吹嘘，实际却是为自己开辟求爱的门径。可是西尔维娅是太好、太贞洁、太神圣了，我的卑微的礼物是不能把她污渎的。当我向她诉说不变的忠诚时，她责备我对朋友的无义；当我向她的美貌誓愿贡献我的一切时，她叫我想起被我所背盟遗弃的朱利娅。她的每一句冷酷的讥刺，都可以使一个恋人心灰意懒。可是她越是不理我的爱，我越是像一头猎狗一样不愿放松她。现在修里奥来了，我们就要到她的窗下去，为她奏一支夜曲。

【修里奥及众乐师上。

修里奥　啊，普洛丢斯！你已经一个人先溜来了吗？

普洛丢斯　是的，为爱情而奔走的人，当他嫌跑得不够快的时候，就会溜了去的。

修里奥　你说的没错，可是你的爱情不是着落在这里吧？

普洛丢斯　不，我所爱的正在这里，否则我到这儿来干什么？

修里奥　谁？西尔维娅吗？

普洛丢斯　正是西尔维娅，我为了你而爱她。

修里奥　多谢多谢。现在，各位，大家调起乐器来，使劲地吹奏吧。

【旅店主上，朱利娅男装随后。

旅店主　我的小客人，你怎么这样闷闷不乐，请问你有什么心事呀？

朱利娅　呃，老板，那是因为我快乐不起来。

旅店主　来，我要叫你快乐起来。让我带你到一处地方去，那里你可以听到音乐，也可以见到你所打听的那位绅士。

朱利娅　可是我能够听见他说话吗？

旅店主　是的，你也能够听见。

朱利娅　那就是音乐了。（乐声起）

旅店主　听！听！

朱利娅　他也在这里面吗？

旅店主　是的，可是你别闹，咱们听吧。

歌

西尔维娅伊何人，
乃能颠倒众生心？
神圣娇丽且聪明，
天赋诸美萃一身，
俾令举世诵其名。
伊人颜色如花浓，
伊人宅心如春柔；
盈盈妙目启瞽矇，
创平痍复相思瘳，
寸心永驻眼梢头。
弹琴为伊歌一曲，
伊人美好世无伦；
尘世萧条苦寂寞，
唯伊灿耀如星辰；
穿花为束献佳人。

旅店主　怎么，你现在反而更加悲伤了吗？你怎么啦，孩子？这音乐不中你的意吧？

朱利娅　您错了，我恼的是奏音乐的人。

旅店主　为什么，我的好孩子？

朱利娅　因为他奏错了，老人家。

旅店主　怎么，他弹得不对吗？

朱利娅　不是，可是他搅酸了我的心弦。

旅店主　你倒有一双知音的耳朵。

朱利娅　唉！我希望我是个聋子。听了这种音乐，我的心也停止跳动了。

旅店主　我看你是不喜欢音乐的。

朱利娅　像这样刺耳的音乐，我真是一点也不喜欢。

旅店主　听！现在又换了一个好听的曲子了。

朱利娅　嗯，我恼的就是这种变化无常。

旅店主　那么你情愿他们老是奏着一个曲子吗？

朱利娅　我希望一个人终生奏着一个曲子。可是，老板，我们说起的这位普洛丢斯常常到这位小姐这儿来吗？

旅店主　我听他的仆人朗斯告诉我，他爱她爱得什么似的。

朱利娅　朗斯在哪儿？

旅店主　他去找他的狗去了，他的主人吩咐他明天把那狗送去给他的爱人。

朱利娅　别说话，站开些，这一班人散开了。

普洛丢斯　修里奥，您放心好了，我一定给您婉转说情，您看我的手段吧。

修里奥　那么咱们在什么地方会面？

普洛丢斯　在圣葛雷古利井。

修里奥　好，再见。（修里奥及众乐师下）

【西尔维娅自上方窗口出现。

普洛丢斯　小姐，晚安。

西尔维娅　谢谢你们的音乐，诸位先生。说话的是哪一位？

普洛丢斯　小姐，您要是知道我的纯洁的真心，您就会听得出我的声音。

西尔维娅　是普洛丢斯先生吧？

普洛丢斯　正是您的仆人普洛丢斯，好小姐。

西尔维娅　您来此有何见教？

普洛丢斯　我是为侍候您的旨意而来的。

西尔维娅　好吧，我就让你知道我的旨意，请你赶快回去睡觉吧。你这居心险恶、背信弃义之人！你曾经用你的誓言骗过不知多少人，现在你以为我也这样容易受骗，想用你的甜言蜜语来引诱我吗？快点儿回去，设法补赎你对你爱人的罪愆吧。我以这苍白的月亮起誓，你的要求是我所绝对不愿允许的。为了你的非分的追求，我从心底里瞧不起你，现在我这样向你多说废话，回头我还要痛恨我自己呢。

普洛丢斯　亲爱的人儿，我承认我曾经爱过一位女郎，可是她现在已经死了。

朱利娅　（旁白）一派胡言，她还没有下葬呢。

西尔维娅　就算她死了，你的朋友凡伦丁还活着。你自己亲自做证我已经将身心许给他。现在你这样向我絮渎，你也不觉得愧对他吗？

普洛丢斯　我听说凡伦丁也已经死了。

西尔维娅　那么你就算我也已经死了吧。你可以相信我的爱已经埋葬在他的坟墓里了。

普洛丢斯　好小姐，让我再把它发掘出来吧。

西尔维娅　到你爱人的坟上，去把她叫活过来吧，或者至少也可以把你的爱和她埋葬在一起。

朱利娅　（旁白）这种话他是听不进去的。

普洛丢斯　小姐，您既然这样心硬，那么请把您卧室里挂着的那幅小像赏给我，安慰我这一片痴心吧。我要每天对它说话，向它叹息流泪，因为您的卓越的本人既然爱着他人，那么我不过是一个影子，只好向您的影子贡献我的真情了。

朱利娅　（旁白）这画像倘使是一个真人，你有一天也一定会欺骗她，使她像我一样变成一个影子。

西尔维娅　先生，我很不愿意被你当作偶像，可是你既然是一个虚伪成性的人，那么让你去崇拜虚伪的影子，倒也很合适你。明儿早上你叫人来，我就让他把它带给你。现在你可以去好好地休息了。

普洛丢斯　正像不幸的人们终夜未眠，等候着清晨的处决一样。（普洛丢斯、西尔维娅各下）

朱利娅　老板，咱们也走吧。

旅店主　哎哟，我睡得好熟！

朱利娅　请问您，普洛丢斯住在什么地方？

旅店主　就在我的店里。哎哟，现在天快亮了。

朱利娅　还没有哩，可是今夜啊，是我一生中最悠长、最难挨的一夜！（同下）

第三场　同　前

【爱格勒莫上。

爱格勒莫　这是西尔维娅小姐约我去见她的时辰，她要差我做一件重要的事情。小姐！小姐！

【西尔维娅在窗口出现。

西尔维娅　是谁？

爱格勒莫　是您的仆人和朋友，来听候您的使唤的。

西尔维娅　爱格勒莫先生，早安！

爱格勒莫　早安，尊贵的小姐！我遵照您的吩咐，一早到这儿来，不知道您要叫我做什么事？

西尔维娅　啊，爱格勒莫，你是一个正人君子，不要以为我在恭维你，我发誓我说的是真心话，你是一个勇敢、智慧、慈悲、能干的人。你知道我对于被驱逐在外的凡伦丁抱着怎样的好感，你也知道我的父亲要强迫我嫁给我所憎厌的骄傲的修里奥。你自己也是恋爱过来的，我曾经听你说过，没有一种悲哀比之你真心的爱人死去时更使你心碎了，你已经对你爱人的坟墓宣誓终身不娶。爱格勒莫先生，我要到曼多亚去找凡伦丁，因为我听说他住在那边。可是我担心路上不好走，想请你陪着我去，我完全相信你为人可靠。爱格勒莫，不要用我父亲将要发怒的话来劝阻我，请你想一想我的伤心，一个女人的伤心吧。而且我的逃走是为避免一门最不合适的婚姻，它将会招致不幸的后果。我从我自己充满了像海洋中沙砾那么多的忧伤的心底向你请求，请你答应和我做伴同行，要是你不肯答应我，那么也请你为我对你说过的话保守秘密，让我一个人冒险前去吧。

爱格勒莫　小姐，我非常同情您的不幸。我知道您的用心是纯洁的，所以我愿意陪着您去，我也管不了此去对于我自己利害如何，但愿您能够遇到一切的幸福。您打算什么时候走？

西尔维娅　今天晚上。

爱格勒莫　我在什么地方和您会面？

西尔维娅　在伯特力克神父的修道院里，我想先在那里做一次忏悔礼拜。

爱格勒莫　我决不失约。再见，好小姐。

西尔维娅　再见，善良的爱格勒莫先生。（各下）

第四场　同　前

【朗斯携犬上。

朗　斯　一个人不走运时，自己的仆人也会像恶狗一样反过来咬他一口。这畜生，我把它从小喂大，它的三四个兄弟姐妹落下地来眼睛还没睁开，便给人淹死了，是我把它救了出来。我辛辛苦苦地教导它，正像人家说的，教一条狗也不过如此。我的主人要我把它送给西尔维娅小姐，我一脚刚踏进膳厅的门，这作怪的东西就跳到砧板上把阉鸡腿衔去了。唉，一条狗当着众人面前，一点不懂规矩，那可真糟糕！按道理说，要是以狗自命，做起什么事来都应当有几分狗聪明才对。可是它呢？倘不是我比它聪明几分，把它的过失认在自己身上，它早给人家吊死了。你们替我评评理看，它是不是自己找死？它在公爵食桌底下和三四条绅士模样的狗在一起，一下子就撒起尿来，满房间都是臊气。一位客人说："这是哪儿来的癞皮狗？"另外一个人说："赶走它！赶走它！"第三个人说："用鞭子把它抽出去！"公爵说："把它吊死了吧。"我闻惯了这种尿臊气，知道是克来勃干的事，连忙跑到打狗的人面前，说："朋友，您要打这狗吗？"他说："是的。"我说："那您可冤枉了它了，这尿是我撒的。"他就干脆把我打一顿赶了出来。天下有几个主人肯为他的仆人受这样的委屈？我可以对天发誓，我曾经因为它偷了人家的香肠而给人铐住了手脚，否则它早就一命呜呼了；我也曾因为它咬死了人家的鹅而颈上套枷，否则它也逃不了一顿打。你现在可全不记得这种事情了。嘿，我还记得在我向西尔维娅小姐告别的时候，你闹了怎样一场笑话。我不是关照过你，瞧我怎么做你也怎么做吗？你几时看见过我跷起一条腿来，当着一位小姐的裙边撒尿？你看见过我闹过这种笑话吗？

【普洛丢斯及朱利娅男装上。

普洛丢斯　你的名字叫西巴斯辛吗？我很喜欢你，就要差你做一件事情。

朱利娅　请您吩咐下来吧，我愿意尽力去做。

普洛丢斯　那很好。（向朗斯）喂，你这蠢材！这两天你究竟浪荡在什么地方？

朗　斯　呃，少爷，我是照您的话给西尔维娅小姐送狗去的。

普洛丢斯　她看见我的小宝贝说些什么话？

朗　斯　呃，她说，您的狗是一条恶狗。她叫我对您说，您这样的礼物她是不敢领教的。

普洛丢斯　她不接受我的狗吗？

朗　斯　不，她不受，现在我把它带回来了。

普洛丢斯　什么！你给我把这畜生送给她了吗？

朗　斯　是的，少爷。那头小松鼠儿在市场上给那些不得好死的偷去了，所以我才把我自己的狗送去给她。这条狗比您的狗大十倍，这礼物的价值当然也要高得多了。

普洛丢斯　快给我去把我的狗找回来，要是找不回来，不用再回来见我了。快滚！你要我见着你生气吗？这奴才老是让我丢尽脸面。（朗斯下）西巴斯辛，我之所以收留你，一半是因为我需要像你这样一个孩子给我做些事情，不像那个蠢汉一样靠不住。可是大半还是因为我从你的容貌行为上，知道你是一个受过良好教养、诚实可靠的人。所以记着吧，我是为了这个才收留你的。现在你就给我去把这戒指送给西尔维娅小姐，它本来是一个爱我的人送给我的。

朱利娅　大概您已经不爱她了吧，所以把她的纪念物送给别人？是不是她已经死了？

普洛丢斯　不，我想她还活着。

朱利娅　唉！

普洛丢斯　你为什么叹气？

朱利娅　我禁不住可怜她。

普洛丢斯　你为什么可怜她？

朱利娅　因为我想她爱您就像您爱您的西尔维娅小姐一样。她梦寐怀念着一个忘记了她的爱情的男人，您痴心热恋着一个不愿接受您的爱情的女子。恋爱是这样的参差颠倒，想起来真是可叹！

普洛丢斯　好，好，你把这戒指和这封信送去给她，那就是她住的房间。对那位小姐说，我要向她索讨她所答应给我的她那幅天仙似的画像。办好了差使以后，你就赶快回来，你会看见我一个人在房里伤心。（下）

朱利娅　有几个女人愿意干这样一件差使？唉，可怜的普洛丢斯！你找了一只狐狸来替你牧羊了。唉，我才是个傻子！他那样厌弃我，我为什么要可怜他？他因为爱她，所以厌弃我；我因为爱他，所以不能不可怜他。这戒指是我们分别时我要他永远记得我而送给他的，现在我这不幸的使者，却要替他求讨我所不愿意他得到的东西，转送我所不愿意送去的东西，称赞我所不愿意称赞的忠实。我真心爱着我的主人，可是我倘要尽忠于他，就只好不忠于自己。没有办法，我只能为他前去求爱，可是我要把这事情干得十分冷淡，天知道，我不想他如愿以偿。

【西尔维娅上，众女侍随上。

朱利娅　早安，小姐！有劳您带我去见一见西尔维娅小姐。

西尔维娅　假如我就是她，你有什么见教？

朱利娅　假如您就是她的话，那么我奉命而来，有几句话要奉渎清听。

西尔维娅　奉谁的命而来？

朱利娅　我的主人普洛丢斯，小姐。

西尔维娅　噢，他叫你来拿一幅画像吗？

朱利娅　是的，小姐。

西尔维娅　欧苏拉，把我的画像拿来。（女侍取画像至）你把这拿去给你的主人，请你再对他说，有一位被他朝三暮四的心所忘却的朱利娅，是比这个画里的影子更值得晨昏供奉的。

朱利娅　小姐，请您读一读这封信。——不，请您原谅我，小姐，是我大意送错信了，这才是给您的信。

西尔维娅　请你让我再瞧瞧那一封。

朱利娅　这是不可以的，好小姐，原谅我吧。

西尔维娅　那么你拿去吧。我不要看你主人的信，我知道里面满是些山盟海誓的话，他说过了就把它丢在脑后，正像我把这纸头撕碎了一样不算一回事。

朱利娅　小姐，他叫我把这戒指送上。

西尔维娅　这尤其是他的不对，我曾经听他说起过上千次，这是他的朱利娅在分别时给他的。他的没有良心的指头虽然已经玷污了这戒指，我可不愿对不起朱利娅而把它戴上。

朱利娅　她谢谢你。

西尔维娅　你说什么？

朱利娅　我谢谢您，小姐，因为您这样关心她。可怜的姑娘！我的主人太对不起她了。

西尔维娅　你也认识她吗？

朱利娅　我熟悉她的为人，就像知道我自己一样。不瞒您说，我因为想起她的不幸，曾经流过几百次的眼泪哩。

西尔维娅　她多半以为普洛丢斯已经抛弃她了吧。

朱利娅　我想她是这样想着，这也就是她所以悲伤的缘故。

西尔维娅　她长得好看吗？

朱利娅　小姐，她从前是比现在好看多了。当她以为我的主人很爱她的时候，在我看来她是跟您一样美的。可是自从她无心对镜、懒敷脂粉以后，她的颊上的蔷薇已经不禁风吹而枯萎，她的百合花一样的肤色也已经憔悴下来，现在她是跟我一样的黑丑了。

西尔维娅　她的身材怎样？

朱利娅　跟我差不多高。因为在一次五旬节①串演各种戏剧的时候，当地的青年要我扮作女人，把朱利娅小姐的衣服借给我穿，刚巧合我的身材，大家说那身衣服就像是为我而裁剪的，所以我知道她跟我差不多高。那时候我扮着阿里阿德涅，悲痛着忒修斯②的薄情遗弃。我表演得那样凄惨逼真，使我那小姐忍不住频频拭泪。现在她自己被人这样对待，怎么不使我为她难过！

西尔维娅　她知道你这样同情她，一定很感激你的。唉，可怜的姑娘，被人这样抛弃不顾！听了你的话，我也要流起泪来了。孩子，为了你那好小姐，我给你这几个钱，因为你是爱她的。再见。

朱利娅　您要是认识她的话，她也会因为您的善心而感谢您的。（西尔维娅及侍从下）她是一位贤淑美丽的贵家女子。她这样关切着朱利娅，看来我的主人向她求爱是没有多大希望的。唉，爱情是多么善于愚弄它自己！这一幅是她的画像，让我瞻仰一番。我想，我要是也有这样一顶帽子，我这面庞和她的比起来也是一样可爱。可是画师似乎把她的美貌格外润色了几分，否则就是我自己太

---

① 五旬节，逾越节后第五十日，为庆祝收获之节日。

② 忒修斯是传说中之雅典英雄，为阿里阿德涅所恋；忒修斯得后者之助，深入迷宫，杀死半牛半人之食人怪兽；惟其后卒将该女遗弃。

顾影自怜了。她的头发是赭色的，我的是纯粹的金黄，他如果就是为了这一点差别而爱她，那么我愿意装上一头假发。她的灰色的眼睛像水晶一样清澈，我的眼睛也是一样，可是我的额角比她的高些。爱神倘不是盲目的，那么我有哪一点比不上她？把这影子卷起来吧，它是你的情敌呢。啊，你这无知无觉的形象！他将要崇拜你、爱慕你、吻你、抱你。倘使他的盲目的恋爱是有几分理性的话，他就应该爱我这血肉之身而忘记了你。可是因为她没有错待我，所以我也要爱惜你、珍重你。不然的话，我要发誓剜去你那双视而不见的眼睛，好让我的主人不再爱你。（下）

第五幕

第一场　米兰。一寺院

【爱格勒莫上。

爱格勒莫　太阳已经替西天镀上了金光，西尔维娅约我在伯特力克神父的修道院里会面的时间快要到了。她是不会失约的，因为在恋爱中的人们总是急于求成，只有提前早到，绝对不会误了钟点。瞧，她已经来啦。

【西尔维娅上。

爱格勒莫　小姐，晚安！

西尔维娅　阿门，阿门！好爱格勒莫，快打寺院的后门出去，我怕有暗探在跟随着我。

爱格勒莫　别怕，离这儿不到十里就是森林，只要我们能够到达那里，准可万无一失。（同下）

第二场　同前。公爵府中一室

【修里奥、普洛丢斯及朱利娅上。

修里奥　普洛丢斯，西尔维娅对于我的求婚作何表示？

普洛丢斯　啊，老兄，她的态度比原先软化得多了，可是她对于您的相貌还有几分不满。

修里奥　怎么！她嫌我的腿太长吗？

普洛丢斯　不，她嫌它太瘦小了。

修里奥　那么我就穿上一双长统靴子去，好叫它瞧上去粗一些。

朱利娅　（旁白）你可不能把爱情一靴尖踢到它所憎嫌的人的怀里啊！

修里奥　她怎样批评我的脸？

普洛丢斯　她说您有一张俊俏的小白脸。

修里奥　这丫头胡说八道，我的脸是又粗又黑的。

普洛丢斯　可是古话说："粗黑的男子，是美人眼中的明珠。"

朱利娅　（旁白）不错，这种明珠会耀得美人们睁不开眼来，我见了他就宁愿闭上眼睛。

修里奥　她对于我的言辞谈吐觉得怎样？

普洛丢斯　当您讲到战争的时候，她是会觉得头痛的。

修里奥　那么当我讲到恋爱的时候，她是很喜欢的吗？

朱利娅　（旁白）你一声不响人家才更满意呢。

修里奥　她对于我的勇敢怎么说？

普洛丢斯　啊，那是她一点都不怀疑的。

朱利娅　（旁白）她不必怀疑，因为她早知道他是一个懦夫。

修里奥　她对于我的家世怎么说？

普洛丢斯　她说您系出名门。

朱利娅　（旁白）不错，他是个辱没祖先的不肖子孙。

修里奥　她看重我的财产吗？

普洛丢斯　啊，是的，她还觉得十分痛惜呢。

修里奥　为什么？

朱利娅　（旁白）因为偌大财产都落在一头蠢驴的手里。

普洛丢斯　因为它们都典给人家了。

朱利娅　公爵来了。

【公爵上。

公　爵　啊，普洛丢斯！修里奥！你们两人看见过爱格勒莫没有？

修里奥　没有。

普洛丢斯　我也没有。

公　爵　你们看见我的女儿吗？

普洛丢斯　也没有。

公　爵　啊呀，那么她已经私自出走，到凡伦丁那家伙那里去了，爱格勒莫一定是陪着她去的。一定是的，因为劳伦斯神父在林子里修行的时候，曾经看见他们两个人。爱格勒莫他是认识的，还有一个人他猜想是她，可是因为她假扮着，所以不能十分确定。而且她今晚本来要到伯特力克神父修道院里做忏悔礼拜，可是她不在那里。这样看来，她的逃走是完全证实了。我请你们不要站在这儿多讲话，赶快备好马匹，咱们在通到曼多亚去的山麓高地上会面，他们一准是到曼多亚去的。赶快整装出发吧！（下）

修里奥　真是一个不懂好歹的女孩子，叫她享福她偏不享。我要追他们去，叫爱格勒莫知道些厉害，却不是为了爱这个不知死活的西尔维娅。（下）

普洛丢斯　我也要追上前去，为了西尔维娅的爱，却不是对那和她同走的爱格勒莫有什么仇恨。（下）

朱利娅　我也要追上前去，阻碍普洛丢斯对她的爱情，却不是因为恼恨为爱而出走的西尔维娅。（下）

第三场　曼多亚边境。森林

【众盗挟西尔维娅上。

盗　甲　来，来，不要急，我们要带你见寨主去。

西尔维娅　无数次不幸的遭遇，使我学会了如何忍耐今天这一次。

盗　乙　来，把她带走。

盗　甲　跟她在一起的那个绅士呢？

盗　丙　他因为跑得快，逃掉了，可是摩瑟斯和伐勒律斯已经向前追去了。你带她到树林的西边尽头，我们的首领就在那里。我们再去追那逃走的家伙，四面包围得紧紧的，料他逃不出去。（除盗甲及西尔维娅外，余人同下）

盗　甲　来，我带你到寨里去见寨主。别怕，他是个光明正大的汉子，不会欺侮女人的。

西尔维娅　凡伦丁啊！我是为了你才忍受这一切的。（同下）

第四场　森林的另一部分

【凡伦丁上。

凡伦丁　习惯是多么能够变化人的生活！在这座浓阴密布、人迹罕至的荒林里，我觉得要比人烟繁杂的市镇里舒服得多。我可以在这里一人独坐，和着夜莺的悲歌调子，泄吐我的怨恨忧伤。唉，我那心坎里的人儿呀，不要长久抛弃你的殿堂吧，否则它会荒芜而颓圮，不留下一点可以供人凭吊的痕迹！我这破碎的心，是要等着你来修补呢，西尔维娅！温柔的女神，快来安慰你的寂寞孤零的恋人呀！（内喧嚷声）什么事这样吵吵闹闹的？这一班是我的弟兄们，他们不受法律的管束，现在不知又在追赶哪一个倒霉的旅客了。他们虽然厚爱我，可是我也费了不少气力，才叫他们不要做什么非礼的暴行。且慢，谁到这儿来啦？待我退后几步看个明白。

【普洛丢斯、西尔维娅及朱利娅上。

普洛丢斯　小姐，您虽然看不起我，可是这次我是冒着生命的危险，把您从那个家伙手里救了出来，保全了您的清白。就凭着这一点微劳，请您向我霁颜一笑吧。我不能向您求讨一个比这更小的恩惠，我相信您也总不致拒绝我这个最低限度的要求。

凡伦丁　（旁白）我眼前所见所闻的一切，多么像一场梦境！爱神哪，请你让我再忍耐一会儿吧！

西尔维娅　啊，我是多么倒霉，多么不幸！

普洛丢斯　在我没有到来之前，小姐，您是不幸的，可是因为我来得凑巧，现在不幸已经变成大幸了。

西尔维娅　因为你来了，所以我才更不幸。

朱利娅　（旁白）因为他找到了你，我才不幸呢。

西尔维娅　要是我给一头饿狮抓住，我也宁愿给它充作一顿早餐，不愿让薄情无义的普洛丢斯把我援救出险。啊，上天做证，我是多么爱凡伦丁，他的生命就是我的灵魂。正像我把他爱到极点一样，我也痛恨背盟无义的普洛丢斯到极点。快给我走吧，别再纠缠我了。

普洛丢斯　只要您肯温和地看我一眼，无论什么与死为邻的危险事情，我都愿意为您去做。唉，这是爱情的永久的诅咒，一片痴心难邀美人的眷顾！

西尔维娅　普洛丢斯不爱那爱他的人，怎么能叫他爱的人爱他？想想你从前深爱的朱利娅吧，为了她你曾经发过一千遍誓诉说你的忠心，现在这些誓言都变成了谎话，你又想把它们拿来骗我了。你简直是全无人心，不然就是有二心，这比全然没有更坏。一个人应该只有一颗心，不该朝三暮四。你这出卖真诚朋友的无耻之徒！

普洛丢斯　一个人为了爱情，怎么还能顾到朋友呢？

西尔维娅　只有普洛丢斯才是这样。

普洛丢斯　好，我的婉转哀求要是打不动您的心，那么我只好像一个军人一样，用武器来向您求爱，强迫您接受我的痴情了。

西尔维娅　天啊！

普洛丢斯　我要强迫你服从我。

凡伦丁　（上前）混账东西，不许无礼！你这冒牌的朋友！

普洛丢斯　凡伦丁！

凡伦丁　卑鄙奸诈、不忠不义的家伙，现今世上就多的是像你这样的朋友！你欺骗了我的一片真心，要不是我今天亲眼看见，我万万想不到你竟是这样一个人。现在我不敢再说我在世上有一个朋友了。要是一个人的心腹股肱都会背叛他，那么还有谁可以相信？普洛丢斯，我从此不再相信你了。茫茫人海之中，从此我只剩孑然一身。这种冷箭的创伤是最深的，自己的朋友竟会变成最坏的仇敌，世间还有比这更可痛心的事吗？

普洛丢斯　我的羞愧与罪恶使我说不出话来。饶恕我吧，凡伦丁！如果真心的悔恨可以赎取罪愆，那么请你原谅我这一次吧！我现在的痛苦绝对不亚于我过去的罪恶。

凡伦丁　那就罢了，你既然真心悔过，我也就不再计较，仍旧把你当作一个朋友。能够忏悔的人，无论天上人间都可以既往不咎。上帝的愤怒也会因为忏悔而平息的。为了表示我对你的友情的坦率真诚，我愿意把我在西尔维娅心中的地位让给你。

朱利娅　我好苦啊！（晕倒）

普洛丢斯　瞧这孩子怎么啦？

凡伦丁　喂，孩子！喂，小鬼！啊，怎么一回事？醒过来！你说话呀！

朱利娅　啊，好先生，我的主人叫我把一个戒指送给西尔维娅小姐，可是我粗心把它忘了。

普洛丢斯　那戒指呢，孩子？

朱利娅　在这儿，这就是。（把戒指交给普洛丢斯）

普洛丢斯　啊，让我看。咦，这是我给朱利娅的戒指呀。

朱利娅　啊，请您原谅，我弄错了，这才是您送给西尔维娅的戒指。（取出另一戒指）

普洛丢斯　可是这一个戒指是我在动身的时候送给朱利娅的，现在怎么会到你的手里？

朱利娅　朱利娅自己把它给我，而且她自己把它带到这儿来了。

普洛丢斯　怎么！朱利娅！

朱利娅　曾经听过你无数假誓、从心底里相信你不会骗她的朱利娅就在这里，请你瞧个明白吧！普洛丢斯啊，你看见我这样装束，也该脸红了吧！我的衣着是这样不成体统，如果为了爱而伪装是可羞的事，你的确应该害羞！可是比起男人的变换心肠来，女人的变换装束是不算什么事的。

普洛丢斯　比起男人的变换心肠来！不错，天啊！男人要是始终如一，他就是个完人，因为他有了这一个错处，便使他无往而不错，犯下了各种的罪恶。变换的心肠总是不能维持好久的。我要是心情忠贞，那么西尔维娅的脸上有哪一点不可以在朱利娅脸上同样找到，而且还要更加鲜润！

凡伦丁　来，来，让我给你们握手，从此破镜重圆，把以前的恩怨一笔勾销吧。

普洛丢斯　上天为我做证，我的心愿已经永远得到满足。

朱利娅　我也别无他求。

【众盗拥公爵及修里奥上。

众　盗　发了利市了！发了利市了！

凡伦丁　弟兄们不得无礼！这位是公爵殿下。殿下，小人是被驱逐的凡伦丁，在此恭迎大驾。

公　爵　凡伦丁！

修里奥　那边是西尔维娅，她是我的。

凡伦丁　修里奥，放手，否则我马上叫你死。不要惹我发火，要是你再说一声西尔维娅是你的，你就休想回到维洛那去。她现在站在这儿，你倘敢碰她一下，或者向我的爱人吹一口气的话，就叫你尝尝厉害。

修里奥　凡伦丁，我不要她，我不要。谁要是愿意为一个不爱他的女人而去冒生命的危险，那才是一个大傻瓜哩。我不要她，她就算是你的吧。

公　爵　你这卑鄙无耻的小人！从前那样向她苦苦追求，现在却这样把她轻轻放手。凡伦丁，以我的门阀起誓，我很佩服你的大胆，你是值得一个女皇的眷宠的。现在我愿忘记以前的怨恨，准你回到米兰去，为了你的无比的才德，我要特别加惠于你。另外，我还要添上这么一条：凡伦丁，你是个出身良好的上等人，西尔维娅是属于你的了，因为你已经可以受之无愧。

凡伦丁　谢谢殿下，这样的恩赐，使我喜出望外。现在我还要请求殿下看在令爱的面上，答应我一个要求。

公　爵　无论什么要求，我都可以看在你的面上答应你。

凡伦丁　这一班跟我在一起的被驱逐之人，他们都有很好的品性，请您宽恕他们在这儿所干的一切，让他们各回家乡。他们都是真心悔过、温和善良、可以干些大事业的人。

公　爵　准你所请，我赦免了他们，也赦免了你。你就照他们各人的才能安置他们吧。来，我们走吧，我们要结束一切不和，摆出盛大的仪式，欢欢喜喜地回家。

凡伦丁　我们一路走着的时候，我还要大胆向殿下说一个笑话。您看这个童儿好不好？

公　爵　这孩子倒是很清秀文雅的，他在脸红呢。

凡伦丁　殿下，他清秀是很清秀，文雅也很文雅，可是他不是个童儿。

公　爵　你这话是什么意思？

凡伦丁　请您许我在路上告诉您这一切奇怪的遭遇吧。来，普洛丢斯，我们要讲到你的恋爱故事，让你听着难过难过。之后，我们的婚期也就是你们的婚期，大家在一块儿欢宴，一块儿居住，一块儿过着快乐的日子。（同下）

THE TAMING OF THE SHREW
驯悍记

知过则改永远是不嫌迟的。

导 读

《驯悍记》是莎士比亚早期的一出著名的幽默喜剧，戏剧描写悍妇凯瑟丽娜因为性格暴躁、脾气倔强，找不到任何一个敢娶她的男人，在心不甘情不愿的情况下，她嫁给了高大结实的大胡子男人彼特鲁乔。彼特鲁乔一心要把凯瑟丽娜改造成百依百顺的好妻子，所以他采取了“以暴制暴”的方式，最后终于驯服了凯瑟丽娜的一身傲骨，将骄横的妻子改造成温柔的贤内助。

剧中包含三个情节：序幕中荒村酒店前关于斯赖的黄粱美梦的故事；彼特鲁乔和悍妇凯瑟丽娜的故事；路森修和比恩卡的爱情故事。这几个故事探索了两性关系以及爱情和金钱的价值等主题，热闹的故事情节背后带有浓厚的文艺复兴时期关怀人的命运以及人与人之间的关系的色彩，既使人发出会心的微笑，也发人深思。

剧中人物

贵　族
克利斯朵夫·斯赖　补锅匠
酒店主妇、小童、伶人、猎奴、仆从等
（以上三行：序幕中的人物）

巴普提斯塔　帕度亚的富翁

文森修　比萨的老绅士

路森修　文森修的儿子，爱恋比恩卡者

彼特鲁乔　维洛那的绅士，凯瑟丽娜的求婚者

葛莱米奥
霍坦西奥
（比恩卡的求婚者）

特拉尼奥
比昂台罗
（路森修的仆人）

葛鲁米奥
寇提斯
（彼特鲁乔的仆人）

老学究　假扮文森修者

凯瑟丽娜　悍妇
比恩卡
（巴普提斯塔的女儿）

寡　妇

裁缝、帽匠及巴普提斯塔、彼特鲁乔两家的仆人

地　点

帕度亚，有时在彼特鲁乔的乡间住宅

序　幕

第一场　荒村酒店门前

【女店主及斯赖上。

斯　赖　我揍你！

女店主　把你上了枷、带了铐，你才知道厉害，你这流氓！

斯　赖　你是个烂污货！你去打听打听，俺斯赖家从来不曾出过流氓，咱们的老祖宗是跟着理查万岁爷一块儿来的。给我闭住你的臭嘴，老子什么都不管。

女店主　你打碎了的杯子不肯赔我吗？

斯　赖　不，一个子儿也不给你。骚货，你还是钻进你那冰冷的被窝里去吧。

女店主　我知道怎样对付你这种家伙，我去叫官差来抓你。（下）

斯　赖　随他来吧，我没有犯法，看他能把我怎样。是好汉绝不逃走，让他来吧。（躺在地上睡去）

【号角声。猎罢归来的贵族率猎奴及仆从等上。

贵　族　猎奴，你好好照料我的猎犬。可怜的茂里曼，它跑得嘴吐白沫！把克劳德和那大嘴巴的母狗放在一起。你没看见锡尔佛在那篱笆角上，居然找回了失去踪迹的猎物吗？别人就是给我二十镑，我也不肯把它转让出去。

猎奴甲　老爷，培尔曼也不比它差呢，它闻到一点点猎物的臭味就会叫起来，今天它已经两次发现猎物的踪迹了。我觉得还是它好。

贵　族　你知道什么！爱柯要是脚步快一些，可以抵得过二十条这样的狗哩。可是你得好好喂饲它们，留心照料它们。明天我还要出来打猎。

猎奴甲　是，老爷。

贵　族　（见斯赖）这是什么？是个死人，还是喝醉了？瞧他有没有气？

猎奴乙　老爷，他在呼吸。他要不是喝醉了酒，不会在这么冷的地上睡得这么熟的。

贵　族　瞧这蠢东西！他躺在那儿多么像一头猪！一个人死了以后，那样子也不过这样难看！我要把这醉汉捉弄一番。让我们把他抬回去放在床上，给他穿上好看的衣服，在他的手指上套上许多戒指，床边摆好一桌丰盛的酒食，穿得齐齐整整的仆人侍候着他，等他醒来的时候，这叫花子不是会把他自己也忘记了呢？

猎奴甲　老爷，我想他一定想不起来他自己是个什么人了。

猎奴乙　他醒来以后，一定会大吃一惊。

贵　族　就像置身在一场美梦或空虚的幻想中一样。你们现在就把他抬起来，轻轻地把他抬到我最好的一间屋子里，四周的墙壁上挂上风流的图画，用最好的香水给他洗头，房间里熏起芳香的檀香，还要把乐器预备好，等他醒来的时候，便弹奏起美妙的仙曲。他要是说什么话，就立刻恭恭敬敬地低声问他："老爷有什么吩咐？"一个仆人捧着银盆，里面盛着浸满花瓣的蔷薇水，还有一个人捧着水壶，第三个人拿着手巾，说："请老爷洗手。"那时另外一个人就拿着一身华贵的衣服，问他喜欢穿哪一件；还有一个人向他报告他的猎犬和马匹的情形，并且对他说他的夫人见他害病，心里非常难过。让他相信他自己曾经疯了；要是他说他自己是个什么人，就对他说他是在做梦，因为他是一个做大官的贵人。你们这样用心串演下去，不要闹得太过分，一定是一场绝妙的消遣。

猎奴甲　老爷，我们一定用心扮演，让他看见我们不敢怠慢的样子，相信他自己真的是一个贵人。

贵　族　把他轻轻抬起来，让他在床上休息一会儿，等他醒来的时候，各人都按着各自的职位好好去做。（众抬斯赖下；号角声）来人，去瞧瞧那吹号角的是什么人。（一仆人下）也许有什么过路的贵人，要在这儿暂时歇脚。

【仆人重上。

贵　族　啊，是谁？

仆　人　启禀老爷，是一班戏子要来侍候老爷。

贵　族　叫他们过来。

【众伶人上。

贵　族　欢迎，列位！

众　伶　多谢大人。

贵　族　你们今晚想在我这里停留一夜吗？

伶　甲　大人要是不嫌弃的话，我们愿意侍候大人。

贵　族　很好。这一个人很面熟，我记得他曾经扮过一个农夫的长子，向一位小姐求爱，演得很不错。你的名字我忘了，可是那个角色你演来恰如其分，一点不做作。

伶　甲　您大概说的是苏多那个角色吧。

贵　族　对了，你扮得很好。你们来得很凑巧，因为我正要串演一幕戏，你们可以给我不少帮助。今晚有一位贵人要来听你们的戏，他生平没有听过戏，我很担心你们看见他那傻头傻脑的样子，会忍不住笑起来，那就要把他气坏了；我告诉你们，他只要看见人家微微一笑，就会发脾气的。

伶　甲　大人，您放心好了。就算他是世上最古怪的人，我们也会控制我们自己。

贵　族　来人，把他们领到伙食房里去，好好款待他们；他们需要什么，只要我家里有，都可以尽量供给他们。（仆甲领众伶下）来人，你去找我的童儿巴索洛缪，把她装扮成一个贵妇，然后带着她到那醉汉的房间里去，叫她做太太，必须要十分恭敬的样子。你替我吩咐她，她的一举一动，必须端庄稳重，就像她看见过的高贵的妇女在她们丈夫面前的那种样子；她对那醉汉说话的时候，必须温柔和婉，也不要忘记了屈膝致敬；她应当说："夫君有什么事要吩咐奴家，请尽管说出来，好让奴家稍尽一点做妻子的本分，表示一点对您的爱心。"然后她就装出很多情的样子把那醉汉拥抱亲吻，把头偎在他的胸前，眼睛里流着泪，假装是她的丈夫疯癫了好久，七年以来，始终把自己当作一个穷苦的讨人厌的叫花子，现在眼看丈夫清醒过来，所以快活得哭起来了。要是这孩子没有女人家随时淌眼泪的本领，只要用一个洋葱包在手帕里，擦擦眼皮，眼泪就会来了。你对她说她要是扮演得好，我一定格外宠爱她。赶快把这事情办好了，我还有别的事要叫你去做。（仆乙下）我知道这孩子一定会把贵妇的举止行动、声音步态模仿得很像。我很想听一听她把那醉汉叫作丈夫，看看我那些下人们向这个愚蠢的乡人行礼致敬的时候，怎样努力忍住笑；我必须去向他们关照一番，也许他们看见有我在场，自己会有些节制，不致露出破绽来。（率余众同下）

第二场　贵族家中一卧室

【斯赖披富丽睡衣，众仆持衣帽壶盆等环侍，贵族亦着仆人装束杂立其内。

斯　赖　看在上帝的面上，来一壶淡麦酒！

仆　甲　老爷要不要喝一杯白葡萄酒？

仆　乙　老爷要不要尝一尝这些蜜饯的果子？

仆　丙　老爷今天要穿什么衣服？

斯　赖　我是克利斯朵夫·斯赖，别老爷长老爷短的。我从来不曾喝过什么白葡萄酒黑葡萄酒；你们倘要给我吃蜜饯果子，还是切两片干牛肉来吧。不要问我爱穿什么，我没有衬衫，只有一个光光的背；我没有袜子，只有两条赤裸裸的腿；我的一双脚上难得有穿鞋子的时候，就是穿上鞋子，我的脚趾也会钻到鞋外面来的。

贵　族　但愿上天给您扫除这一种无聊的幻想！真想不到像您这样一个有权有势、出身高贵、富有资财、受人崇敬的人物，会沾染到这样一个下贱的邪魔！

斯　赖　怎么！你们把我当作疯子吗？我不是勃登村斯赖老头子的儿子克利斯朵夫·斯赖，出身小贩，曾学过手艺，也曾走过江湖，现在当一个补锅匠的克利斯朵夫·斯赖吗？你们要是不信，去问曼琳·哈基特，那个温考特村里卖酒的胖婆娘，看她认不认识我；她要是不告诉你们我欠她十四便士的酒钱，就算我是天下第一名说谎的坏蛋。怎么！我难道疯了吗？这儿是——

仆　甲　唉！太太就是看了您这样子，才终日哭哭啼啼。

仆　乙　唉！您的仆人们就是看了您这样子，才个个垂头丧气。

贵　族　您的亲戚们因为您害了这种奇怪的疯病，才裹足不进您的大门。老爷啊，请您想一想您的出身，重新记起您从前的那种思想，把这些卑贱的噩梦完全忘却吧。瞧，您的仆人们都在侍候着您，各司其职等候着您的使唤。您要听音乐吗？听！阿波罗在弹琴了，（音乐）二十只笼里的夜莺在歌唱。您要睡觉吗？我们会把您扶到比古代王后特制的御床更为温香美软的卧榻上。您要走路吗？我们会给您在地上铺满花瓣。您要骑马吗？您有的是鞍鞯上镶嵌着金珠的骏马。您要放鹰吗？您有的是飞得比清晨的云雀还高的神鹰。您要打猎吗？您的猎犬的吠声，可以使山谷响应，上彻云霄。

仆　甲　您要狩猎吗？您的猎犬奔跑得比麋鹿还要迅捷。

仆　乙　您爱观画吗？我们可以马上给您拿一幅阿都尼[1]的画像来，他站在流水之旁，西塞利娅[2]隐身在芦苇里，那芦苇似乎因为受了她气息的吹动，在那里摇曳生姿一样。

贵　族　我们可以给您看那处女时代的伊娥[3]怎样被诱奸的经过，那情形就跟活的一样。

仆　丙　或是在荆棘林中漫步的达芙妮，她腿上为棘刺所伤，看上去就像真在流着鲜血；伤心的阿波罗瞧了她的样子，不禁潸然泪下；那血和泪都被画工描摹得栩栩如生。

贵　族　您是一个不折不扣的贵人；您有一位太太，比世上任何一个女子都要美貌万倍。

仆　甲　在因为您的缘故而让滔滔的泪涛流满她那可爱的面庞之前，她是一个并世无俦的美人，即使以现在而论，她也不比任何女人逊色。

斯　赖　我是一个老爷吗？我有这样一位太太吗？我是在做梦，还是到现在才从梦中醒来？我现在并没有睡着；我看见，我听见，我会说话；我嗅到一阵阵的芳香，我抚摸到柔软的东西。哎呀，我真的是一个老爷，不是补锅匠，也不是克利斯朵夫·斯赖。好吧，你们去给我把太太请来；可别忘记再给我倒一壶最淡的麦酒来。

仆　乙　请老爷洗手。（数仆持壶盆手巾上前）啊，您现在已经恢复神志，知道您自己是个什么人，我们真是说不出的高兴！这十五年来，您一直在做梦，就是醒着的时候，也跟睡着一样。

斯　赖　这十五年来！哎呀，这一觉可睡得长久！可是在那些时候我不曾说过一句话吗？

仆　甲　啊，老爷，您话是说了，不过都是些胡言乱语。虽然您明明睡在这么一间富丽的房间里，您却说您给人家打出门外，还骂着那屋子里的女主人，说要上衙门告她去，因为她拿缸子卖酒，不按官家的定量。有时候您叫着西息莉·哈基特。

---

① 阿都尼，希腊神话中被维纳斯女神所恋的美少年。

② 西塞利娅为维纳斯的别名。

③ 伊娥，希腊神话中被主神宙斯所诱奸的女子。

斯　赖　不错，那是酒店里的一个女侍。

仆　丙　哎哟，老爷，您几时知道有这么一家酒店，这么一个女人？您还说起过什么史蒂芬·斯赖，什么希腊人老约翰·拿普斯，什么彼得·忒夫，什么亨利·品布纳尔，还有一二十个诸如此类的名字，都是从来不曾有过、谁也不曾看见过的人。

斯　赖　感谢上帝，我现在醒过来了！

众　仆　阿门！

斯　赖　谢谢你们，等会儿我重重有赏。

【小童扮贵妇率侍从上。

小　童　老爷，今天安好？

斯　赖　喝好酒，吃好肉，当然很好啰。我的老婆呢？

小　童　在这儿，老爷，您有什么吩咐？

斯　赖　你是我的老婆，怎么不叫我丈夫？我的仆人才叫我老爷。我是你的亲人。

小　童　您是我的夫君，我的主人；我是您的忠顺的妻子。

斯　赖　我知道。我应当叫她什么？

贵　族　夫人。

斯　赖　艾丽丝夫人呢，还是琼夫人？

贵　族　夫人就是夫人，老爷们都是这样叫着太太的。

斯　赖　夫人，他们说我已经做了十五年的梦。

小　童　是的，这许多年来我不曾和您同床共枕，在我就好像守了三十年的活寡。

斯　赖　那真太委屈你了。喂，你们都给我走开。夫人，宽下衣服，快到床上来吧。

小　童　老爷，请您恕我这一两夜，否则就等太阳西下以后吧。医生们曾经关照过我，叫我暂时不要跟您同床，免得您旧病复发。我希望这一个理由可以使您原谅我。

斯　赖　我实在有些等不及，可是我不愿意再做那些梦，所以只好忍住欲火，慢慢再说吧。

【一仆人上。

仆　人　启禀老爷，那班戏子们听说您身体痊愈，想来演一出有趣的喜剧给您解解闷儿。医生说过，您因为思虑过度，所以血液凝滞；太多的忧愁会使人发狂，因此他们建议您听听戏开开心，这样可以消灾延寿。

斯　赖　很好，就叫他们演起来吧。你说的喜剧，是不是翻翻筋斗、蹦蹦跳跳的那种玩意儿？

小　童　不，老爷，比那要有趣得多呢。

斯　赖　什么！是演家庭琐事吗？

小　童　他们表演的是一桩故事。

斯　赖　好，让我们瞧瞧。来，夫人，坐在我的身边，让我们享受青春，管他什么世事沧桑！（喇叭奏花腔）

第一幕

第一场　帕度亚。广场

【路森修及特拉尼奥上。

路森修　特拉尼奥，我久慕帕度亚是艺文渊薮，学术摇篮，这次多蒙父亲答应，并且在像你这样一位练达世故的忠仆陪同之下，终于来到了这景色优美的名都。让我们就在这里停留下来，访几个名师益友，研究些有用的学问。比萨城出过不少有名人士，我和我父亲都是在那里出生的。我父亲文森修是班提佛里家族的后裔，他在五湖四海经商立业，积聚了不少家财。我自己是在佛罗伦萨长大成人的，现在必须勤求上进，敦品励学，方才不致辱没家声。所以，特拉尼奥，我想把我的时间用在研究哲学和做人的道理上，寻求通过德行得到乐趣。因为我离开比萨，来到帕度亚，就像一个人从清浅的池沼里踊身到汪洋大海中，希望满足他的焦渴一样。你的意思怎样？

特拉尼奥　恕我冒昧，好少爷，我对这一切的想法都和您一样。您能够立志在哲学里寻求真理，使我听了非常高兴。可是少爷，我们一方面向慕着仁义道德，一方面却也不要板起一副不近人情的道学面孔，不要因为一味服膺亚里士多德的箴言，而对奥维德的爱经深恶痛绝。您在与人相识前，不妨运用逻辑和他们滔滔雄辩；日常谈话的中间，也可以练习练习修辞学；音乐和诗歌可以开启您的心灵；您有兴趣的时候，研究研究数学和形而上学也未尝不可。学问必须合乎自己的兴趣，才可以得益，所以，少爷，您尽管拣您最喜欢的东西研究吧。

路森修　特拉尼奥，你这番话说得非常有理。等比昂台罗来了，我们就可以去找一个适当的寓所，将来有什么朋友也可以在那里招待招待。且慢，那边来的是些什么人？

特拉尼奥　少爷，大概这里的人知道我们来了，所以要演一场戏给我们看，以表示他们的欢迎。

【巴普提斯塔、凯瑟丽娜、比恩卡、葛莱米奥、霍坦西奥同上。路森修及特拉尼奥避立一旁。

巴普提斯塔　两位先生，你们不必向我多说，因为你们知道我的意思是非常坚决的。我必须让我的大女儿有了丈夫以后，才可以让小女儿出嫁。因为你们两位都是熟人，我也很敬重你们，所以你们中间倘有哪一位喜欢凯瑟丽娜，我一定答应你们对她的求婚。

葛莱米奥　求婚？对她我可吃不消。霍坦西奥，你娶了她吧。

凯瑟丽娜　（向巴普提斯塔）爸爸，你是不是要让这两个臭男人取笑我？

霍坦西奥　姑娘，您放心吧，像您这样厉害的女人，无论哪个男人都会给您吓走的。

凯瑟丽娜　先生，你也放心吧，我是不会嫁给你的。我要是嫁给了你，我会用三只脚的凳子打破你的鼻头，把你涂成花脸叫人笑话的。

霍坦西奥　求上帝保佑我们逃过这种灾难！

葛莱米奥　阿门！

特拉尼奥　少爷，咱们有好戏看了。那个女人若不是个疯子，倒泼辣得可以。

路森修　可是还有那一位不声不响的姑娘，却很娴静。别说话了，特拉尼奥！

特拉尼奥　很好，少爷，咱们闭住嘴看个饱。

巴普提斯塔　两位先生，我刚才说过的话决不失信。——比恩卡，你进去吧。你不要懊恼，好比恩卡，爸爸疼你，我的好孩子。

凯瑟丽娜　好心肝，好宝贝！她要是机灵的话，还是自己拿手指捅捅眼睛，回去哭一场吧。

比恩卡　姐姐，你尽管看着我的懊恼而高兴吧。爸爸，我一切都听您的主张，我可以在家里看看书，玩玩乐器解闷。

路森修　特拉尼奥，你听！好一个贤淑的姑娘！

霍坦西奥　巴普提斯塔先生，您为什么一定要这样固执？我们本来是一片好意，不料反而害得比恩卡小姐心里不快乐，真是很抱歉。

葛莱米奥　巴普提斯塔先生，您难道要让比恩卡小姐代您那位悍声四播的大女儿受过，而把她终身禁锢吗？

巴普提斯塔　请你们不要见怪，我已经这样决定了。比恩卡，进去吧。（比恩卡下）我知道比恩卡喜欢音乐和诗歌，正想请一位教师在家教授。霍坦西奥先生，葛莱米奥先生，你们要是知道有这样适当的人才，请介绍他到这儿来。我希望我的孩子们得到良好的教育，因此，对于有才学的人我是竭诚欢迎的。再会，两位先生。凯瑟丽娜，你可以在这儿多玩一会儿，我还要去跟比恩卡说两句话。（下）

凯瑟丽娜　什么，难道我就不可以进去吗？难道我就得听人家安排时间，仿佛自己连要什么不要什么都不知道吗？哼！（下）

葛莱米奥　你到魔鬼的老娘那里去吧！你的盛情没有人敢领教，谁也不会留你的。霍坦西奥先生，女人的爱也不是大不了的事，现在你我同病相怜，大家还是回去自认晦气，把这段痴情斩断了吧。可是为了我对于可爱的比恩卡的爱慕，要是我能够找到一个可以教授她功课的人，我一定要把他介绍给她的父亲。

霍坦西奥　葛莱米奥先生，我也是这样的意思。可是我说我们两人虽然站在互相敌对的立场，然而为了共同的利害，在一件事情上我们应当携手合作，否则恐怕我们连为了比恩卡而成为情敌的机会都没有了。

葛莱米奥　愿闻其详。

霍坦西奥　简单一句话，给她的姐姐找个丈夫。

葛莱米奥　找个丈夫？还是找个魔鬼给她吧。

霍坦西奥　我说，给她找个丈夫。

葛莱米奥　我说给她找个魔鬼。霍坦西奥，虽然她的父亲很有钱，但是你认为会有那样一个傻子，愿意娶个活阎王供在家里吗？

霍坦西奥　嘿，葛莱米奥！我们虽然受不了她那种打骂吵闹，可是世上总会有胃口好的人，看在金钱的面上，会把她当作活菩萨一样迎了去的。

葛莱米奥　那我可不知道。可是我要是贪图她的嫁妆，我宁愿每天给人绑在柱子上抽一顿鞭子，作为娶她回去的交换条件。

霍坦西奥　正像人家说的，两个坏苹果之间没有什么选择。可是这一条禁令既然已经使我们两人成为朋友，那么让我们的交情暂时继续下去，直到我们帮助巴普提斯塔把他的大女儿嫁出去，让他的小女儿也有了嫁人的机会以后，再做敌人吧。可爱的比恩卡！不知道哪一个幸运儿会捷足先登！葛莱米奥先生，你说怎样？

葛莱米奥　我很赞成。要是能够找到那么一个人，我愿意把帕度亚最好的马送给他，让他立刻前去求婚，赶快和凯瑟丽娜结婚，把她早早带走。我们走吧。（葛莱米奥、霍坦西奥同下）

特拉尼奥　少爷，请您告诉我，难道爱情会这么快就把一个人征服吗？

路森修　啊，特拉尼奥！倘不是我自己今天亲身经历，我决不相信这样的事是可能的。当我在这儿闲望着他们的时候，我却在无意中感到了爱情的力量。特拉尼奥，你是我的心腹，正像安娜是她姐姐迦太基女王狄多的心腹一样，我坦白向你招认了吧，要是我不能娶这位年轻贞淑的姑娘做妻子，我一定会被爱情燃烧得憔悴而死的。给我想想法子吧，特拉尼奥，我知道你一定会够也一定肯帮助我的。

特拉尼奥　少爷，我现在也不能责怪您，因为爱情进了人的心里，是打骂不走的。它既然到了您的身上，就会占有您的一切。您既然已经爱上了，事情就只好如此，唯一的途径是想个最好的方法如愿以偿。

路森修　谢谢你，再说下去吧。你的话很有道理，句句说中我的心意。

特拉尼奥　少爷，您那样出神地望着这位姑娘，恐怕没有注意到最重要的一点。

路森修　不，我没有把它忽略过去。我看见她那秀美的容颜，就是天神看见了她，也会向她屈膝长跪，请求她准许吻一吻她的纤手的。

特拉尼奥　此外您没有注意到什么吗？您没有听见她那姐姐怎样破口骂人，大闹一场，把人家耳朵都嚷聋了吗？

路森修　特拉尼奥，我看见她的樱唇微启，她嘴里吐出的气息，把空气都熏得充满了麝兰的香味。我看见她的一切都是圣洁而美妙的。

特拉尼奥　他已经着了迷了，我必须把他叫醒。少爷，请您醒醒吧，您要是爱这姑娘，就该想办法把她弄到手。事情是这样的：她的姐姐是个泼辣凶悍的女子，除非她的父亲先把她姐姐嫁出去，否则，少爷，您的爱人只好待在家里做个老处女。因为不愿让那些求婚的人找她麻烦，所以她的父亲已经把她关起来不让她出来了。

路森修　啊，特拉尼奥！他真是个狠心的父亲！可是你没有听说他正在留心为她访寻一个好教师吗？

特拉尼奥　是的，少爷，我正在这上面想法子呢。

路森修　我有了计策了，特拉尼奥。

特拉尼奥　妙极了，也许我们不谋而合。

路森修　你先说吧。

特拉尼奥　我知道您想去做她的教书先生。

路森修　是啊，你看这件事能做到吗？

特拉尼奥　做不到。您去做了教书先生，有谁替您在帕度亚充当文森修的公子？有谁可以替您主持家务，研究学问，招待朋友，访问邻里，宴请宾客？

路森修　不要紧，我已经仔细想过了。我们初到此地，还不曾到什么人家里去过，人家也不认识我们两人谁是主人谁是仆人，所以我想这样：你就顶替我的名字，代我主持家务，指挥仆人；我自己改名换姓，扮作一个从佛罗伦萨、那不勒斯或是比萨来的穷苦书生。就这么办吧。特拉尼奥，你快快脱下衣服，戴上我的帽子，披上我的外套。等比昂台罗来了，就叫他侍候你，可是我还要先嘱咐他说话小心些。（二人交换服装）

特拉尼奥　那是很必要的，少爷，既然这是您的意思，我也只好从命，因为在我们临走的时候，老爷曾经吩咐过我，“你要听少爷的话，用心做事。”虽然我想他未必想到会有今天的情形，可是因为我敬爱路森修，所以我愿意自己变成路森修。

路森修　很好，特拉尼奥，因为我正在恋爱着一个人。她那惊鸿似的一面，已经摄去了我的魂魄；为了博取她的芳心，我甘心做一个奴隶。这狗奴才来了。

【比昂台罗上。

路森修　喂，你到什么地方去了？

比昂台罗　我到什么地方去了！咦，怎么，您在什么地方？少爷，是特拉尼奥把您的衣服偷了呢，还是您把他的衣服偷了？还是两个人你偷我的我偷你的？究竟是怎么一回事呀？

路森修　你过来，我对你说，现在不是说笑话的时候，你好好听我的话。我上岸以后，因为跟人家吵架，杀死了一个人，害怕被人看见，所以叫特拉尼奥穿上我的衣服，假扮成我的样子，我穿了他的衣服逃跑。为了保全性命，我只好离开你们。你要好好侍候他，就像侍候我一样，你懂了吗？

比昂台罗　少爷，我一点都不懂！

路森修　你嘴里不许说出一声特拉尼奥，特拉尼奥已经变成路森修了。

比昂台罗　算他运气，我也这样变一变就好了！

特拉尼奥　我更希望路森修能够得到巴普提斯塔的小女儿。可是我要劝你无论在什么人面前，都要规规矩矩，在私下我是特拉尼奥，当着人我就是你的主人路森修。这并不是我要在你面前摆什么架子，我只是为少爷着想。

路森修　特拉尼奥，我们去吧。我还要你做一件事，你也必须去做一个求婚的人，你不必问为什么，总之我自有道理。（同下）

【舞台上方观剧者的谈话。

仆　甲　老爷，您在瞌睡了，您没有听戏吗？

斯　赖　不，我在听着。好戏好戏，下面还有吗？

小　童　才刚开始呢，老爷。

斯　赖　是一本非常的杰作，夫人，我希望它快些完结！（继续看戏）

第二场　同前。霍坦西奥家门前

【彼特鲁乔及葛鲁米奥上。

彼特鲁乔　我暂时离开了维洛那，到帕度亚来访问朋友，尤其要看看我的好朋友霍坦西奥。他的家大概就在这里，葛鲁米奥……上去，打。

葛鲁米奥　打，老爷！叫我打谁？有谁冒犯您了吗？

彼特鲁乔　混蛋，我说向这儿打，好好地给我打。

葛鲁米奥　好好地给您打，老爷？哎哟，老爷，小人哪里有这胆量，敢向您这儿打？

彼特鲁乔　混蛋，我说给我往这门上打，给我使劲儿打，不然我就要打你几个耳光。

葛鲁米奥　主人又闹脾气了。您叫我先打您，就为的是让我事后领略谁尝的苦处更多。

彼特鲁乔　你还不听吗？你要不肯打，我就敲敲看，我倒要敲敲你这面锣，看到底有多响。（揪葛鲁米奥耳朵）

葛鲁米奥　救命，列位乡亲们，救命！我主人疯了。

彼特鲁乔　我叫你打你就打，混账东西。

【霍坦西奥上。

霍坦西奥　啊，我道是谁，原来是我的老朋友葛鲁米奥！还有我的好朋友彼特鲁乔！你们在维洛那一切可好？

彼特鲁乔　霍坦西奥先生，您是来劝架的吗？真高兴见到您。

霍坦西奥　光临敝舍，蓬荜生辉，可敬的彼特鲁乔先生。起来吧，葛鲁米奥，起来吧，我来让你们两人言归于好。

葛鲁米奥　哼，他咬文嚼字地说些什么都没关系，老爷。就是按法律，我这回也有理由辞掉不干了。您知道吗，老爷？他叫我打他，使劲地打他，老爷。可是，仆人哪里有这样欺侮主人的呢？虽然他糊里糊涂，也总是二十来岁的大个子了。我倒恨不得当初真老实打他几下，这会儿就不会吃这个苦头了。

彼特鲁乔　没脑筋的混蛋。霍坦西奥，我叫他上去打门，可是死说活说他也不肯。

葛鲁米奥　打门？我的老天爷呀！您不是明明说“狗奴才，向这儿打，向这儿敲，好好地给我打，使劲地给我打”吗？这会儿又说起“打门”来了吗？

彼特鲁乔　狗奴才，给我滚开，或者闭上你的嘴。

霍坦西奥　彼特鲁乔，别生气，我可以给葛鲁米奥担保。他服侍你多年了，而且忠实可靠又有趣，刚才的事完全是出于误会。可是，告诉我，好朋友，是什么风把你们从维洛那吹到帕度亚来了？

彼特鲁乔　因为年轻人倘不在外面走走，老是待在家里，孤陋寡闻，终非长策，所以风才把我吹到这儿来了。不瞒你说，霍坦西奥，家父安东尼奥已经不幸去世，所以我才到这异乡客地，想要物色一位妻房，成家立业。我口袋里有的是钱，家里有的是财产，闲着没事，出来见见世面也好。

霍坦西奥　彼特鲁乔，你既然想娶一个妻子，我倒想起一个人来了。可惜她脾气太坏，又长得难看，我想你一定不会中意，不过我可以向你保证她很有钱。可是你是我的好朋友，我还是不要把她介绍给你的好。

彼特鲁乔　霍坦西奥，咱们是知己朋友，用不着多说废话。如果你真认识什么女人，财富多到足以做彼特鲁乔的妻子，那么既然我的求婚主要是为了钱，无论她怎样老丑，泼辣凶悍，我都一样欢迎；尽管她的性子暴躁得像起着风浪的怒海，也不能影响我对她的好感，只要她的嫁妆丰盛，我就心满意足了。

葛鲁米奥　霍坦西奥老爷，您听，他说的都是老老实实的真心话，只要有钱，就是把一个木人泥偶给他做妻子他都要。倘若她是一个嘴里牙齿落得一颗不剩的老太婆，浑身病痛有五十二匹马合起来那么多，他也满不在乎，可就是得有钱。

霍坦西奥　彼特鲁乔，我们既然已经谈起了这件事，那么我要老实告诉你，我刚才说的话，一半是笑话。彼特鲁乔，我可以帮助你娶到一位妻子，又有钱，又年轻，又美貌，而且还受过良好的教育。但她有一个很大的缺点：脾气非常坏，撒起泼来，谁也吃不消，即使我是个身无分文的穷光蛋，她愿意倒贴一座金矿嫁给我，我也会敬而远之的。

彼特鲁乔　算了吧，霍坦西奥，你可不知道金钱的好处哩。我只要你告诉我她父亲的名字就够了。尽管她骂起人来像秋天的雷鸣一样震耳欲聋，我也要把她娶回去。

霍坦西奥　她的父亲是巴普提斯塔·米诺拉，是一位彬彬有礼的绅士。她的名字叫作凯瑟丽娜·米诺拉，在帕度亚以善于骂人出名。

彼特鲁乔　我虽然不认识她，可是我认识她的父亲，他和先父也是老朋友。霍坦西奥，我要是不见她一面，我会睡不着觉的，所以我要请你恕我无礼，匆匆相会，又要向你告别了。要是你愿意陪着我去，那可再好不过了。

葛鲁米奥　霍坦西奥老爷，您就让他趁着这股兴致去吧。说句老实话，她要是也像我一样了解他，就会明白对于像他这样的人，骂也是白骂。她也许会骂他一二十声“杀千刀的”，可是那算得了什么。他要是开口骂起人来，说不定就会亮家伙。我告诉您吧，她要是顶撞了他，他会随手给她一下子，使她变瞎子，什么都看不见。您还不知道他呢。

霍坦西奥　等一等，彼特鲁乔，我要跟你同去。因为在巴普提斯塔手里还有一颗无价的明珠——他的美丽的小女儿比恩卡，她是我生命中最珍贵的东西。可是巴普提斯塔把她管得非常严格，不让向她求婚的人们有亲近她的机会。他害怕凯瑟丽娜因为有我刚才说过的那种缺点，没有人愿意向她求婚，所以一定要让泼辣的凯瑟丽娜嫁了人以后，才允许别人向比恩卡提亲。

葛鲁米奥　泼辣的凯瑟丽娜！一个姑娘家，什么头衔不好，一定要加上这么一个头衔！

霍坦西奥　彼特鲁乔，我的好朋友，现在我要请求你一件事。我想换上一身朴素的服装，扮成一个教书先生的样子，请你把我举荐给巴普提斯塔，就说我精通音律，可以做比恩卡的教师。我用了这个计策，就可以有机会向她当面求爱，不至于引起别人的疑心了。

葛鲁米奥　好狡猾的计策！瞧，现在这些年轻人瞒着老年人干的好事！

【葛莱米奥、路森修化装挟书上。

葛鲁米奥　老爷，老爷，您瞧谁来啦？

霍坦西奥　别闹，葛鲁米奥！这是我的情敌。彼特鲁乔，我们站到旁边去。

葛鲁米奥　好一个卖弄风流的哥儿！

葛莱米奥　啊，很好，我已经看过那张书单了。听着，先生，我就去叫人把它们精工装订起来；必须注意每一本都是讲恋爱的，其他什么书籍都不要教她念。你懂得我的意思吗？巴普提斯塔先生给你的待遇当然不会错的，就是我也还要给你一份谢礼哩。把这张纸也带去，我还要叫人把这些书熏得香喷喷的，因为她自己比任何香料都要芬芳。你预备读些什么东西给她听？

路森修　我无论向她读些什么，都是代您申诉您的心曲，就像您自己在她面前一样；而且也许我所用的字句，比您自己所用的更为适当，也未可知，除非您也是一个读书人，先生。

葛莱米奥　啊，学问真是好东西！

葛鲁米奥　啊，这家伙真是傻瓜！

彼特鲁乔　闭嘴，狗奴才！

霍坦西奥　葛鲁米奥，不要多话。葛莱米奥先生，您好！

葛莱米奥　咱们遇见得巧极了，霍坦西奥先生。您知道我现在到什么地方去吗？我是到巴普提斯塔家里去的。我答应他替比恩卡留心访寻一位教师，算我运气，找到了这位年轻人，他的学问品行，都可以说得过去，他读过不少诗书，而且都是很好的诗书哩。

霍坦西奥　那好极了。我也碰到一位朋友，他答应替我找一位很好的声乐家来教她音乐，我对于我那心爱的比恩卡总算也尽了责任了。

葛莱米奥　我可以用我的行为证明，比恩卡是我心爱的人。

葛鲁米奥　他也可以用他的钱袋证明。

霍坦西奥　葛莱米奥，现在不是我们争风吃醋的时候，你要是对我客客气气，我可以告诉你一个好消息，对于我们两人都是有好处的。这位朋友我刚才偶然遇到，他已经答应去向那泼妇凯瑟丽娜求婚，而且只要她的嫁妆丰盛，他就可以和她结婚。

葛莱米奥　这当然很好，可是霍坦西奥，你有没有把她的缺点告诉他？

彼特鲁乔　我知道她是一个喜欢吵吵闹闹的长舌妇，倘若她只有这一点毛病，那我以为没有什么要紧的。

葛莱米奥　你说没有什么要紧吗，朋友？请教贵乡？

彼特鲁乔　舍间是维洛那，已故的安东尼奥就是家父。我因为遗产颇堪温饱，所以很想尽情玩玩，过些痛痛快快的日子。

葛莱米奥　啊，你要过痛快的日子，却去找这样一位妻子，真是奇怪！可是你要是真有那样的胃口，那么我是非常赞成你去试一试的，但凡有可以效劳之处，请老兄尽管吩咐好了。可是你真的要向这头野猫求婚吗？

彼特鲁乔　那还用得着问吗？

葛鲁米奥　他要不向她求婚，我就把她绞死。

彼特鲁乔　我倘不是为了这一件事情，何必到这儿来？你们以为一点点的吵闹，就可以使我掩耳退却吗？难道我不曾听见过狮子的怒吼？难道我不曾听见过海上的狂风暴浪，像一头疯狂的巨熊一样咆哮？难道我不曾听见过战场上的炮轰，天空中的霹雳？难道我不曾在白刃相交的激战中，听见过震天的杀声，万马的嘶奔，金鼓的雷鸣？你们现在却向我诉说女人的口舌如何可怕。就是把一枚栗子丢在火里，那爆声也要比它响得多吧。嘿，你们想捉个跳蚤来吓小孩子吗？

葛鲁米奥　反正他是不害怕的。

葛莱米奥　霍坦西奥，这位朋友既然不以为意，那就再好不过了，他自己可以人财两得，而且也帮了我们很大的忙。

霍坦西奥　他所需要的一切求婚费用，就归我们两个人共同担负吧。

葛莱米奥　很好，只要他能够娶她回去。

葛鲁米奥　只要我能够吃饱肚皮。

【特拉尼奥盛装偕比昂台罗上。

特拉尼奥　列位先生请了！我要大胆借问一声，到巴普提斯塔·米诺拉先生家里去走哪一条路最近？

比昂台罗　您说的就是有两位漂亮小姐的那位老先生吗？

特拉尼奥　就是他，比昂台罗。

葛莱米奥　先生，您说的不就是她——

特拉尼奥　也许是他，也许是她，这和你有什么相干？

彼特鲁乔　大概不是爱骂人的那个她吧？

特拉尼奥　先生，我不爱骂人的人。比昂台罗，我们走吧。

路森修　（旁白）特拉尼奥，你装扮得很好。

霍坦西奥　先生，请您慢走一步。请问您也是要去向您刚才说起的那位小姐求婚的吗？

特拉尼奥　假如我是去求婚的，那不会有什么罪吧？

葛莱米奥　只要你乖乖地给我回去，那就什么事都没有。

特拉尼奥　咦，我倒要请问，大路一条，你走得我就走不得？

葛莱米奥　她可不用你多费心。

特拉尼奥　这是什么理由？

葛莱米奥　告诉你吧，因为她是葛莱米奥大爷的爱人。

霍坦西奥　因为她是霍坦西奥老爷的意中人。

特拉尼奥　两位先生少安毋躁，你们倘若都是通达事理的君子，请听我说句话儿。巴普提斯塔是一位有名望的绅士，我的父亲和他也是素识，他的女儿就是再美十倍，也应该有比现在更多十倍的男子向她求婚，为什么我就不能在其中参加一份呢？勒达[①]的美貌的女儿有一千个求婚者，那么美貌的比恩卡为什么不能在她原有的求婚者之外，再加上一个呢？虽然帕里斯希望鳌头独占，路森修却也要参加这一场竞赛。

葛莱米奥　啊，这个人的口才会把我们全都压倒哩。

路森修　让他试试身手吧，我知道他会临阵退却的。

彼特鲁乔　霍坦西奥，你们这样尽说废话，有什么意思？

霍坦西奥　请问尊驾有没有见过巴普提斯塔的女儿？

特拉尼奥　没有，可是我听说他有两个女儿，大的那个是出名地泼辣，小的那个是出名地美貌温文。

彼特鲁乔　诸位，那个大的已经被我定下了，你们不用提她。

葛莱米奥　对了，这一份艰巨的工作，还是让我们伟大的英雄去独力进行吧。

彼特鲁乔　新来的朋友，让我告诉你，你听人家说起的那个小女儿，被她的父亲看管得非常严紧，在他的大女儿没有嫁人以前，他拒绝任何人向他的小女儿求婚，也不愿意把她许嫁给任何人。

---

① 勒达，古代斯巴达王后，宙斯与之通而生海伦。

特拉尼奥　这样说来，我们都要仰仗尊驾的大力，就是小弟也要沾老兄您的光了。您要是能够娶到他的大女儿，给我们开辟出一条路来，好让我们有机会争取他的小女儿，无论这一场幸运落在哪一个人身上，对老兄您总是一样终生感激的。

霍坦西奥　您说得有理，既然您说您自己也是一个求婚者，那么您对于这位朋友也该给他一些报酬才是，因为我们大家都是一样仰赖着他。

特拉尼奥　这没有问题，为了表示我的诚意，我想就在今天下午，请在场各位在一块儿欢宴一次，恭祝我们共同的爱人的健康。我们应该像法庭上打官司的律师，在竞争的时候是冤家对头，在吃吃喝喝的时候还是像好朋友一样。

葛鲁米奥、比昂台罗　妙极妙极！咱们大家走吧。

霍坦西奥　这建议果然很好，就这样决定吧。彼特鲁乔，让我来给你洗尘，款待款待你。（同下）

第二幕

第一场　帕度亚。巴普提斯塔家中一室

【凯瑟丽娜及比恩卡上。

比恩卡　好姐姐，我是你的亲妹妹，不要把我当作婢子奴才一样看待。你要是不喜欢我身上穿戴的东西，那么请你松开我手上的捆缚，我会自己把它们拿下来的。只要你吩咐我，我把裙子脱下来都可以。你要我怎么做，我就怎么做，因为你是姐姐，我是应该服从你的。

凯瑟丽娜　那么我问你，在那些向你求婚的男人中间，你最爱哪一个？你可不许说谎。

比恩卡　相信我，姐姐，在一切男子中间，我到现在还没有遇到一个特别中我心意的人。

凯瑟丽娜　丫头，你说谎！是不是霍坦西奥？

比恩卡　姐姐，你要是喜欢他，我可以发誓我一定竭力帮助你得到他。

凯瑟丽娜　噢，那么你大概希望嫁给一个比霍坦西奥更有钱的人。你要葛莱米奥把你终生供养吗？

比恩卡　你是为了他才这样恨我吗？不，你是说着玩的；我现在知道了，你刚才的话原来都是说着玩的。凯德好姐姐，请你松开我的手吧。

凯瑟丽娜　你说我说着玩，我就打着你玩。（打比恩卡）

【巴普提斯塔上。

巴普提斯塔　怎么，怎么，这丫头！又在撒泼吗？比恩卡，你站开些。可怜的孩子！你看，她给你欺侮得哭起来了。你去做你的针线活儿吧，别理她。你这恶鬼

一样的贱人！她从来不曾惹过你，你怎么又欺侮她？她什么时候顶撞过你一句？

凯瑟丽娜　她嘴里一声不响，心里却瞧不起我，我气不过，非叫她知道些厉害不可。（追比恩卡）

巴普提斯塔　怎么，当着我的面你也敢这样放肆吗？比恩卡，你快进去。（比恩卡下）

凯瑟丽娜　啊！你不让我打她吗？好，我知道了，她是你的宝贝，她一定要嫁个好丈夫。我就只好在她结婚的那一天光着脚跳舞，因为你偏爱她，我一辈子也嫁不出去，死了也只能在地狱里陪猴子玩。不要跟我说话，我要去找个地方坐下来痛哭一场。你看着吧，我总有一天要报仇的。（下）

巴普提斯塔　世上还有比我更倒霉的父亲吗？可是谁来了？

【葛莱米奥率路森修着寒士装束、彼特鲁乔率霍坦西奥化装乐师、特拉尼奥率比昂台罗携七弦琴及书籍各上。

葛莱米奥　早安，巴普提斯塔先生！

巴普提斯塔　早安，葛莱米奥先生！各位先生，你们都好？

彼特鲁乔　您好，老先生。请问，您不是有一位美貌贤德的女儿名叫凯瑟丽娜吗？

巴普提斯塔　先生，我有一个女儿名叫凯瑟丽娜。

葛莱米奥　你说话太莽撞了，要慢慢地说到题目上去。

彼特鲁乔　葛莱米奥先生，请你不用管我。巴普提斯塔先生，我是从维洛那来的一个绅士，因为久闻令爱美貌多才，端庄贤淑，品格出众，举止温柔，所以不揣冒昧，到府上来做一个不速之客，瞻仰瞻仰这位心仪已久的绝世佳人。为了表示我的心意，我特地介绍这位朋友给您，（介绍霍坦西奥）他熟谙音律，精通数理，可以担任令爱的教师，我知道令爱对于这两门功课并非无知。您要是不嫌弃我，就请把他收留下来。他的名字叫里西奥，是曼多亚人。

巴普提斯塔　你们两位我都一样欢迎。可是说起我的女儿凯瑟丽娜，我实在非常抱歉，她是高攀不上您这样的人物的。

彼特鲁乔　看来您是疼惜令爱，不愿把她遣嫁，否则就是您对我这个人不大满意。

巴普提斯塔　哪里的话，我说的是实在情形。请问贵乡何处，尊姓大名？

彼特鲁乔　我叫彼特鲁乔，安东尼奥是我的先父，他在意大利是很有名望的。

巴普提斯塔　我跟他是很熟的，您原来就是他的贤郎，欢迎欢迎！

葛莱米奥　彼特鲁乔，不要尽管一个人说话，让我们也说几句吧。退后一步，你真太自鸣得意啦。

彼特鲁乔　啊，对不起，葛莱米奥先生，我也恨不得把事情早点讲妥呢。

葛莱米奥　我相信你一定会成功，可是以后你要是后悔今天不该来此求婚，可不要抱怨别人。巴普提斯塔先生，我相信您一定很乐意接受他这份礼物。我因为平常多蒙您另眼相看，十分厚待，所以也要同样地为您效劳，现在特地把这位青年学士介绍给您。（介绍路森修）他曾经在里姆留学多年，对于希腊文、拉丁文以及其他各国语言，都非常精通，不亚于那位先生对音乐和数学的造诣。他的名字叫堪比奥，请您准许他在您这儿服务吧。

巴普提斯塔　我非常感谢您的好意，葛莱米奥先生。堪比奥，我很欢迎你。（向特拉尼奥）可是这位先生好像是从外省来的，恕我冒昧，请问尊驾来此有何贵干？

特拉尼奥　巴普提斯塔先生，我才要请您多多原谅呢，因为我初到贵地，居然敢大胆前来，向您美貌贤德的女儿比恩卡小姐求婚，实在是冒昧万分。我也知道您的意思是要先给您那位大女儿许配了婚姻，然后再谈其他，所以我现在唯一的请求，是希望您在知道我的家世以后，能够给我一个和其他各位求婚者同等的机会。这一件不值钱的乐器，和这一包希腊文和拉丁文的书籍，是奉献给两位令爱的一点小小礼物，您要是不嫌菲薄，受纳下来，那就是我莫大的荣幸了。

巴普提斯塔　台甫[①]是路森修，请问府上在什么地方？

特拉尼奥　敝乡是比萨，文森修就是家严。

巴普提斯塔　啊，他是比萨地方数一数二的人物，我闻名已久，您就是他的儿子，欢迎欢迎！（向霍坦西奥）你把这琴拿了，（向路森修）你把这几本书拿了，我叫人领你们去见你们的学生。喂，来人！

【一仆人上。

巴普提斯塔　你把这两位先生领去见大小姐和二小姐，对她们说这两位就是来教她们的先生，叫她们千万不可怠慢。（仆人领霍坦西奥、路森修下）诸位，我们现在先到花园里散一会儿步，然后吃饭。你们都是难得的嘉宾，请你们相信我是诚心欢迎你们的。

彼特鲁乔　巴普提斯塔先生，我很忙，不能每天到府上来求婚。您知道我父亲的

① 台甫，敬辞，对人的敬称，旧时用于询问对方的表字，犹言尊姓。

为人，您也可以根据我父亲的为人，推测到我这个人是不是靠得住！他去世以后，全部田地产业都已归我承继，我自己也挣下了一些家产。现在我要请您告诉我，要是我得到了令爱的垂青，您愿意拨给她怎样一份嫁妆？

巴普提斯塔　我死了以后，我的田地的一半都给她，另外再给她两万克朗。

彼特鲁乔　很好，您既然答应了我这样一份嫁妆，我也可以向她保证，要是我比她先死，我的一切田地产业都归她所有。我们现在就把契约订好，双方各执一份为凭吧。

巴普提斯塔　好的，可是最要紧的，还是先去让她接受您再说。

彼特鲁乔　啊，那算得了什么难事！告诉您吧，老伯，她固然脾气高傲，我也是天性刚强，两股烈火遇在一起，就把怒气在燃料上消磨殆尽了。一星星的火花，虽然会被微风吹成烈焰，可是一阵拔山倒海的飓风，却可以把大火吹熄。我对她就是这样，她见了我一定会屈服的，因为我是个性格暴躁的人，我不会像小孩子一样谈情说爱。

巴普提斯塔　那么很好，愿您马到成功！可是您得准备着听几句刺耳的话呢。

彼特鲁乔　那我也有恃无恐，尽管狂风吹个不停，山岳是始终屹立不动的。

【霍坦西奥头破血流上。

巴普提斯塔　怎么，我的朋友！你怎么这样面无人色？

霍坦西奥　我是被吓成这个样子的。

巴普提斯塔　怎么，我的女儿是不是一个可造之才？

霍坦西奥　我看令爱可以当兵打仗去，只有铁经得起她敲打，我这琴儿是经不起她摆弄的。

巴普提斯塔　难道她不能学会用琴吗？

霍坦西奥　不能，她用琴打人的手段十分高明。我不过告诉她，她把音柱弄错了，按着她的手教她怎样弹奏，她就冒起火来，喊道："你管这些玩意儿叫琴柱吗？好，我就筑你几下。"说着就砰地给我迎头一下子，琴给她敲穿了，我的头颈也给琴套住了；我像一个戴枷的犯人一样站着发怔，一面她还骂我是弹琴的无赖，沿街卖唱的叫花子，以及诸如此类的难听的话，好像她是有意要寻我的晦气。

彼特鲁乔　哎呀，好一个勇敢的姑娘！我现在更加爱她了。啊，我真想跟她谈谈天！

巴普提斯塔　（向霍坦西奥）好，你跟我去，请不要懊恼；你可以去教我的小女儿，她很愿意虚心学习，很懂得好歹。彼特鲁乔先生，您愿意陪我们一块儿去呢，还是让我叫我的女儿凯德出来见您？

彼特鲁乔　有劳您去叫她出来吧，我就在这儿等着她。（巴普提斯塔、葛莱米奥、特拉尼奥、霍坦西奥等同下）等她来了，我要提起精神来向她求婚：要是她开口骂人，我就对她说她唱的歌儿像夜莺一样曼妙；要是她向我皱眉头，我就说她看上去像浴着朝露的玫瑰一样清丽；要是她默不作声，我就恭维她的能言善辩；要是她叫我滚蛋，我就向她道谢，好像她留我多住一个星期一样；要是她不愿意嫁给我，我就向她请问吉期。她已经来啦，彼特鲁乔，现在要看看你的本领了。

【凯瑟丽娜上。

彼特鲁乔　早安，凯德，我听说这是你的小名。

凯瑟丽娜　算你生着耳朵会听，可是我这名字是会刺痛你的耳朵的。别人提起我的时候，都叫我凯瑟丽娜。

彼特鲁乔　你骗我，你的名字就叫凯德，你是可爱的凯德，别人有时也叫你泼妇凯德；可是你是世上最美最美的凯德，凯德大厦的凯德，我最娇美的凯德，因为娇美的东西都该叫凯德。所以，凯德，我的心上的凯德，请你听我诉说：我因为到处听见人家称赞你的温柔贤德，传扬你的美貌娇姿，虽然他们嘴里说的话，还抵不过你实在的好处的一半，可是我的心被打动了，所以特地前来向你求婚，请你答应嫁给我做妻子。

凯瑟丽娜　打动了你的心！哼！叫那打动你到这儿来的那家伙再打动你回去吧，我早知道你是个给人搬来搬去的东西。

彼特鲁乔　什么东西是给人搬来搬去的？

凯瑟丽娜　就像一张凳子一样。

彼特鲁乔　对了，来，坐在我的身上吧。

凯瑟丽娜　驴子是给人骑的，你也就是一头驴子。

彼特鲁乔　女人也是一样，你也是给人骑的。

凯瑟丽娜　要想骑我，像尊驾那副模样可不行。

彼特鲁乔　好凯德，我不会叫你承担过多的重量，因为我知道你年小身轻——

凯瑟丽娜　要说轻，像你这样的家伙的确抓不住；要说重，我的分量也够瞧的。

彼特鲁乔　够瞧的！够——刁的。

凯瑟丽娜　叫你说着了，你就是个大笨雕。

彼特鲁乔　啊，我的小鸽子，让大雕捉住你好不好？

凯瑟丽娜　你拿我当驯良的鸽子吗？鸽子也会叼虫子哩。

彼特鲁乔　你火性这么大，就像一只黄蜂。

凯瑟丽娜　我倘若是黄蜂，那么留心我的刺吧。

彼特鲁乔　我就把你的刺拔下。

凯瑟丽娜　你知道它的刺在什么地方吗？

彼特鲁乔　谁不知道黄蜂的刺是长在尾巴上？

凯瑟丽娜　在舌头上。

彼特鲁乔　在谁的舌头上？

凯瑟丽娜　你的，因为你话里带刺。好吧，再会。

彼特鲁乔　怎么，把我的舌头带在你尾巴上吗？别走，好凯德，我是个冠冕堂皇的绅士呢。

凯瑟丽娜　我倒要试试看。（打彼特鲁乔）

彼特鲁乔　你再打我，我也要打你了。

凯瑟丽娜　绅士只动口，不动手。你要打我，你就算不了绅士，算不了绅士也就别冠冕堂皇了。

彼特鲁乔　你也懂得绅士的冠冕和章服吗，凯德？欣赏欣赏我吧！

凯瑟丽娜　你的冠冕是什么？鸡冠子？

彼特鲁乔　要是凯德肯做我的母鸡，我也宁愿做老实的公鸡。

凯瑟丽娜　我不要你这个公鸡，你叫得太像鹌鹑了。

彼特鲁乔　好了好了，凯德，请不要这样横眉怒目的。

凯瑟丽娜　我看见了丑东西，总是这样的。

彼特鲁乔　这里没有丑东西，你应当和颜悦色才是。

凯瑟丽娜　谁说没有？

彼特鲁乔　请你指给我看。

凯瑟丽娜　我要是有镜子，就可以指给你看。

彼特鲁乔　啊，你是说我的脸吗？

凯瑟丽娜　年纪轻轻的，识见倒很老成。

彼特鲁乔　凭圣乔治起誓，你会发现我是个年轻力壮的汉子。

凯瑟丽娜　哪里？你一脸皱纹。

彼特鲁乔　那是思虑过多的缘故。

凯瑟丽娜　你就思虑去吧。

彼特鲁乔　请听我说，凯德，你想就这样走了可不行。

凯瑟丽娜　倘若我留在这儿，我会叫你讨一场大大的没趣的，还是放我走吧。

彼特鲁乔　不，一点也不，我觉得你是无比的温柔。人家说你很暴躁，很骄傲，性情十分乖僻，现在我才知道别人的话完全是假的，因为你是潇洒娇憨，和蔼谦恭，说起话来腼腼腆腆的，就像春天的花朵一样可爱。你不会颦眉蹙额，也不会斜着眼睛看人，更不会像那些性情嚣张的女人们一样咬着嘴唇；你不喜欢在谈话中间和别人顶撞，你款待求婚的男子，都是那么温和柔婉。为什么人家要说凯德走起路来有些跷呢？这些爱造谣言的家伙！凯德是像榛树的枝儿一样娉婷纤直的。啊，让我瞧瞧你走路的姿势吧，你那轻盈的步伐是多么醉人！

凯瑟丽娜　傻子，少说些疯话吧！去对你家里的下人们发号施令去。

彼特鲁乔　在树林里漫步的狄安娜女神，能够比得上在这间屋子里姗姗徐步的凯德吗？啊，让你做狄安娜女神，让她做凯德吧，你应当分给她几分贞洁，她应当分给你几分风流！

凯瑟丽娜　你这些好听的话是向谁学来的？

彼特鲁乔　我这些话都是不假思索，随口而出。

凯瑟丽娜　准是你妈妈口里的，你不过是个愚蠢学舌的儿子。

彼特鲁乔　我的话难道不是火热的吗？

凯瑟丽娜　勉强还算暖和。

彼特鲁乔　是啊，可爱的凯瑟丽娜，我正打算到你的床上去暖和暖和呢。闲话少说，让我老实告诉你，你的父亲已经答应把你嫁给我做妻子，你的嫁妆也已经议定了，你愿意也好，不愿意也好，我一定要和你结婚。凯德，我们两人是天造地设的一对，我真喜欢你，你是这样地美丽，你除了我之外，不能嫁给别人，因为我是天生下来要把你降伏的，我要把你从一个野性的凯德变成一个柔顺听话的贤妻良母。你的父亲来了，你不能不答应，我已经下了决心，一定要娶凯瑟丽娜做妻子。

【巴普提斯塔、葛莱米奥及特拉尼奥重上。

巴普提斯塔　彼特鲁乔先生，您跟我的女儿谈得怎么样啦？

彼特鲁乔　难道还会不圆满吗？我知道我一定不会失败。

巴普提斯塔　啊，怎么，凯瑟丽娜，我的女儿！你怎么不大高兴？

凯瑟丽娜　你还叫我女儿吗？你真是一个好父亲，要我嫁给一个疯疯癫癫的汉子，一个轻薄的恶少，一个胡说八道的家伙，他以为凭着几句疯话，就可以把事情硬干成功。

彼特鲁乔　老伯，事情是这样的。别人所讲的关于她的种种传言，都是错的，就是您自己也有些不大知道令爱的为人。她那些泼辣的样子，都是故意装出来的，其实她一点也不倔强，却像鸽子一样地柔和；她一点不暴躁，却像黎明一样地安静；她的忍耐、她的贞洁，可以和古代的贤媛媲美。总而言之，我们彼此的意见十分融洽，我们已经决定在星期日举行婚礼了。

凯瑟丽娜　我要看你在星期日上吊！

葛莱米奥　彼特鲁乔，你听，她说她要看你在星期日上吊。

特拉尼奥　这就是你所夸耀的成功吗？看来我们的希望也都完了！

彼特鲁乔　两位不用着急，我自己选中了她，只要她满意，我也满意，不就行了吗？我们两人刚才已经约好，当着人的时候，她还是装作很泼辣的样子。我告诉你们吧，她那么爱我，简直不能叫人相信。啊，最多情的凯德！她挽住我的头颈，把我吻了又吻，一遍遍地发着盟誓，我在一刹那间，就完全被她征服了。啊，你们都是不曾经历过恋爱妙谛的人，你们不知道男人女人私下在一起的时候，一个最不中用的懦夫也会使世间最凶悍的女人驯如绵羊。凯德，让我吻一吻你的手。我就要到威尼斯去购办结婚礼服去了。岳父，您可以预备酒席，宴请宾客了。我可以断定凯瑟丽娜在那天一定是最美的新娘。

巴普提斯塔　我不知道应当怎么说，可是把你们两人的手给我，彼特鲁乔，愿上帝赐您快乐！这门亲事算是定妥了。

葛莱米奥、特拉尼奥　阿门！我们愿意在场做证。

彼特鲁乔　岳父，贤妻，各位，再见了。我要到威尼斯去，星期日就在眼前了。我们要有很多的戒指，很多的东西，很好的陈设。凯德，吻我吧，我们星期日就要结婚了。（彼特鲁乔、凯瑟丽娜各下）

葛莱米奥　有这样速成的婚姻吗？

巴普提斯塔　老实对两位说吧，我现在就像一个商人，因为货物急于出手，这桩买卖究竟做得做不得，也顾不了那么多了。

特拉尼奥　这是一笔使你摇头的滞货，现在有人买了去，也许有利可得，也许人财两空。

巴普提斯塔　我也不希望什么好处，但愿他们婚后相安无事就是了。

葛莱米奥　他娶了这样一位夫人去，一定会家宅安宁的。可是巴普提斯塔先生，现在要谈到您的第二位女儿了，我们好容易才盼到这一天。你我是邻居，而且我是第一个来求婚的人。

特拉尼奥　可是我对于比恩卡的爱，是不能用言语来形容，也不是您所能想象得到的。

葛莱米奥　你是个后生小子，哪里会像我一样真心爱人。

特拉尼奥　瞧你胡须都斑白了，你的爱情是冰冻的。

葛莱米奥　你的爱情会把人烧坏。无知的小儿，退后去，你不懂得应该让长者居先的规矩吗？

特拉尼奥　可是在娘儿们的眼睛里，年轻人是格外讨人喜欢的。

巴普提斯塔　两位不必争执，让我给你们公平调处，我们必须根据实际的条件判定谁是锦标的得主。你们两人中谁能够答应给我的女儿更重的聘礼，谁就可以得到我的比恩卡的爱。葛莱米奥先生，您能够给她什么？

葛莱米奥　第一，您知道我在城里有一所房子，陈设着许多金银器皿，金盆玉壶给她洗纤纤的嫩手，室内的帷幕都用古代的锦绣制成，象牙的箱子里满藏着金币，杉木的橱里堆垒着锦毡绣帐、绸缎绫罗、美衣华服、珍珠镶嵌的绒垫、金线织成的流苏以及铜锡用具、一切应用的东西。在我的田庄里，我还有一百头乳牛，一百二十头公牛，此外的一切可以依此类推。我必须承认我自己已经上了些年纪，要是我明天死了，这一切都是她的，只要当我活着的时候，她愿意做我一个人的妻子。

特拉尼奥　这“一个人”三个字加得很妙！巴普提斯塔先生，请您听我说：我父亲只有我一个儿子，我是他唯一的后嗣，令爱倘若嫁给了我，我可以把我在比萨城内三四所像这位葛莱米奥老先生所有的一样好的房子归在她的名下，此外还有田地上每年两千块金元的收入，都给她作为可继承的产业。葛莱米奥先生，您听了我的话很不舒服吗？

葛莱米奥　田地上每年两千块金元的收入！我的田地都加起来也不值那么多，可是我除了把我所有的田地给她之外，还可以给她一艘大商船，现在它就在马赛的码头边停泊着。啊，你听我说起了一艘大商船，吓得说不出话来了吗？

特拉尼奥　葛莱米奥，你去打听打听，我的父亲有三艘大商船，还有两艘大划船，十二艘小划船，我可以把这些都划给她。你要是还有什么家私给她的话，我都可以加倍给她。

葛莱米奥　不，我的家私尽在于此，她可以得到我所有的一切。您要是认为满意的话，那么我和我的财产都是她的。

特拉尼奥　您已经有言在先，令爱当然是属于我的。葛莱米奥已经给我压倒了。

巴普提斯塔　我必须承认您所答应的条件比他强，只要令尊能够亲自给她保证，她就可以嫁给您；否则恕我说句不客气的话，要是您比令尊先死，那么她的财产岂不是落了空？

特拉尼奥　那您可太多心了，他年纪已经老了，我还年轻得很哩。

葛莱米奥　难道年轻的人就不会死？

巴普提斯塔　好，两位先生，我已经这样决定了。你们知道下一个星期日是我的大女儿凯瑟丽娜的婚期，再下一个星期，就是比恩卡的婚期，您要是能够给她确实的保证，她就嫁给您，否则就嫁给葛莱米奥。多谢两位光临，现在我要失陪了。

葛莱米奥　再见，巴普提斯塔先生。（巴普提斯塔下）我可不把你放在心上，你这败家的浪子！你父亲除非是一个傻子，才肯把全部财产让你来挥霍，才会活到这一把年纪来受你的摆布。哼！一只意大利的老狐狸是不会这样慷慨的，我的孩子！（下）

特拉尼奥　这该死的坏老头子！可是我刚才吹了那么大的牛，无非是想要成全我主人的好事，现在我这个冒牌的路森修，却必须去找一个冒牌的文森修来认作父亲。笑话年年有，今年分外多，人家都是先有父亲后有儿子，这回的婚事却是先有儿子后有父亲。（下）

第三幕

第一场　帕度亚。巴普提斯塔家中一室

【路森修、霍坦西奥及比恩卡上。

路森修　喂，弹琴的，你也太猴急了，难道你忘记了她的姐姐凯瑟丽娜是怎样欢迎你的吗？

霍坦西奥　谁要你这酸学究多嘴！音乐是使宇宙和谐的守护神，所以还是让我先去教她音乐吧。等我教了一个小时，你也可以给她讲一个小时的书。

路森修　荒唐的驴子，你因为没有学问，所以不知道音乐的用处！它不是在一个人读书或是工作疲倦了以后，可以舒散舒散他的精神吗？所以你应当让我先去跟她讲解哲学，等我讲完了，你再奏你的音乐好了。

霍坦西奥　嘿，我可不能受你的气！

比恩卡　两位先生，先教音乐还是先念书，那要看我的心情，你们这样争先恐后，未免太不像话了。我不是在学校里给先生打手心的小学生，我念书没有规定的时间，自己喜欢学什么便学什么，你们何必这样子呢？你们不要吵，请坐下来。您把乐器预备好，您一面调整弦音，他一面给我讲书；等您调好了音，他的书也一定讲完了。

霍坦西奥　好，等我把音调好以后，您可不要听他讲书了。（退坐一旁）

路森修　你去调你的乐器吧，我看你永远是个不入调的。

比恩卡　我们上次讲到什么地方了？

路森修　这儿，小姐：Hac ibat Simois;hic est Sigeia tellus;Hic steterat

Priami regia celsa senis.[①]

比恩卡　请您解释给我听。

路森修　Hac ibat，我已经对你说过了，Simois，我是路森修，hic est，比萨地方文森修的儿子，Sigeia tellus，因为希望得到你的爱，所以化装来此；Hic steterat，冒充路森修来求婚的，Priami，是我的仆人特拉尼奥，regia，他假扮成我的样子，celsa senis，是为了哄骗那个老头子。

霍坦西奥　（回原处）小姐，我的乐器已经调好了。

比恩卡　您弹给我听吧。（霍坦西奥弹琴）哎呀，那高音部分怎么这么难听？

路森修　朋友，你吐一口唾沫在那琴眼里，再给我去重新调一下吧。

比恩卡　现在让我来解释解释看：Hac ibat Simois，我不认识你；hic est Sigeia tellus，我不相信你；Hic steterat Priami，当心被他听见；regia，不要太自信；celsa senis，不必灰心。

霍坦西奥　小姐，现在调好了。

路森修　只除了下面那个音。

霍坦西奥　说得很对，因为有个下流的混蛋在捣乱。我们的学究先生倒是满神气活现的！（旁白）这家伙一定在向我的爱人调情，我要格外注意他才好。

比恩卡　慢慢地我也许会相信你，可是现在我不敢相信你。

路森修　请你不必疑心，埃阿西得斯就是埃阿斯，他是照他的祖父取名的。

比恩卡　你是我的先生，我必须相信你，否则我还要跟你辩论下去呢。里西奥，现在要轮到你啦。两位好先生，我跟你们随便说着玩的话，请不要见怪。

霍坦西奥　（向路森修）你可以到外面去走走，不要打搅我们，就这门音乐课用不着三部合奏。

路森修　你还有这样的讲究吗？（旁白）好，我就等着，我要留心观察他的行动，因为我相信我们这位大音乐家有点儿色眯眯起来了。

霍坦西奥　小姐，在您没有接触这乐器、开始学习手法以前，我必须先从基本方面教起，简简单单地把全部音阶向您讲述一遍，您会知道我这教法要比别人的教法更有趣更简捷。我已经把它们写在这里。

---

① 拉丁文，引自奥维德的《书信集》，原文大意为：这里流着西摩亚斯河，这里是西基亚平原，这里耸立着普里阿摩斯的雄伟的宫殿。

比恩卡　音阶我早已学过了。

霍坦西奥　可是我还要请您读一读霍坦西奥的音阶。

比恩卡　（读）

G是“多”，你是一切和谐的基础，

A是“来”，霍坦西奥对你十分爱慕；

B是“迷”，比恩卡，他要娶你为妻，

C是“发”，他拿整个心儿爱着你；

D是“索”，也是“来”，一个调门两个音，

E是“拉”，也是“迷”，可怜我一片痴心。

这算是什么音阶？哼，我可不喜欢那个。还是老法子好，这种稀奇古怪的玩意儿我不懂。

【一仆人上。

仆　人　小姐，老爷请您不要读书了，叫您去帮助他们把大小姐的房间装饰装饰，因为明天就是大喜的日子了。

比恩卡　两位先生，我现在要失陪了。（比恩卡及仆人下）

路森修　她已经去了，我还待在这儿干吗？（下）

霍坦西奥　可是我要仔细调查这个穷酸学究，我看他好像在害着相思。比恩卡，比恩卡，你要是甘心降尊纡贵，垂青到这样一个呆鸟身上，那么谁爱要你，谁就要你吧；如果你这样水性杨花，霍坦西奥也要和你一刀两断，另觅新欢了。（下）

第二场　同前。巴普提斯塔家门前

【巴普提斯塔、葛莱米奥、特拉尼奥、凯瑟丽娜、比恩卡、路森修及从仆等上。

巴普提斯塔　（向特拉尼奥）路森修先生，今天是定好的彼特鲁乔和凯瑟丽娜结婚的日子，可是我那位贤婿到现在还没有消息。这成什么话呢？牧师等着为新夫妇证婚，新郎却不知去向，这不是笑话吗！路森修，您说这不是一桩丢脸的事吗？

凯瑟丽娜　谁也不丢脸，就是我一个人丢脸。你们不管我愿意不愿意，硬要我嫁

给一个疯头疯脑的家伙，他求婚的时候那么性急，一到结婚的时候，却又这样慢腾腾了。我对你们说吧，他是一个疯子，他故意装出一副穷形极相来开人家的玩笑。他为了要人家称赞他是一个爱寻开心的角色，会去向一千个女人求婚，和她们约定婚期，请好宾朋，宣布订婚，可是永远不和她们结婚。别人现在将要指着苦命的凯瑟丽娜说："瞧！这是那个疯汉彼特鲁乔的妻子，要是他愿意来和她结婚。"

特拉尼奥　不要懊恼，好凯瑟丽娜，巴普提斯塔先生，您也不要生气。我可以保证彼特鲁乔没有恶意，他今天失约，一定有什么缘故。他虽然有些莽撞，可是我知道他是个很有见识的人；虽然爱开玩笑，然而人倒是很诚实的。

凯瑟丽娜　碰到他算我倒霉！（哭泣下，比恩卡及余众随下）

巴普提斯塔　去吧，孩子，我现在可不怪你伤心。受到这样的欺侮，就是圣人也会发怒，何况是你这样一个脾气暴躁的泼妇。

【比昂台罗上。

比昂台罗　少爷，少爷！新闻！旧新闻！您从来没有听见过这样奇怪的新闻！

巴普提斯塔　什么，新闻，又是旧新闻？这是怎么回事？

比昂台罗　彼特鲁乔来了，这不是新闻吗？

巴普提斯塔　他已经来了吗？

比昂台罗　没有。

巴普提斯塔　这话怎么讲？

比昂台罗　他就要来了。

巴普提斯塔　他什么时候可以到这里？

比昂台罗　等他站在这地方和你们见面的时候。

特拉尼奥　可是你说你有什么旧新闻？

比昂台罗　彼特鲁乔就要来了。他戴着一顶新帽子，穿着一件旧马甲，他那条破旧的裤子脚管高高卷起；一双靴子千疮百孔，可以用来插蜡烛，一只用扣子扣住，一只用带子缚牢。他还佩着一柄武器库里拿出来的锈剑，柄也断了，鞘子也坏了，剑锋也钝了。他骑的那匹马儿，鞍鞯已经蛀破，镫子不知像个什么东西。那马儿鼻孔里流着涎，上腭发着炎肿，浑身都是疮疖，腿上也肿，脚上也肿，再加害上黄疸病、耳下腺炎、脑脊髓炎、寄生虫病，弄得脊梁歪转，肩膀脱骱；它的前腿是向内弯曲的，嘴里衔着只有半面拉紧的马衔，头上套着羊皮做成的缰勒，因为防那马儿颠踬，不知拉断了多少次，断了再把它结拢，现在已经打了无数结子，那肚带曾经补缀过六次，还有一副天鹅绒的女人用的马秋，上面用小钉嵌着她名字的两个字母，好几块地方是用粗麻线补缀过的。

巴普提斯塔　谁跟他一起来的？

比昂台罗　啊，老爷！他带着一个跟班，装束得就跟那匹马差不多，一只脚上穿着麻线袜，一只脚上穿着罗纱的连靴袜，用红蓝两色的布条做着袜带，破帽子上插着一卷烂纸充当羽毛，那样子就像一个妖怪，哪里像个规规矩矩的仆人或者绅士的跟班！

特拉尼奥　他大概一时高兴，所以打扮成这个样子；他平常出来的时候，往往装束得很俭朴。

巴普提斯塔　不管他怎么来法，既然来了，我也就放心了。

比昂台罗　老爷，他可不会来。

巴普提斯塔　你刚才不是说他来了吗？

比昂台罗　谁来了？彼特鲁乔吗？

巴普提斯塔　是啊，你说彼特鲁乔来了。

比昂台罗　没有，老爷。我说他的马来了，他骑在马背上。

巴普提斯塔　那还不是一样吗？

比昂台罗　圣杰美为我做主！

我敢跟你打个赌，
一匹马，一个人，
比一个，多几分，
比两个，又不足。

【彼特鲁乔及葛鲁米奥上。

彼特鲁乔　喂，这一班公子哥儿呢？谁在家里？

巴普提斯塔　您来了吗？欢迎欢迎！

彼特鲁乔　我来得很莽撞。

巴普提斯塔　你倒是不含糊。

特拉尼奥　可是我希望你能打扮得更体面一些。

彼特鲁乔　打扮有什么要紧？反正我得尽快赶来。但是凯德呢？我的可爱的新娘呢？老丈人，您好？各位先生，你们怎么都皱着眉头？为什么大家出神呆看，好像瞧见了什么奇迹，什么彗星，什么稀奇古怪的东西一样？

巴普提斯塔　您知道今天是您举行婚礼的日子，我们刚才觉得很扫兴，因为担心您也许不会来了。现在您来了，却这样一点没有准备，更使我们扫兴万分。快把这身衣服换一换，它太不合您的身份，而且在这样郑重的婚礼中间，也会让人看笑话的。

特拉尼奥　请你告诉我们，什么要紧的事情绊住了你，害你的新娘等了这样久？难道你这样忙，来不及换一身像样一些的衣服吗？

彼特鲁乔　说来话长，你们一定不愿意听。总而言之，我现在已经守约前来，就是有些不周之处，也是没有办法。等我有了空，再向你们解释，一定使你们满意就是了。可是凯德在哪里？我应该快去找她，时间不早了，该到教堂里去了。

特拉尼奥　你穿得这样不成体统，怎么好见你的新娘？快到我的房间里去，把我的衣服挑一件穿上吧。

彼特鲁乔　谁要穿你的衣服？我就这样见她又有何妨？

巴普提斯塔　可是我希望您不是打算就这样和她结婚吧。

彼特鲁乔　当然，就是这样，别啰里啰唆了。她嫁给我，又不是嫁给我的衣服。假使我把这身破烂的装束换掉，就能够补偿我为她所花的心血，那么对凯德和我说来都是莫大的好事。可是我这样跟你们说些废话，真是个傻子，我现在应该向我的新娘请安去，还要和她亲一个正名定分的嘴哩。（彼特鲁乔、葛鲁米奥、比昂台罗同下）

特拉尼奥　他打扮得这样疯疯癫癫，一定另有用意。我们还是劝他穿得整齐一点，再到教堂里去吧。

巴普提斯塔　我要跟去，看这事到底怎样收场。（巴普提斯塔、葛莱米奥及从仆等下）

特拉尼奥　少爷，我们不但要得到她的欢心，还必须得到她父亲的好感，所以我也早就对您说过，我要去找一个人来扮作比萨的文森修，不管他是什么人，我们都可以利用他达到我们的目的。我已经夸下海口，说是我可以给比恩卡多重的一份聘礼，现在再找了个冒牌的父亲来，叫他许下更大的数目，这样您就可以如愿以偿，坐享其成，得到一位如花似玉的夫人了。

路森修　倘不是那个教音乐的家伙一眼不眨地监视着比恩卡的行动，我倒希望和她秘密举行婚礼，等到木已成舟，别人就是不愿意也无可奈何了。

特拉尼奥　那我们可以慢慢地等机会。我们要把那个花白胡子的葛莱米奥，那个精明的父亲米诺拉，那个可笑的音乐家、自作多情的里西奥，全都哄骗过去，让我的路森修少爷得到最后胜利。

【葛莱米奥重上。

特拉尼奥　葛莱米奥先生，您是从教堂里来的吗？

葛莱米奥　正像孩子们放学归来一样，我走出了教堂的门，也觉得如释重负。

特拉尼奥　新娘新郎都回来了吗？

葛莱米奥　你说他是个新郎吗？他是个卖破烂的货郎，口出不逊的郎中，那姑娘早晚会明白的。

特拉尼奥　难道他比她更凶？哪有这样的事？

葛莱米奥　哼，他是个魔鬼，是个魔鬼，简直是个魔鬼！

特拉尼奥　她才是个魔鬼母夜叉呢。

葛莱米奥　嘿！她比起他来，简直是头羔羊，是只鸽子，是个傻瓜呢。我告诉你，路森修先生，当那牧师正要问他愿不愿意娶凯瑟丽娜为妻的时候，他就说："是啊，他妈的！"他还高声赌咒，把那牧师吓得连手里的《圣经》都掉下来了。牧师正要弯下身子去把它拾起来，这个疯狂的新郎又一拳把他连人带书、连书带人地打在地上，嘴里还说："谁要是高兴，就去把他搀起来吧。"

特拉尼奥　牧师站起来以后，那女人怎么说呢？

葛莱米奥　她吓得浑身发抖，因为他顿足大骂，就像那牧师敲诈了他似的。可是后来仪式完毕了，他又叫人拿酒来，好像他是在一艘船上，在一场风波平静以后，和同船的人们开怀畅饮一样。他喝干了酒，把浸在酒里的面包丢到教堂司事的脸上，他的理由只是因为那司事的胡须稀疏干枯，好像要向他讨些东西吃似的。然后他就搂着新娘的头颈，亲她的嘴，那咂嘴的声音响得那样厉害，弄得四壁都发出了回声。我看见这个样子，倒觉得非常不好意思，所以就出来了。闹得乱哄哄的这一班人，大概也要来了。这种疯狂的婚礼真是难得一见。听！听！那边不是乐声吗？（音乐）

【彼特鲁乔、凯瑟丽娜、比恩卡、巴普提斯塔、霍坦西奥、葛鲁米奥及扈从等重上。

彼特鲁乔　各位来宾，各位朋友，我谢谢你们的好意。我知道你们今天想要参加我的婚宴，已经为我备下了丰盛的酒席，可惜我因为很忙，不能久留，所以我想就此告别了。

巴普提斯塔　难道您今晚就要去吗?

彼特鲁乔　我必须在天色未暗以前赶回去。你们不要奇怪，要是你们知道我还有些什么事情必须办好，你们就会催我快去，不再留我了。我谢谢你们各位，你们已经看见我把自己奉献给这个最和顺、最可爱、最贤惠的妻子了。大家不要客气，陪我的岳父多喝几杯，我一定要走了，再见。

特拉尼奥　让我们请你吃过了饭再走吧。

彼特鲁乔　那不成。

葛莱米奥　请您赏我一个面子，吃了饭再去。

彼特鲁乔　不能。

凯瑟丽娜　让我请求你多留一会儿。

彼特鲁乔　我很高兴。

凯瑟丽娜　你高兴留着吗?

彼特鲁乔　因为你留我，所以我很高兴；可是我不能留下来，你怎么请求我都没用。

凯瑟丽娜　你要是爱我，就不要去。

彼特鲁乔　葛鲁米奥，备马!

葛鲁米奥　老爷，马已经备好了，燕麦已经把马都吃光了。

凯瑟丽娜　好，那么随你的便吧，我今天可不去，明天也不去，要是一辈子不高兴去，我就一辈子不去。大门开着，没人拦住你，你的靴子还能穿，就趿拉着走吧，可是我要等自己高兴的时候再去。你刚一结婚就摆出这种威风来，将来我岂不要整天看你的脸色吗?

彼特鲁乔　啊，凯德!请你不要生气。

凯瑟丽娜　我生气你要怎样?爸爸，别理他，我说不去就不去。

葛莱米奥　你看，先生，已经热闹起来了。

凯瑟丽娜　诸位先生，大家请入席吧。我知道一个女人倘若一点不知道反抗，她会终生被人愚弄的。

彼特鲁乔　凯德，你叫他们入席，他们必须服从你的命令。大家听新娘的话，快去喝酒吧，痛痛快快地高兴一下，否则你们就给我上吊去。可是我那娇滴滴的凯德必须陪我一起去。哎哟，你们不要睁大眼睛，不要顿足，不要发怒，我自己的东西难道自己做不得主?她是我的家私，我的财产；她是我的房屋，我的家具，我的田地，我的谷仓，我的马，我的牛，我的驴子，我的一切；她现在站在这地方，看谁敢碰她一碰。谁要是挡住我的去路，不管他是个什么了不得的人物，我都要对他不起。葛鲁米奥，拿出你的武器来，我们现在给一群强盗围住了，快去把你的主妇救出来，才是个好小子。别怕，好娘儿们，他们不会碰你的，凯德，就算他们是百万大军，我也会保护你的。（彼特鲁乔、凯瑟丽娜、葛鲁米奥同下）

巴普提斯塔　让他们去吧，去了倒清静些。

葛莱米奥　倘不是他们这么快就去了，我笑也要笑死了。

特拉尼奥　这样疯狂的婚姻今天真是第一次看到。

路森修　小姐，您对于令姐有什么意见？

比恩卡　我说，她自己就是个疯子，现在配到一个疯汉了。

葛莱米奥　我看彼特鲁乔这回娶了个制伏他的人回去了。

巴普提斯塔　各位亲朋好友，新娘新郎虽然缺席，桌上有的是美酒佳肴。路森修，您就坐在新郎的位子上，让比恩卡代替她的姐姐吧。

特拉尼奥　比恩卡现在就要学做新娘了吗？

巴普提斯塔　是的，路森修。来，各位，我们进去吧。（同下）

第四幕

第一场　彼特鲁乔乡间住宅中的厅堂

【葛鲁米奥上。

葛鲁米奥　他妈的，马这样疲乏，主人这样疯狂，路这样泥泞难走！谁给人这样打过？谁给人这样骂过？谁像我这样辛苦？他们叫我先回来生火，好让他们回来取暖。倘不是我小小壶儿容易热，等不到走到火炉旁边，我的嘴唇早已冻结在牙齿上，舌头冻结在上颚上，我那颗心也冻结在肚子里了。现在让我一面扇火，一面自己也烘烘暖吧，像这样的天气，比我再壮实一点的人也要受寒的。喂！寇提斯！

【寇提斯上。

寇提斯　谁在那儿冷冰冰地叫着我？

葛鲁米奥　是一块冰。你要是不相信，可以从我的肩膀上一直滑到我的脚跟。好寇提斯，快给我生起火来。

寇提斯　老爷和他的新夫人就要来了吗，葛鲁米奥？

葛鲁米奥　啊，是的，寇提斯，是的，所以快些生火呀，可别往上浇水。

寇提斯　她真是像人家所说的那样一个火性很大的泼妇吗？

葛鲁米奥　在冬天没有到来以前，她是个火性很大的泼妇；可是像这样冷的天气，无论男人、女人、畜生，火性再大些也是抵抗不住的。连我的旧主人，我的新主妇，还有我自己全让这股冷气制伏了，寇提斯大哥。

寇提斯　去你的，你这三寸钉！你自己是畜生，别和我称兄道弟的。

葛鲁米奥　我只有三寸吗？你脑袋上的绿头巾有一尺长，我至少也有那么长。你要再不去生火，我可要告诉我们这位新夫人，谁都知道她很有两手，一手下去，你就吃不消。谁叫你干这种热活却是那么冷冰冰的！

寇提斯　好葛鲁米奥，请你告诉我，外面有什么消息？

葛鲁米奥　外面是一个寒冷的世界，寇提斯，只有你的工作是热的。所以快生起火来吧，鞠躬尽瘁，自有厚赏。老爷和夫人都快要冻死了。

寇提斯　火已经生好，你可以讲新闻给我听了。

葛鲁米奥　好吧，你爱听多少新闻都有。

寇提斯　得了，别这么急人了。

葛鲁米奥　那你就快生火呀，我这是冷得发急。厨子呢？晚饭烧好了没有？屋子收拾了没有？芦草铺上了没有？蛛网扫净了没有？佣人们穿上了新衣服白袜子没有？管家披上了婚礼制服没有？公的酒壶、母的酒瓶，里外全擦干净了没有？桌布铺上了没有？一切都布置好了吗？

寇提斯　都预备好了，那么请你讲新闻吧。

葛鲁米奥　第一，你要知道，我的马已经走得十分累了，老爷和夫人也闹翻了。

寇提斯　怎么？

葛鲁米奥　从马背上翻到烂泥里，因此就有了下文。

寇提斯　讲给我听吧，好葛鲁米奥。

葛鲁米奥　把你的耳朵伸过来。

寇提斯　好。

葛鲁米奥　（打寇提斯）喏。

寇提斯　我要你讲给我听，谁叫你打我？

葛鲁米奥　这一个耳光是要把你的耳朵打清爽。现在我要开始讲了。首先，我们走下了一个崎岖的山坡，夫人骑着马在前面，老爷骑着马在后面——

寇提斯　是一匹马还是两匹马？

葛鲁米奥　这跟你有什么关系？

寇提斯　咳，就是人马的关系。

葛鲁米奥　你要是知道得比我还仔细，那么请你讲吧。都是你打断了我的话头，否则你可以听到她的马怎样跌了一跤，把她压在底下；那地方是怎样地泥泞，她浑身脏成怎么一个样子；他怎么让那马把她压住，怎么因为她的马跌了一跤而把我痛打；她怎么在烂泥里爬起来把他扯开；他怎么骂人；她怎么向他求告，她是从来不曾向别人求告过的；我怎么哭；马怎么逃走；她的马缰怎么断了；我的马鞦怎么丢了；还有许许多多新鲜的事情，现在只有让它们永远埋没，你到死也不可能知道了。

寇提斯　这样说来，他比她还要厉害了。

葛鲁米奥　是啊，你们等他回来瞧着吧。可是我何必跟你讲这些话？去叫纳森聂尔、约瑟夫、尼古拉斯、腓力普、华特、休格索普他们这一批人出来吧，叫他们把头发梳光，衣服刷干净，袜带要大方而不扎眼，行起礼来不要忘记屈左膝，在吻手以前，连老爷的马尾巴也不要摸一下。他们都预备好了吗？

寇提斯　都预备好了。

葛鲁米奥　叫他们出来。

寇提斯　你们听见了吗？喂！老爷就要来了，快出去迎接去，还要服侍新夫人哩。

葛鲁米奥　她自己会走路。

寇提斯　这个谁不知道？

葛鲁米奥　你好像就不知道，不然你干吗要叫人来扶着她？

寇提斯　我是叫他们来给她帮帮忙。

葛鲁米奥　用不着，她不是来向他们告帮的。

【众仆人上。

纳森聂尔　欢迎你回来，葛鲁米奥！

腓力普　你好，葛鲁米奥！

约瑟夫　啊，葛鲁米奥！

尼古拉斯　葛鲁米奥，好小子！

纳森聂尔　怎么样，小伙子？

葛鲁米奥　欢迎你；你好，你；啊，你；好小子，你；现在我们打过招呼了，我的漂亮的朋友们，一切都预备好，收拾清楚了吗？

纳森聂尔　一切都预备好了。老爷什么时候可以到来？

葛鲁米奥　就要来了，现在大概已经下马了，所以你们必须——哎哟，安静点！我听见他的声音了。

【彼特鲁乔及凯瑟丽娜上。

彼特鲁乔　这些混账东西都在哪里？怎么门口没有一个人来扶我的马镫，接我的马？纳森聂尔！葛雷古利！腓力普！

众仆人　有，老爷。有，老爷。

彼特鲁乔　有，老爷！有，老爷！有，老爷！有，老爷！你们这些木头人一样的不懂规矩的奴才！你们可以不用替主人做事，不用讲名分了吗？我先打发回来的那个蠢材在哪里？

葛鲁米奥　在这里，老爷，还是和先前一样蠢。

彼特鲁乔　这婊子生的下贱东西！我不是叫你召齐了这批狗奴才，到大门口来接我的吗？

葛鲁米奥　老爷，纳森聂尔的外衣还没有做好，盖勃里尔的鞋子后跟上全是洞，彼得的帽子没有刷过黑烟，华特的剑在鞘子里锈住了拔不出来，只有亚当、拉尔夫和葛雷古利的衣服还算整齐，其余的都破旧不堪，像一群叫花子似的。可是他们现在都来迎接您了。

彼特鲁乔　去，混蛋们，把晚饭拿来。（若干仆人下）（唱）“想当年，我也曾——”那些家伙全——坐下吧，凯德，你到家了，嗯，嗯，嗯，嗯。

【数仆持食具重上。

彼特鲁乔　怎么，到这时候才来？——可爱的好凯德，你应当快乐一点。——混账东西，给我把靴子脱下来！死东西，有耳朵没有？（唱）

有个灰衣的行脚僧，
在路上奔波不停——

该死的狗奴才！你把我的脚都拉痛了；我非得揍你，好叫你脱那只的时候当心一点。（打仆人）凯德，你高兴起来呀。喂！给我拿水来！我的猎狗特洛伊罗斯呢？嗨，小子，你去把我的表弟腓迪南找来。（仆人下）凯德，你应该跟他见个面，认识认识。我的拖鞋在什么地方？怎么，没有水吗？凯德，你来洗手吧。（仆人失手将水壶跌到落地上，彼特鲁乔打仆人）这狗娘养的！你故意将它打翻吗？

凯瑟丽娜　请您别生气，这是他无心的过失。

彼特鲁乔　这狗娘养的笨虫！来，凯德，坐下来，我知道你肚子饿了。是由你来做祈祷呢，好凯德，还是我来做？这是什么？羊肉吗？

仆　甲　是的。

彼特鲁乔　谁拿来的？

仆　甲　是我。

彼特鲁乔　它焦了，所有的肉都焦了。这批狗东西！那个混账厨子呢？你们好大胆子，知道我不爱吃这种东西，敢把它拿出来！（将肉等向众仆人掷去）盆儿杯儿盘儿一起还给你们吧，你们这些没有头脑不懂规矩的奴才！怎么，你在嘀咕些什么？等着，我就来跟你算账。

凯瑟丽娜　夫君，请您不要那么生气，这肉烧得还不错哩。

彼特鲁乔　我对你说，凯德，它已经烧焦了。再说，医生曾经特别告诉我不要碰羊肉，因为吃了下去有伤脾胃，会使人脾气暴躁的。我们两人的脾气本来就暴躁，所以还是挨些饿，不要吃这种烧焦的肉吧。请你忍耐些，明天我叫他们烧得好一点，今夜我们两个人饿一夜。来，我领你到你的新房里去。（彼特鲁乔、凯瑟丽娜、寇提斯同下）

纳森聂尔　彼得，你看见过这样的事情吗？

彼　得　这叫作以其人之道，还治其人之身。

【寇提斯重上。

葛鲁米奥　他在哪里？

寇提斯　在她的房间里，向她大讲节制的道理，嘴里不断骂人，弄得她坐立不安，眼睛也不敢看，话也不敢说，只好呆呆坐着，像一个刚从梦里醒来的人一般，看样子怪可怜的。快去，快去！他来了。（四人同下）

【彼特鲁乔重上。

彼特鲁乔　我已经开始巧妙地把她驾驭起来，希望能够得到美满的成功。我这只悍鹰现在非常饥饿，在她没有俯首听命以前，不能让她吃饱，不然她就不肯再练习打猎了。我还有一个制伏这鸷鸟的办法，使她能呼之则来，挥之则去。那就是总叫她睁着眼，不得休息，拿她当一只乱扑翅膀的倔强鹞子一样对待。今天她没有吃过肉，明天我也不给她吃；昨夜她不曾睡觉，今夜我也不让她睡觉，我要故意嫌被褥铺得不好，把枕头、枕垫、被单、线毯满房乱丢，还说都是为了爱惜她才这样做。总之她将会整夜不能合眼，倘若她昏昏欲睡，我就骂人吵闹，吵得她睡不着。这是用体贴为名惩治妻子的法子，我就这样克制她的狂暴倔强的脾气。要是有谁知道还有比这更好的驯悍妙法，那么我倒要请教请教。（下）

第二场 帕度亚。巴普提斯塔家门前

【特拉尼奥及霍坦西奥上。

特拉尼奥 里西奥朋友，难道比恩卡小姐除了路森修以外，还会爱上别人吗？我告诉你吧，她对我很有好感呢。

霍坦西奥 先生，为了证明我刚才所说的话，你且站在一旁，看看他是怎样教的。

（二人站立一旁）

【比恩卡及路森修上。

路森修 小姐，您的功课念得怎么样啦？

比恩卡 先生，您在念什么？先回答我。

路森修 我念的正是我教的，是奥维德的《恋爱的艺术》。

比恩卡 我希望您在这方面成为一个专家。

路森修 亲爱的，我希望您做我实验的对象。（二人退后）

霍坦西奥 哼，他们的进步倒是很快！现在你还敢发誓说你的爱人比恩卡只爱着路森修吗？

特拉尼奥 啊，可恼的爱情！朝三暮四的女人！里西奥，我真想不到有这种事情。

霍坦西奥 老实告诉你吧，我不是里西奥，也不是一个音乐家。我为了她不惜降低身份，乔扮成这个样子。谁知道她不爱绅士，却去爱上一个穷酸小子。先生，我的名字是霍坦西奥。

特拉尼奥 原来足下便是霍坦西奥先生，失敬失敬！久闻足下对比恩卡十分倾心，现在你我已经亲眼看见她这种轻狂的样子，我看我们大家把这一段痴情割断了吧。

霍坦西奥 瞧，他们又在接吻亲热了！路森修先生，让我握你的手，我郑重宣誓，今后决不再向比恩卡求婚，像她这样的女人，是不值得我像过去那样对她盲目恋慕的。

特拉尼奥 我也愿意一秉至诚，做同样的宣誓，即使她向我苦苦哀求，我也决不娶她。不害臊的！瞧她那副浪相！

霍坦西奥 但愿除了他以外，所有的人都发誓把比恩卡舍弃。至于我自己，我一定坚守誓言。三天之内，我就要和一个富孀结婚，她已经爱我很久，可是我迷上了这个鬼丫头。再会吧，路森修先生，讨老婆不在乎姿色，有良心的女

人才值得我去爱她。好吧，我走了。主意已拿定，决不更改。（霍坦西奥下，路森修、比恩卡上前）

特拉尼奥　比恩卡小姐，祝您爱情美满！我刚才已经窥见你们的秘密，而且我已经和霍坦西奥一同发誓把您舍弃了。

比恩卡　特拉尼奥，你又在说笑话了。可是你们两个人真的都已经发誓把我舍弃了吗？

特拉尼奥　是的，小姐。

路森修　那么里西奥不会再来打搅我们了。

特拉尼奥　不骗你们，他现在决心要娶一个风流寡妇，打算求婚结婚都在一天之内完成呢。

比恩卡　愿上帝赐他快乐！

特拉尼奥　他还要把她管束得十分驯服呢。

比恩卡　他不过说说罢了，特拉尼奥。

特拉尼奥　真的，他已经进了御妻学校了。

比恩卡　御妻学校！有这样一个所在吗？

特拉尼奥　是的，小姐，彼特鲁乔就是那个学校的校长，他教授着层出不穷的许多驯伏悍妇的妙计和对付长舌的秘诀。

【比昂台罗奔上。

比昂台罗　啊，少爷，少爷！我守了半天，守得腿酸脚软，好容易给我发现了一位老人家，他从山坡上下来，看他的样子倒还适合我们的条件。

特拉尼奥　比昂台罗，他是个什么人？

比昂台罗　少爷，他也许是个商店里的掌柜，也许是个老学究，我也弄不清楚，可是他的装束十分规矩，他的神气和相貌都像个老太爷的样子。

路森修　特拉尼奥，我们找他来干吗呢？

特拉尼奥　他要是能够听信我随口编造的谣言，我可以叫他心甘情愿地冒充文森修，向巴普提斯塔一口答应一份丰厚的聘礼。把您的爱人带进去，让我在这儿安排一切。（路森修、比恩卡同下）

【老学究上。

老学究　上帝保佑您，先生！

特拉尼奥　上帝保佑您，老人家！您是路过此地，还是有事到此？

老学究　先生，我想在这儿耽搁一两个星期，然后动身到罗马去。要是上帝让我多活几年，我还希望到特里坡利斯去一次。

特拉尼奥　请问府上是什么地方？

老学究　敝乡是曼多亚。

特拉尼奥　曼多亚吗，老先生！哎哟，糟了！您敢到帕度亚来，难道不想活命了吗？

老学究　怎么，先生！我不懂您的话。

特拉尼奥　曼多亚人到帕度亚来，都是要处死的，您还不知道吗？你们的船只只能停靠在威尼斯，我们的公爵和你们的公爵因为发生争执，已经宣布不准敌邦人民入境的禁令。大概您是新近到此，否则应该早就知道的。

老学究　唉，先生！这可怎么办呢？我还有从佛罗伦萨汇来的钱，要在这儿取出来呢！

特拉尼奥　好，老先生，我愿意帮您一个忙。第一要请您告诉我，您有没有到过比萨？

老学究　啊，先生，比萨是我常去的地方，那里是以正人君子多而出名的。

特拉尼奥　在那些正人君子中间，有一位文森修您认识不认识？

老学究　我不认识他，可是听到过他的名字，他是一个非常富有的商人。

特拉尼奥　老先生，他就是家父。不骗您，他的相貌可有点儿像您呢。

比昂台罗　（旁白）就像苹果跟牡蛎差不多一样。

特拉尼奥　您现在既然有生命危险，那么我看您不妨暂时权充家父，您长得像他，这也算是您的运气。您可以住在我的家里，受我的竭诚款待，可是您必须注意您的言行举止，别让人瞧出破绽来！您懂得我的意思吧，老先生？您可以这样住下来，等到办好了事情再走。如果不嫌怠慢，那么就请您接受我的好意吧。

老学究　啊，先生，这样您真是我的救命恩人了，我一定永远不忘您的大恩大德。

特拉尼奥　那么跟我去装扮起来。不错，我还要告诉您一件事：我跟这儿的巴普提斯塔的女儿正在议订婚约，只等我的父亲来允诺一份聘礼，关于这件事情我可以仔细告诉您一切应付的方法。现在我们就去找一身合适一点的衣服给您穿吧。（同下）

第三场　彼特鲁乔家中一室

【凯瑟丽娜及葛鲁米奥上。

葛鲁米奥　不，不，我不敢。

凯瑟丽娜　我越是心里委屈，他越是把我折磨得厉害。难道他娶了我来，是要饿死我吗？到我父亲门前求乞的叫花子，也总可以讨到一点布施；这一家讨不到，那一家也总会给他一些冷饭残羹。可是从来不知道怎样恳求人家，也从来不需要向人恳求什么的我，现在却吃不到一点东西，得不到一刻钟的安眠；他用高声的叫骂使我不能合眼，让我饱听他的喧哗和吵闹；尤其可恼的，他这一切都借着爱惜我的名义，好像我一睡着就会死去，吃了东西就会害重病一样。求求你去给我找些食物来吧，不管什么东西，只要可以吃的就行。

葛鲁米奥　您要不要吃红烧蹄子？

凯瑟丽娜　那好极了，请你拿来给我吧。

葛鲁米奥　恐怕您吃了会上火。清炖大肠好不好？

凯瑟丽娜　很好，好葛鲁米奥，给我拿来。

葛鲁米奥　我不大放心，恐怕它也是上火的。芥末牛肉好不好？

凯瑟丽娜　那正是我爱吃的一道菜。

葛鲁米奥　嗯，可是那芥末太辣了点儿。

凯瑟丽娜　那么就是牛肉，别放芥末了吧。

葛鲁米奥　那可不成，您要吃牛肉，一定得放芥末。

凯瑟丽娜　放也好，不放也好，牛肉也好，别的什么也好，随你的便给我拿些来吧。

葛鲁米奥　那么，只有芥末，没有牛肉。

凯瑟丽娜　给我滚开，你这欺人的奴才！（打葛鲁米奥）你不拿东西给我吃，却向我报出一道道的菜名来逗我。你们瞧着我倒霉得意，看你们得意到几时！去，快给我滚！

【彼特鲁乔持肉一盆，与霍坦西奥同上。

彼特鲁乔　我的凯德今天好吗？怎么，好人儿，不高兴吗？

霍坦西奥　嫂子，您好？

凯瑟丽娜　哼，我浑身发冷。

彼特鲁乔　不要这样垂头丧气的，向我笑一笑吧。亲爱的，你瞧我多么至诚，我自己给你煮了肉来了。（将肉盆置桌上）亲爱的凯德，我相信你一定会感谢我这一片好心的。怎么！一句话也不说吗？你不喜欢它，我的辛苦都白费了。来，把这盆子拿走。

凯瑟丽娜　请您让它放着吧。

彼特鲁乔　最微小的服务，也应该得到一声道谢，你在没有吃这肉之前，应该谢我才是。

凯瑟丽娜　谢谢您，夫君。

霍坦西奥　哎哟，彼特鲁乔先生，你何必这样！嫂子，让我奉陪您吧。

彼特鲁乔　（旁白）霍坦西奥，你倘若是个好朋友，请你尽量大吃。——凯德，这回你可高兴了吧？吃得快一点。现在，我的好心肝，我们要回到你爸爸家里去了；我们要打扮得非常体面，我们要穿绸衣，戴绢帽、金戒；高高的绉领，飘飘的袖口，圆圆的裙子，肩巾，折扇，什么都要备着两套替换；还有琥珀的镯子，珍珠的项圈，以及诸如此类的玩意儿。啊，你还没有吃好吗？裁缝在等着替你穿新衣服呢。

【裁缝上。

彼特鲁乔　来，裁缝，让我们瞧瞧你做的衣服；先把那件袍子展开来——

【帽匠上。

彼特鲁乔　你有什么事？

帽　匠　这是您叫我做的那顶帽子。

彼特鲁乔　啊，样子倒很像一只汤碗、一个绒制的碟子！呸，呸！寒酸死了，简直像个蚌壳或是胡桃壳、一块饼干、一个胡闹的玩意儿，只能给洋娃娃戴。拿去！换一顶大一点的来。

凯瑟丽娜　大一点的我不要，这一顶式样很新，贤媛淑女们都是戴这种帽子。

彼特鲁乔　等你成为一个贤媛淑女以后，你也可以有一顶，现在还是不要戴它吧。

霍坦西奥　（旁白）那倒还要经过相当的时间哩。

凯瑟丽娜　哼，我相信我也有说话的权利。我不是三岁小孩，比你尊长的人，也不能禁止我自由发言，你要是不愿意听，还是请你把耳朵塞住吧。我这一肚子的气恼，要是再不让我的嘴把它发泄出来，我的肚子也要气破了。

彼特鲁乔　是啊，你说得一点不错，这帽子真不好，活像块牛奶蛋糕、丝织的烧饼，值不了几个子儿。你不喜欢它，所以我才格外爱你。

凯瑟丽娜　爱我也好，不爱我也好，我喜欢这顶帽子，我只要这一顶，不要别的。

（帽匠下）

彼特鲁乔　你的袍子吗？啊，不错。来，裁缝，让我们瞧瞧看。哎哟，天哪！这算是什么古怪的衣服？这是什么？袖子吗？那简直像一尊小炮。怎么回事？上上下下都是折儿，和包子一样。这儿也是缝，那儿也开口，东一道，西一条，活像剃头铺子里的香炉。他妈的！裁缝，你把这叫作什么东西？

霍坦西奥　（旁白）看来她帽子袍子都穿戴不成了。

裁　缝　这是您叫我照着流行的式样用心裁制的。

彼特鲁乔　是呀，可是我没有叫你做得这样乱七八糟。去，给我滚回你的狗窝里去吧，我以后决不再来请你了。我不要这东西，拿去给你自己穿吧。

凯瑟丽娜　我从来没有见过一件比这更漂亮、更好看的袍子了。你大概想把我当作一个木头人一样随你摆布吧。

彼特鲁乔　对了，他想把你当作木头人一样随意摆布。

裁　缝　她说您想把她当作木头人一样随意摆布。

彼特鲁乔　啊，大胆的狗奴才！你胡说，你这拈针弄线的傻瓜，你这个长码尺、中码尺、短码尺、钉子一样长的混蛋！你这跳蚤，你这虫卵，你这冬天的蟋蟀！你拿着一绞线，竟敢在我家里放肆吗？滚！你这破布头，你这不是东西的东西！我非得好生拿尺揍你一顿，看你这辈子还敢不敢胡言乱语。好好的一件袍子，给你剪成这个样子。

裁　缝　您弄错了，这袍子是我们东家照您吩咐的样子做起来的，葛鲁米奥详详细细地给我们讲了尺寸和式样。

葛鲁米奥　我什么都没讲，我只把料子给他了。

裁　缝　你没说怎么做吗？

葛鲁米奥　那我倒是说了，老兄，用针线做。

裁　缝　你没叫我们裁吗？

葛鲁米奥　这些地方是你放出来的。

裁　缝　不错。

葛鲁米奥　少跟我放肆，这些玩意儿是你装上的，少跟我装腔。你要是放肆装腔，我是不买账的。我老实告诉你：我叫你们东家裁一件袍子，可是没有叫他裁成碎片。所以你完全是信口胡说。

裁　缝　这儿有式样的记录，可以做证。

彼特鲁乔　你念念。

葛鲁米奥　反正要说是我说的，那记录也是撒谎。

裁　缝　（读）“肥腰身女袍一件。”

葛鲁米奥　老爷，我要是说过肥腰身，你就把我缝在袍子的下摆里，拿一轴黑线把我打死。我明明就说女袍一件。

彼特鲁乔　往下念。

裁　缝　（读）“外带小披肩。”

葛鲁米奥　披肩我倒是说过。

裁　缝　（读）“灯笼袖。”

葛鲁米奥　我要的是两只袖子。

裁　缝　（读）“袖子要裁得花样新奇。”

彼特鲁乔　嘿，毛病就出在这儿。

葛鲁米奥　那是写错了，老爷，那是写错了。我不过叫他裁出袖子来，再给缝上。你这家伙要是敢否认我说的半个字，就是你小拇指上套着顶针，我也敢揍你。

裁　缝　我念的完全没有错。你要敢跟我到外面去，我就给你点颜色看看。

葛鲁米奥　行啊，你拿着账单，我拿着码尺，看咱们谁先求饶。

霍坦西奥　老天在上，葛鲁米奥！你拿着他的码尺，他可就没得耍了。

彼特鲁乔　总而言之，这袍子我不要。

葛鲁米奥　那是自然，老爷，本来也是给夫人做的。

彼特鲁乔　卷起来，让你的东家拿去玩吧。

葛鲁米奥　混蛋，你敢卷？卷起我家夫人的袍子，让你东家去玩？

彼特鲁乔　怎么了，你这话是什么意思？

葛鲁米奥　哎呀，老爷，这意思可是你万万想不到的。卷起我家夫人的袍子，让他东家去玩！嘿，这太不像话了！

彼特鲁乔　（向霍坦西奥旁白）霍坦西奥，你说工钱由你来付。（向裁缝）快拿去，走吧走吧，别多说了。

霍坦西奥　（向裁缝旁白）裁缝，那袍子的工钱我明天拿来给你。他一时使性子说的话，你不必跟他计较。快去吧，替我问你们东家好。（裁缝下）

彼特鲁乔　好吧，来，我的凯德，我们就老老实实穿着这身家常便服，到你爸爸家里去吧。只要我们袋里有钱，身上穿得寒酸一点，又有什么关系？因为使身体阔气，还要靠心灵。正像太阳会从乌云中探出头来一样，布衣粗服，可以格外显出一个人的正直。鲣鸟并不因为羽毛的美丽，而比云雀更为珍贵；蝮蛇并不因为皮肉的光泽，而比鳗鲡更有用处。所以，好凯德，你穿着这一身敝旧的衣服，也并不因此而降低了你的身价。你要是怕人笑话，那么让人家笑话我吧。你还是要高高兴兴的，我们马上就到你爸爸家里去喝酒作乐。去，叫他们准备好，我们就要出发了。我们的马在小路那边等着，我们走到那里上马。让我看，现在大概是七点钟，我们可以在吃中饭以前赶到那里。

凯瑟丽娜　我相信现在快两点钟了，到那里去也许赶不上吃晚饭呢。

彼特鲁乔　不是七点钟，我就不上马。我说的话，做的事，想着的念头，你总是要跟我闹别扭。好，大家不用忙了，我今天不去了。你倘若要我去，那么我说是什么钟点，就得是什么钟点。

霍坦西奥　哟，这家伙简直想要太阳也归他节制哩。（同下）

第四场　帕度亚。巴普提斯塔家门前

【特拉尼奥及老学究扮文森修上。

特拉尼奥　这儿已是巴普提斯塔的家了，我们要不要进去看望他？

老学究　那还用说吗？我倘若没有弄错，那么巴普提斯塔先生也许还记得我，二十年以前，我们曾经在热那亚做过邻居哩。

特拉尼奥　这样很好，请你随时保持着做一个父亲的庄严风度吧。

老学究　您放心好了。瞧，您那跟班来了。我们应该把他教导一番才是。

【比昂台罗上。

特拉尼奥　你不用担心他。比昂台罗，你要好好侍候这位老先生，就像他是真的文森修老爷一样。

比昂台罗　嘿！你们放心吧。

特拉尼奥　可是你看见巴普提斯塔没有？

比昂台罗　看见了，我对他说，您的老太爷已经到了威尼斯，您正在等着他今天到帕度亚来。

特拉尼奥　你事情办得很好，这几个钱拿去买杯酒喝吧。巴普提斯塔来啦，赶快装起一副严肃的面孔来。

【巴普提斯塔及路森修上。

特拉尼奥　巴普提斯塔先生，我们正要来拜访您。（向老学究）父亲，这就是我对您说起过的那位老伯。请您成全您儿子的好事，答应我娶比恩卡为妻吧。

老学究　吾儿且慢！巴普提斯塔先生，久仰久仰。我这次因为追索几笔借款，到帕度亚来，听见小儿向我说起，他跟令爱十分相爱。像先生这样的家声，能够仰攀，已属万幸，我当然没有不赞成之理。而且我看他们两人情如胶漆，也很愿意让他早早成婚，了此一桩心事。要是先生不嫌弃的话，那么关于问名纳聘这一方面的种种条件，但有所命，无不乐从。先生的盛名我久已耳闻，自然不会斤斤计较。

巴普提斯塔　文森修先生，恕我不会客套，您刚才那样开诚布公的说话，我听了很是高兴。令郎和小女的确十分相爱，如果是伪装，万不能如此逼真。您要是不忍拂令郎之意，愿意给小女一份适当的聘礼，那么我是毫无问题的，我们就此一言为定吧。

特拉尼奥　谢谢您，老伯。那么您看我们最好在什么地方把双方的条件互相谈妥？

巴普提斯塔　舍间恐怕不大方便，因为隔墙有耳，我有许多仆人，也许会被他们听了泄露出去。而且葛莱米奥那老头子痴心不死，也许会来打扰我们。

特拉尼奥　那么还是到敝寓去吧，家父就在那里耽搁，我们今夜可以在那边悄悄地把事情谈妥。请您就叫这位尊驾去请令爱出来，我就叫我这奴才去找个书记来。但恐事出仓促，一切招待未能尽如尊意，要请您多多原谅。

巴普提斯塔　不必客气，这样很好。堪比奥，你到家里去叫比恩卡梳洗梳洗，我们就要到一处地方去，你也不妨告诉她路森修先生的尊翁已经到了帕度亚，她的亲事大概就可定下来了。

比昂台罗　但愿神明祝福她嫁得一位如意郎君！

特拉尼奥　不要惊动神明了，快快去吧。巴普提斯塔先生，请了。我们只有些薄酒粗肴，谈不上什么款待，等您到比萨来的时候，才要好好地请您一下哩。

巴普提斯塔　请了。（特拉尼奥、巴普提斯塔及老学究下）

比昂台罗　堪比奥！

路森修　有什么事，比昂台罗？

比昂台罗　您看见我的少爷向您眨着眼睛笑吗？

路森修　他向我眨着眼睛笑又怎么样？

比昂台罗　没有什么，可是他要我慢走一步，向您解释他的暗号。

路森修　那么你就解释给我听吧。

比昂台罗　他叫您不要担心巴普提斯塔，他正在和一个冒牌的父亲讨论关于他的冒牌的儿子的婚事。

路森修　那便怎样？

比昂台罗　他叫您带着他的女儿一同到他们那里吃晚饭。

路森修　带着她去又怎样？

比昂台罗　您可以随时去找圣路加教堂里的老牧师。

路森修　这到底是什么意思？

比昂台罗　我也不知道是什么意思，我只知道趁着他们都在那里假装谈条件的时候，您就赶快同着她到教堂里去，找到牧师执事，再找几个靠得住的证人，取得“只此一家，不准翻印”的权利。这倘不是您盼望已久的好机会，那么您也从此不必再在比恩卡身上动念头了。（欲去）

路森修　听我说，比昂台罗。

比昂台罗　我不能待下去了。我知道有一个女人，一天下午在园里拔菜喂兔子，就这样莫名其妙地跟人家结婚了，也许您也会这样。再见，先生。我的少爷还要叫我到圣路加教堂去，叫那牧师在那边等着你和你的随从。（下）

路森修　只要她肯，事情就好办。她一定愿意的，那么我还疑惑什么？不要管它，让我直截了当地对她说。堪比奥要是不能把她弄到手，那才是怪事哩。（下）

第五场　公　路

【彼特鲁乔、凯瑟丽娜、霍坦西奥及从仆等上。

彼特鲁乔　走，走，到我们老丈人家里去。主啊，月亮照得多么光明！

凯瑟丽娜　什么月亮！这是太阳，现在哪里来的月亮？

彼特鲁乔　我说这是月亮的光。

凯瑟丽娜　这明明是太阳光。

彼特鲁乔　我指着我母亲的儿子——那就是我自己——起誓，我要说它是月亮，它就是月亮，我要说它是星，它就是星，我要说它是什么，它就是什么，你要是说我说错了，我就不到你父亲家里去。来，掉转马头，我们回去。老是跟我闹别扭，闹别扭！

霍坦西奥　随他怎么说吧，否则我们永远去不成了。

凯瑟丽娜　我们已经走了这么远，请您不要再回去了吧。您高兴说它是月亮，它就是月亮；您高兴说它是太阳，它就是太阳；您要是说它是蜡烛，我也就当它是蜡烛。

彼特鲁乔　我说它是月亮。

凯瑟丽娜　我知道它是月亮。

彼特鲁乔　不，你胡说，它是太阳。

凯瑟丽娜　那么它就是太阳。可是您要是说它不是太阳，它就不是太阳；月亮的盈亏圆缺，就像您心性的捉摸不定一样。随您叫它是什么名字吧，您叫它什么，凯瑟丽娜也叫它什么就是了。

霍坦西奥　彼特鲁乔，恭喜恭喜，你已经得到胜利了。

彼特鲁乔　好，往前走！正是顺水行舟快，逆风打桨迟。且慢，那边有谁来啦？

【文森修着旅行装束上。

彼特鲁乔　（向文森修）早安，好姑娘，你到哪里去？亲爱的凯德，老老实实告诉我，你可曾看见过一个比她更娇好的淑女？她颊上又红润，又白嫩，相映得多么美丽！点缀在天空中的繁星，怎么及得上她那天仙般美丽的脸上那一双眼睛的清秀？可爱的美貌姑娘，早安！亲爱的凯德，因为她这样美，你应该和她亲热亲热。

霍坦西奥　把这人当作女人，他一定要发怒的。

凯瑟丽娜　年轻娇美的姑娘，你到哪里去？你家住在什么地方？你的父亲母亲生下你这样美丽的孩子，真是几生修得。不知哪个幸运的男人，有福消受你这如花美眷！

彼特鲁乔　啊，怎么，凯德，你疯了吗？这是一个满脸皱纹的白发衰翁，你怎么说他是一个姑娘？

凯瑟丽娜　老丈，请您原谅我一时眼花，因为太阳光太眩耀了，所以看什么都是迷迷糊糊的。现在我才知道您是一位年尊的老丈，请您千万恕我刚才的唐突吧。

彼特鲁乔　老伯伯，请你原谅她。还要请问你现在到哪儿去，要是咱们是同路的话，那么请你跟我们一块儿走吧。

文森修　好先生，还有你这位淘气的娘子，萍水相逢，你们把我这样打趣，倒把我弄得莫名其妙。我的名字叫文森修，舍间就在比萨，我现在要到帕度亚去，瞧瞧我久别的儿子。

彼特鲁乔　令郎叫什么名字？

文森修　他叫路森修。

彼特鲁乔　原来尊驾就是路森修的尊翁，那巧极了，算来你还是我的姻伯呢。这就是拙荆，她有一个妹妹，现在多半已经和令郎成婚了。你不用吃惊，也不必忧虑，她是一个名门淑女，嫁妆也很丰富，她的品貌才德，当得起君子好逑四字。文森修老先生，刚才多有不敬，现在我们一块儿看令郎去吧，他见了你一定是异常高兴的。

文森修　您说的是真话，还是像有些爱寻开心的旅行人一样，路上见了什么人就随便开玩笑？

霍坦西奥　老丈，我可以担保他的话都是真的。

彼特鲁乔　来，我们去吧，看看我的话究竟是真是假。你大概因为我先前和你开过玩笑，所以有点不相信我了。（除霍坦西奥外皆下）

霍坦西奥　彼特鲁乔，你已经鼓起了我的勇气。我也要照样去对付我那寡妇！她要是倔强抗命，我就记着你的教训，也要对她不客气了。（下）

第五幕

第一场　帕度亚。路森修家门前

【比昂台罗、路森修及比恩卡自一方上；葛莱米奥在另一方行走。

比昂台罗　少爷，放轻脚步快快走，牧师已经在等着了。

路森修　我会飞了过去的，比昂台罗。可是他们在家里也许要叫你做事，你还是回去吧。

比昂台罗　不，我要把您送到教堂门口，然后再奔回去。（路森修、比恩卡、比昂台罗同下）

葛莱米奥　真奇怪，堪比奥怎么到现在还不来。

【彼特鲁乔、凯瑟丽娜，文森修及从仆等上。

彼特鲁乔　老伯，这就是路森修家的门前，我的岳父就住在靠近市场的地方，我现在要到他家里去，暂时失陪了。

文森修　不，我一定要请您进去喝杯酒再走。我想我在这里是可以略尽地主之谊的。嘿，听起来里面已经相当热闹了。（叩门）

葛莱米奥　他们在里面忙得很，你还是敲得响一点。

【老学究自上方上，凭窗下望。

老学究　谁在那里把门都要敲破了？

文森修　请问路森修先生在家吗？

老学究　他人是在家里，可是你不能见他。

文森修　要是有人带了一百镑钱来，送给他吃吃玩玩呢？

老学究　把你那一百镑钱留着自用吧，我一天活在世上，他就一天不愁没有钱用。

彼特鲁乔　我不是告诉过您吗，令郎在帕度亚是人缘极好的。废话少讲，请你通知一声路森修先生，说他的父亲已经从比萨来了，现在在门口等着和他说话。

老学究　胡说，他的父亲就在帕度亚，正在窗口说话呢。

文森修　你是他的父亲吗？

老学究　是啊，你要是不信，不妨去问问他的母亲。

彼特鲁乔　（向文森修）啊，怎么，朋友！你原来假冒别人的名字，这真是岂有此理了。

老学究　把这混账东西抓住！我看他是想要假冒我的名字，在这城里向人讹诈。

【比昂台罗重上。

比昂台罗　我看见他们两人一块儿在教堂里，上帝保佑他们一帆风顺！可是谁在这儿？我的老太爷文森修！这可糟了，我们的计策都要败露了。

文森修　（见比昂台罗）过来，死鬼！

比昂台罗　借光，请让我过去。

文森修　过来，狗奴才！你难道忘记我了吗？

比昂台罗　忘记你！我怎么会忘记你？我见也没有见过你哩。

文森修　怎么，你这该死的东西！你难道没有见过你家主人的父亲文森修吗？

比昂台罗　啊，你问起我们的老太爷吗？瞧那站在窗口的就是他。

文森修　真的吗？（打比昂台罗）

比昂台罗　救命！救命！救命！这疯子要谋害我啦！（下）

老学究　吾儿，巴普提斯塔先生，快来救人！（自窗口下）

彼特鲁乔　凯德，我们站在一旁，瞧这场纠纷怎样解决。（二人退后）

【老学究自下方重上；巴普提斯塔、特拉尼奥及众仆上。

特拉尼奥　老头儿，你是个什么人，敢动手打我的仆人？

文森修　我是个什么人！嘿，你是个什么人？哎呀，天哪！你这家伙！你居然穿起绸缎的衫子、天鹅绒的袜子、大红的袍子，戴起高高的帽子来了！啊呀，完了！完了！我在家里舍不得花一个钱，我的儿子和仆人却在大学里挥霍成这个样子！

特拉尼奥　啊，是怎么一回事？

巴普提斯塔　这家伙疯了吗？

特拉尼奥　瞧你这一身打扮，倒像一位明白道理的老先生，可是你说的是一派疯话。我就是佩戴些金银珠玉，那又与你何干？多谢上帝给我一位好父亲，他会供我随便花钱。

文森修　你的父亲！哼！他是在贝格摩做船帆的。

巴普提斯塔　你弄错了，你弄错了。请问你知道他叫什么名字？

文森修　他叫什么名字？你以为我不知道他的名字吗？我把他从三岁起抚养长大，他的名字叫作特拉尼奥。

老学究　去吧，去吧，你这疯子！他的名字是路森修，我叫文森修，他是我的独生子。

文森修　路森修！啊！他已经把他的主人谋害了。我用公爵的名义请你们赶快把他抓住。啊，我的孩子，我的孩子！狗奴才，快对我说，我的儿子路森修在哪里？

特拉尼奥　去叫一个官差来。

【一仆人偕差役上。

特拉尼奥　把这疯子抓进监牢里去。岳父大人，叫他们把他好好看管起来。

文森修　把我抓进监牢里去！

葛莱米奥　且慢，官差，你不能把他送进监牢。

巴普提斯塔　您不用管，葛莱米奥先生，我说非把他抓进监牢里不可。

葛莱米奥　宁可小心一点，巴普提斯塔先生，也许您会上人家的圈套。我敢发誓这个人才是真的文森修。

老学究　你有胆量就发个誓看看。

葛莱米奥　不，我不敢发誓。

特拉尼奥　那么你还是说我不是路森修吧。

葛莱米奥　不，我知道你是路森修。

巴普提斯塔　把那呆老头儿抓去！把他关起来！

文森修　你们这里是这样对待外方人的吗？好混账的东西！

【比昂台罗偕路森修及比恩卡重上。

比昂台罗　啊，我们的计策要完全败露了！他就在那里。不要去认他，假装不认识他，否则我们就完了！

路森修　（跪下）亲爱的爸爸，请您原谅我！

文森修　我的最亲爱的孩子还在人世吗？（比昂台罗、特拉尼奥及老学究逃走）

比恩卡　（跪下）亲爱的爸爸，请您原谅我！

巴普提斯塔　你做错了什么事要我原谅？路森修呢？

路森修　路森修就在这里，我是这位真文森修的真正的儿子，已经正式娶您的女儿为妻，您却受骗了。

葛莱米奥　他们都是一党，现在又拉了个证人来欺骗我们了！

文森修　那个该死的狗奴才特拉尼奥竟敢对我这样放肆，现在到哪儿去了？

巴普提斯塔　咦，这个人不是我们家里的堪比奥吗？

比恩卡　堪比奥已经变成路森修了。

路森修　爱情造成了这些奇迹。我因为爱比恩卡，所以和特拉尼奥交换地位，让他在城里顶替着我的名字。现在我已经美满地达到了我的心愿。特拉尼奥的所作所为，都是我强迫他做的，亲爱的爸爸，请您看在我的面上原谅他吧。

文森修　这狗奴才要把我送进监牢里去，我一定要割破他的鼻子。

巴普提斯塔　（向路森修）我倒要请问你，你没有得到我的允许，怎么就可以和我的女儿结婚？

文森修　您放心好了，巴普提斯塔先生，我们一定会使您满意的。可是他们这样捉弄我，我一定要去找着他们出出这一口闷气。（下）

巴普提斯塔　我也要去把这场诡计调查仔细。（下）

路森修　不要害怕，比恩卡，你爸爸不会生气的。（路森修、比恩卡下）

葛莱米奥　我的希望已成画饼，可是我也要跟他们一起进去，分一杯酒喝喝。（下）

【彼特鲁乔及凯瑟丽娜上前。

凯瑟丽娜　老爷，我们也跟着去瞧瞧热闹吧。

彼特鲁乔　凯德，先给我一个吻，我们就去。

凯瑟丽娜　怎么！就在大街上吗？

彼特鲁乔　啊！你觉得嫁了我这种丈夫辱没了你吗？

凯瑟丽娜　不，那我怎么敢，我只是觉得这样接吻，太难为情了。

彼特鲁乔　好，那么我们还是回家去吧。来，我们走。

凯瑟丽娜　不，我就给你一个吻。现在，亲爱的，请你不要回去了吧。

彼特鲁乔　这样不很好吗？来，我的亲爱的凯德，知过则改永远是不嫌迟的。（同下）

第二场 路森修家中一室

【室中张设筵席。巴普提斯塔、文森修、葛莱米奥、老学究、路森修、比恩卡、彼特鲁乔、凯瑟丽娜、霍坦西奥及寡妇同上；特拉尼奥、比昂台罗、葛鲁米奥及其他仆人等随侍。

路森修 虽然经过了长久的争论，我们的意见终于一致了。现在偃旗息鼓，正是我们杯酒交欢的时候。我的好比恩卡，请你向我的父亲表示欢迎；我也要用同样诚恳的心情，欢迎你的父亲。彼特鲁乔姻兄，凯瑟丽娜大姐，还有你，霍坦西奥，和你那位亲爱的寡妇，大家不要客气，在婚礼酒筵之后再来个不醉不归，都请坐下来吧，让我们一面吃，一面聊。（各人就座）

彼特鲁乔 这真是饱食终日，无所用心了！

巴普提斯塔 彼特鲁乔贤婿，帕度亚的风气是这么好客的。

彼特鲁乔 帕度亚人都是那么和和气气的。

霍坦西奥 对于你我两人，我希望这句话是真的。

彼特鲁乔 我敢说霍坦西奥一定叫他的寡妇唬着了。

寡 妇 我会唬着了？那才是没有的事。

彼特鲁乔 您太多心了，可是您还是没猜透我的意思，我是说霍坦西奥一定怕您。

寡 妇 头眩的人以为世界在旋转。

彼特鲁乔 您这话可是一点也不转弯抹角。

凯瑟丽娜 嫂子，请问这句话是什么意思？

寡 妇 我知道他的心事。

彼特鲁乔 知道我的心事？霍坦西奥不吃醋吗？

霍坦西奥 我的寡妇的意思是说她明白你的处境。

彼特鲁乔 你倒会圆场。好寡妇，为了这个，您就该吻他一下。

凯瑟丽娜 “头眩的人以为世界在旋转。”请您解释解释这句话是什么意思。

寡 妇 尊夫因为家有悍妇，所以以己度人，猜想我的丈夫也有同样不可告人的隐痛。现在您懂得我的意思了吧？

凯瑟丽娜 您的意思真坏！

寡 妇 既然是指您，自然好不了。

凯瑟丽娜 我和您比起来总还算不错哩。

彼特鲁乔 对，给她点厉害看，凯德！

霍坦西奥　给她点厉害看，寡妇！

彼特鲁乔　我敢赌一百马克，我的凯德能把她压倒。

霍坦西奥　压倒她的活儿应该由我来干。

彼特鲁乔　果然不愧是男子汉。我敬你一杯，老兄。（向霍坦西奥敬酒）

巴普提斯塔　葛莱米奥先生，您看这些傻子们唇枪舌剑多有意思！

葛莱米奥　是啊，真是说得头头是道。

比恩卡　头头是道！要是赶上个嘴快的人，准得说您的头头是道其实是头头是角。

文森修　哎哟，媳妇，你听见这话就醒了吗？

比恩卡　醒了，可不是吓醒的。我又要睡了。

彼特鲁乔　那可不行，既然你开始挑衅，我也得让你尝我一箭！

比恩卡　你拿我当鸟吗？我要另择新枝了，你就张弓搭箭地跟在后面追吧。列位，少陪了。（比恩卡、凯瑟丽娜及寡妇下）

彼特鲁乔　特拉尼奥先生，她也是你瞄准的鸟儿，可惜给她飞走了，让我们为那些射而不中的人干一杯吧。

特拉尼奥　啊，彼特鲁乔先生，我给路森修占了便宜去。我就像他的猎狗，为他辛苦奔走，得来的猎物都被主人拿去了。

彼特鲁乔　应答虽然快，比方却有点狗臭气。

特拉尼奥　还是您好，先生，自己猎来，自己享用，可是人家都说您那头鹿儿把您逼得走投无路呢。

巴普提斯塔　哈哈，彼特鲁乔！现在你给特拉尼奥说中要害了。

路森修　特拉尼奥，你把他挖苦得很好，我要谢谢你。

霍坦西奥　快快招认吧，他是不是说中了你的心病？

彼特鲁乔　他挖苦的虽然是我，可是他的讥讽仅仅从我身边擦过，我怕受伤的十分之九倒是你们两位。

巴普提斯塔　不说笑话，彼特鲁乔贤婿，我想你是娶了一个最悍泼的女人了。

彼特鲁乔　不，我否认。让我们打个赌，各人去叫他自己的妻子出来，谁的妻子最听话，出来得最快，就算谁得胜。

霍坦西奥　很好。赌什么？

路森修　二十个克朗。

彼特鲁乔　二十个克朗！这样的数目只好让我拿我的鹰犬打赌；要是拿我的妻子

打赌，应当加二十倍。

路森修　那么一百克朗吧。

霍坦西奥　好。

彼特鲁乔　就一百克朗，一言为定。

霍坦西奥　谁先去叫？

路森修　让我来。比昂台罗，你去对少奶奶说，我叫她来见我。

比昂台罗　我就去。（下）

巴普提斯塔　贤婿，我愿意代你拿出一半赌注，比恩卡一定会来的。

路森修　我不要和别人对分，我要独自下注。

【比昂台罗重上。

路森修　啊，她怎么说？

比昂台罗　少爷，少奶奶叫我对您说，她有事不能来。

彼特鲁乔　怎么！她有事不能来！这算是什么答复？

葛莱米奥　这样的答复也算很有礼貌的了，希望尊夫人不会给你一个更不客气的答复。

彼特鲁乔　我希望她会给我一个更满意的答复。

霍坦西奥　比昂台罗，你去请我的太太立刻出来见我。（比昂台罗下）

彼特鲁乔　哈哈！请她出来！那么她总应该出来了。

霍坦西奥　老兄，我怕尊夫人随你怎样请也请不出来。

【比昂台罗重上。

霍坦西奥　我的太太呢？

比昂台罗　她说您在开玩笑，不愿意出来！她叫您进去见她。

彼特鲁乔　更糟了，更糟了！她不愿意出来！嘿，是可忍，孰不可忍！葛鲁米奥，到你夫人那儿去，说，我命令她出来见我。（葛鲁米奥下）

霍坦西奥　我知道她的回答。

彼特鲁乔　什么回答？

霍坦西奥　她不高兴出来。

彼特鲁乔　她要是不出来，就算是我晦气。

【凯瑟丽娜重上。

巴普提斯塔　呀，我的天，凯瑟丽娜果然来了！

凯瑟丽娜　老爷，您叫我出来有什么事？

彼特鲁乔　你的妹妹和霍坦西奥的妻子呢？

凯瑟丽娜　她们都在火炉旁边聊天。

彼特鲁乔　你去叫她们出来，她们要是不肯出来，就把她们打出来见她们的丈夫。快去。（凯瑟丽娜下）

路森修　真是怪事！

霍坦西奥　怪了怪了，这预兆着什么呢？

彼特鲁乔　它预兆着和睦、相亲相爱和恬静的生活，尊严的统治和合法的主权，总而言之，一切的美满和幸福。

巴普提斯塔　恭喜恭喜，彼特鲁乔贤婿！你已经赢了赌局；而且在他们输给你的现款之外，我还要额外给你两万克朗，算是我另外一个女儿的嫁妆，因为她已经完全变了一个人了。

彼特鲁乔　为了让你们知道我这赌局不是侥幸赢的，我还要向你们证明她是多么听话。瞧，她已经用她的说服力，把你们那两个桀骜不驯的妻子掳掠来了。

【凯瑟丽娜率比恩卡及寡妇重上。

彼特鲁乔　凯瑟丽娜，你那顶帽子不好看，把那玩意儿脱下，丢在地上吧。（凯瑟丽娜脱帽掷地上）

寡　妇　谢谢上帝！我还没有像她这样傻！

比恩卡　呸！你把这算作什么愚蠢的妇道？

路森修　比恩卡，我希望你的妇道也像她一样愚蠢就好了。为了你的聪明，我已经在一顿晚饭的工夫里损失了一百个克朗。

比恩卡　你自己不好，反来怪我。

彼特鲁乔　凯瑟琳，你去告诉这些倔强的女人，做妻子的应该向她们的夫君尽些什么本分。

寡　妇　好了，好了，别开玩笑了，我们不要听这些。

彼特鲁乔　说吧，先讲给她听。

寡　妇　用不着她讲。

彼特鲁乔　我偏要她讲，先讲给她听。

凯瑟丽娜　哎呀！展开你那颦蹙的眉头，收起你那轻蔑的瞥视，不要让它伤害你的主人，你的君王，你的支配者。它会使你的美貌减色，就像严霜啮噬着草原；

它会使你的名誉受损，就像旋风摧残着蓓蕾；它绝对没有可取之处，也丝毫引不起别人的好感。一个任性的女人，就像一池受到搅动的泉水，混浊可憎，失去一切的美丽，无论怎样喉干口渴的人，也不愿把它啜饮一口。你的丈夫就是你的主人、你的生命、你的所有者、你的头脑、你的君王。他照顾着你，扶养着你，在海洋里、陆地上辛苦操作，夜里冒着风浪，白天忍受寒冷，你却穿得暖暖的住在家里，享受着安全与舒适。他希望你贡献给他的，只是你的爱情，你的温柔的辞色，你的真心的服从。你欠他的好处这么多，他所要求于你的报酬却是这么微薄！一个女人对待她的丈夫，应当像臣子对待君王一样忠心恭顺。倘使她倔强任性，乖张暴戾，不服从他正当的愿望，那么她岂不是一个大逆不道、忘恩负义的叛徒？应当长跪乞和的时候，她却向他挑战；应当尽心竭力服侍他、敬爱他、顺从他的时候，她却企图篡夺主权，发号施令，这种愚蠢的行为，真是女人的耻辱。我们的身体为什么这样柔软无力，耐不了苦，熬不起忧患？那不就是因为我们的性情必须和我们的外表互相一致，同样地温柔吗？听我的话吧，你们这些倔强而无力的可怜虫！我的心从前也跟你们一样高傲，也许我有比你们更多的理由，不甘心向人俯首认输，可是现在我知道我们的枪矛只是些稻草，我们的力量是软弱的，我们的软弱是无比的，我们所有的只是一个空虚的外表。所以你们还是挫抑你们无益的傲气，跪下来向你们的丈夫请求怜爱吧。为了表示我的顺从，只要我的丈夫吩咐我，我就可以向他下跪，让他因此而心中快慰。

彼特鲁乔　啊，那才是个好妻子！来，吻我，凯德。

路森修　老兄，真有你的！

文森修　对顺从的孩子们来说，这一番话大有好处。

路森修　对暴戾的女人来说，这一番话可毫无是处。

彼特鲁乔　来，凯德，我们该去睡了。我们三个人结婚，可是你们两人都输了。（向路森修）你虽然采到了明珠，我却赢了赌局，现在我就用得胜者的身份，祝你们晚安！（彼特鲁乔、凯瑟丽娜下）

霍坦西奥　你已经降伏了一个悍妇，可以踌躇满志了。

路森修　她会这样被他降伏，真是一桩想不到的事。（同下）

THE MERCHANT OF VENICE 威尼斯商人

外观往往和事物的本身完全不符，世人却容易为表面的装饰所欺骗。

导 读

《威尼斯商人》是莎士比亚早期的重要作品之一，是一部具有极大讽刺性的喜剧。剧本的主题是歌颂仁爱、友谊和爱情，同时也反映了资本主义早期商业资产阶级与高利贷者之间的矛盾，表现出莎士比亚对资产阶级社会中金钱、法律和宗教等的人文主义思想。

剧中主要人物有安东尼奥、夏洛克、巴萨尼奥、鲍西娅、杰西卡和罗兰佐等。他们生活在商业味浓重的威尼斯，安东尼奥因热心帮助巴萨尼奥去见美貌的富家嗣女鲍西娅而向放高利贷的夏洛克借了三千块钱，并依夏洛克的条件立下了违约割一磅肉的契约。安东尼奥的全部资本都在“海上”，他的商船因故未能及时返回，于是夏洛克一纸状书把他告上法庭。因为不怀好意的夏洛克不要巴萨尼奥三倍甚至十倍于借款的还款，而只要那一磅肉，所以法庭协调未果。法庭审判中，鲍西娅女扮男装作为律师出场，用自己的博学使夏洛克打消割肉的念头，同时让他拿不回借款的一个子儿。夏洛克的所有财产都得依法传给“私奔”的女儿杰西卡和女婿罗兰佐。

剧中人物

威尼斯公爵

摩洛哥亲王、阿拉贡亲王　鲍西娅的求婚者

安东尼奥　威尼斯商人

巴萨尼奥　安东尼奥的朋友

葛莱西安诺、萨莱尼奥、萨拉里诺　安东尼奥和巴萨尼奥的朋友

罗兰佐　杰西卡的恋人

夏洛克　犹太富翁

杜伯尔　犹太人，夏洛克的朋友

朗斯洛特·高波　小丑，夏洛克的仆人

老高波　朗斯洛特的父亲

里奥那多　巴萨尼奥的仆人

鲍尔萨泽、斯丹法诺　鲍西娅的仆人

鲍西娅　富家嗣女

尼莉莎　鲍西娅的侍女

杰西卡　夏洛克的女儿

威尼斯众士绅、法庭官吏、狱吏、鲍西娅家中的仆人及其他侍从

地　点

一部分在威尼斯；一部分在大陆上的贝尔蒙特，鲍西娅邸宅所在地

第一幕

第一场　威尼斯。街道

【安东尼奥、萨拉里诺及萨莱尼奥上。

安东尼奥　真的，我不知道我为什么这样闷闷不乐。你们说你们见我这样子，心里觉得很厌烦，其实我自己也觉得很厌烦呢。可是我怎样会让忧愁沾上身，这种忧愁究竟是怎么一种东西，它是从什么地方产生的，我却全不知道。忧愁已经使我变成了一个傻子，我简直有点自己不了解自己了。

萨拉里诺　您的心是跟着您那些扯着满帆的大船在海洋上簸荡着呢。它们就像水上的达官富绅，炫示着它们的豪华，那些小商船向它们点头敬礼，它们却睬也不睬，凌风直驶。

萨莱尼奥　相信我，老兄，要是我也有这么一笔买卖在外洋，我一定要用大部分的心思牵挂它；我一定常常拔草观测风吹的方向，在地图上查看港口码头的名字；凡是足以使我担心那些货物的命运的一切事情，不用说都会引起我的忧愁。

萨拉里诺　我一想到海面上的一阵暴风将会造成怎样一场灾祸，吹凉我的粥的一口气，也会吹痛我的心。我一看见沙漏的时计，就会想起海边的沙滩，仿佛看见我那艘满载货物的商船倒插在沙里，船底朝天，它的高高的桅樯吻着它的葬身之地。要是我到教堂里去，看见那用石块筑成的神圣的殿堂，我怎么会不立刻想起那些危险的礁石，它们只要略微碰一碰我那艘好船的船舷，就会把满船的香料倾泻在水里，让汹涌的波涛披戴着我的绸缎绫罗，方才还是价值连城的，一瞬间尽归乌有？要是我想到了这种情形，我怎么会不担心这种情形也许会真的发生，从而发起愁来呢？不用对我说，我知道安东尼奥是因为担心他的货物而忧愁。

安东尼奥　不，相信我。感谢我的命运，我的买卖的成败并不完全寄托在一艘船上，更不是倚赖着一处地方。我的全部财产，也不会因为这一年的盈亏而受到影响，所以我的货物并不能使我忧愁。

萨拉里诺　啊，那么您是陷入恋爱了。

安东尼奥　呸！哪儿的话！

萨拉里诺　也不是在恋爱吗？那么让我们说，您忧愁，因为您不快乐；就像您笑笑跳跳，说您很快乐，因为您不忧愁，实在再简单也不过了。以二脸神雅努斯起誓，老天造下人来，真是无奇不有：有的人老是眯着眼睛笑，好像鹦鹉见了吹风笛的人一样；有的人终日皱着眉头，即使涅斯托发誓说那笑话很可笑，他听了也不肯露一露他的牙齿，装出一个笑容来。

【巴萨尼奥，罗兰佐及葛莱西安诺上。

萨莱尼奥　您的一位最尊贵的朋友，巴萨尼奥，跟葛莱西安诺、罗兰佐都来了。再见，您现在有了更好的同伴，我们可以少陪啦。

萨拉里诺　倘不是因为您的好朋友来了，我一定要让您快乐了才走。

安东尼奥　你们的友谊我是十分看重的。依我看，恐怕还是你们自己有事，所以借着这个机会想抽身出去吧？

萨拉里诺　早安，各位大爷。

巴萨尼奥　两位先生，咱们什么时候再聚在一起谈谈笑笑？你们近来跟我十分疏远了。难道非走不可吗？

萨拉里诺　您什么时候有空，我们一定奉陪。（萨拉里诺、萨莱尼奥下）

罗兰佐　巴萨尼奥大爷，您现在已经找到安东尼奥，我们也要少陪啦；可是请您千万别忘记吃饭的时候咱们在什么地方会面。

巴萨尼奥　我一定不失约。

葛莱西安诺　安东尼奥先生，您的脸色不大好，您把世间的事情看得太认真了，一个人思虑太多，就会失却做人的乐趣。相信我，您近来真是变化很大啊。

安东尼奥　葛莱西安诺，我把这世界不过看作一个世界，每一个人必须在这舞台上扮演一个角色，我扮演的是一个悲哀的角色。

葛莱西安诺　让我扮演一个小丑吧。让我在嘻嘻哈哈的欢笑声中不知不觉地老去，宁可用酒温暖我的肠胃，也不要用折磨自己的呻吟冰冷我的心。为什么一个身体里面流着热血的人，要那么正襟危坐，就像他祖宗爷爷的石膏像一样呢？明明醒着的时候，为什么偏要像睡去了一般？为什么动不动翻脸生气，把自己气出了一场黄疸病来？我告诉你吧，安东尼奥——因为我爱你，所以我才对你说这样的话：世界上有一种人，他们的脸上装出一副心如止水的神情，故意表示他们的冷静，好让别人称赞他们一声智慧深沉，思想渊博。他们的神情之间，好像说，“我说的话都是纶音天语，我要是一张开嘴唇来，不许有一头狗乱叫！”啊，我的安东尼奥，我看透这种人了，他们只是因为不说话，博得了智慧的名声。可是我可以确定说一句，要是他们说起话来，听见的人，谁都会骂他们是傻瓜的。等有机会的时候，我再告诉你关于这种人的笑话吧；可是请你千万别再用悲哀做钓饵，去钓这种无聊的名誉了。来，好罗兰佐。回头见，等我吃完了饭，再来向你结束我的劝告。

罗兰佐　好，咱们在吃饭的时候再见吧。我大概也就是他所说的那种以不说话为聪明的人，因为葛莱西安诺不让我有说话的机会。

葛莱西安诺　嘿，你只要再跟我两年，就会连你自己说话的口音也听不出来了。

安东尼奥　再见，我会把自己慢慢儿训练得多说一点话的。

葛莱西安诺　那就再好不过了，只有干牛舌和没人要的老处女，才是应该沉默的。

（葛莱西安诺、罗兰佐下）

安东尼奥　他说的这一番话有什么意思？

巴萨尼奥　葛莱西安诺比全威尼斯城里无论哪一个人都更会说上一大堆废话。他的道理就像藏在两桶砻糠里的两粒麦子，你必须费去整天工夫才能够把它们找到，可是找到了它们以后，你会觉得费这许多力气找它们出来，是一点不值得的。

安东尼奥　好，您今天答应告诉我您立誓要去秘密拜访的那位姑娘的名字，现在请您告诉我吧。

巴萨尼奥　安东尼奥，您知道得很清楚，我怎样为了维持我外强中干的体面，把一份微薄的资产都挥霍光了。现在我对于家道中落、生活紧缩，倒也不怎么在乎了，我最大的烦恼是怎样可以解脱我由于挥霍而积欠下来的繁重债务。无论在钱财方面或是友谊方面，安东尼奥，我欠您的债都是顶多的。因为你我交情深厚，我才敢大胆把我心里所打算的怎样了清这一切债务的计划全部告诉您。

安东尼奥　好巴萨尼奥，请您告诉我吧。只要您的计划跟您向来的立身行事一样光明正大，那么我的钱囊可以让您任意取用，我自己也可以供您驱使。我愿意用我所有的力量，帮助您达到目的。

巴萨尼奥　我在学校里练习射箭的时候，每次把一支箭射得不知去向，便用另一支同样射程的箭向着同一方向射去，眼睛看准了它掉在什么地方，就往往可以把那失去的箭找回来。这样，冒着双重的危险，就能找到两支箭。我提起这一件儿童时代的往事作为比喻，因为我将要对您说的话，完全是一种很天真的想法。我欠了您很多的债，而且像一个不听话的孩子一样，把借来的钱一起挥霍完了。可是您要是愿意向着您放射第一支箭的方向，再射出您的第二支箭，那么这一回我一定会把目标看准，即使不把两支箭一起找回来，至少也可以把第二支箭交还给您，让我仍旧对于您先前给我的援助做一个知恩图报的负债者。

安东尼奥　您是知道我的为人的，现在您用这种比喻的话来试探我的友谊，不过是浪费时间罢了。您要是怀疑我不肯尽力相助，那就比花掉我所有的钱还要对我不起。所以您只要对我说我应该怎么做，如果您知道哪件事是我的力量所能办到的，我一定会给您办到。您说吧。

巴萨尼奥　在贝尔蒙特有一位富家的嗣女，长得非常美貌，尤其值得称道的是，她有非常卓越的德行。从她的眼睛里，我有时接到她脉脉含情的流盼。她的名字叫作鲍西娅，比起古代凯图的女儿，勃鲁托斯的贤妻鲍西娅来，她也毫不逊色。这广大的世界也没有漠视她的好处，四方的风从每一处海岸上带来了声名赫赫的求婚者。她的光亮的长发就像是传说中的金羊毛，把她所住的贝尔蒙特变作了神话中的王国，引诱着无数的伊阿宋[①]前来追求她。啊，我的安东尼奥！只要我有相当的财力，可以和他们中间任何一个人匹敌，那么我觉得我有充分的把握，一定会达到愿望的。

安东尼奥　你知道我的全部财产都在海上，我现在既没有钱，也没有可以变换现款的货物。所以我们还是去试一试我的信用，看它在威尼斯城里有些什么效力吧。我一定凭着我这一点面子，能借多少就借多少，尽我最大的力量帮助

① 伊阿宋，希腊神话中的英雄，曾远征黑海东面的科尔喀斯取金羊毛，克服重重困难，终于成功。

你到贝尔蒙特去见那位美貌的鲍西娅。去，我们两人去分头打听什么地方可以借到钱，然后，我就用我的信用做担保，或者用我自己的名义给你借下来。（同下）

第二场　贝尔蒙特。鲍西娅家中一室

【鲍西娅及尼莉莎上。

鲍西娅　真的，尼莉莎，我这小小的身体已经厌倦了这个广大的世界了。

尼莉莎　好小姐，您的不幸要是跟您的好运气一样大，那么也不怪您会厌倦这个世界。可是依我看，吃得太饱的人，跟挨饿不吃东西的人，一样是会有病的，所以中庸之道才是最大的幸福：富贵催人生白发，布衣蔬食易长年。

鲍西娅　很好的句子。

尼莉莎　要是能够照着它去做，那就更好了。

鲍西娅　倘使做一件事情就跟知道应该做什么事情一样容易，那么小教堂都要变成大礼拜堂，穷人的草屋都要变成王侯的宫殿了。一个好牧师就得言行一致。我可以教训二十个人，吩咐他们应该做些什么事，可是要我做这二十个人中间的一个，履行我自己的教训，我就要敬谢不敏了。理智可以制定法律来约束感情，可是热情激动起来，就会把冷酷的法令蔑弃不顾。年轻人是一头不受拘束的野兔，会跳过老年人所设立的理智的藩篱。可是我这样大发议论，是不会帮助我选择一个丈夫的。唉，说什么选择！我既不能选择我所中意的人，又不能拒绝我所憎厌的人。一个活着的女儿的意志，却要被一个死了的父亲的遗嘱所钳制。尼莉莎，像我这样不能选择，也不能拒绝，不是太叫人难堪了吗？

尼莉莎　老太爷生前道高德重，大凡有道君子临终之时，必有神悟。他既然定下这抽签决定的方法，叫谁能够在这金、银、铅三匣之中选中了他预定的一只，便可以跟您匹配成亲，那么能够选中的人，一定是值得您倾心相爱的。可是在这些已经到来向您求婚的王孙公子中间，您对于哪一个最有好感呢？

鲍西娅　请你列举他们的名字，当你提到什么人的时候，我就对他下几句评语，凭着我的评语，你就可以知道我对于他们各人的印象。

尼莉莎　第一个是那不勒斯的亲王。

鲍西娅　嗯，他真是一匹小马。他不讲话则已，讲起话来，老是说他的马怎么怎么，让人觉得他能够亲自替自己的马装上蹄铁，算是一件天大的本领。我很怀疑他的令堂太太是跟铁匠有过勾搭的。

尼莉莎　还有那位巴拉廷伯爵呢？

鲍西娅　他一天到晚皱着眉头，好像说，“你要是不爱我，随你的便。”他听见笑话也不露一丝笑容。我看他年纪轻轻，就这么愁眉苦脸，到老来只好一天到晚痛哭流涕了。我宁愿嫁给一个骷髅，也不愿嫁给这两人中间的任何一个，上帝保佑我不要落在这两个人手里！

尼莉莎　您说那位法国贵族勒·滂先生怎样？

鲍西娅　既然上帝造下他来，就算他是个人吧。凭良心说，我知道讥笑人是一桩罪过，可是他！嘿！他的马比那不勒斯亲王那一匹好一点，他的皱眉头的坏脾气也胜过那位巴拉廷伯爵。什么人的坏处他都有一点，可是一点没有他自己的特色；听见画眉唱歌，他就会手舞足蹈；见了自己的影子，也会跟它比剑。我倘若嫁给他，等于嫁给二十个丈夫。要是他瞧不起我，我会原谅他，因为即使他爱我爱到发狂，我也是永远不会报答他的。

尼莉莎　那么您说那个英国的少年男爵，福康勃立琪呢？

鲍西娅　你知道我没有对他说过一句话，因为我的话他听不懂，他的话我也听不懂。他不会说拉丁话、法国话、意大利话，至于我的英国话是如何高明，你是可以替我出席法庭做证的。他的模样倒还长得不错，可是，唉！谁高兴跟一个哑巴做手势谈话呀？他的装束多么古怪！我想他的紧身衣是在意大利买的，他的裤子是在法国买的，他的软帽是在德国买的，至于他的行为举止，那是他从四面八方学来的。

尼莉莎　您觉得他的邻居，那位苏格兰贵族怎样？

鲍西娅　他很懂得礼尚往来的睦邻之道，因为那个英国人曾经赏给他一记耳光，他就发誓说，一有机会，立即奉还。我想那法国人是他的保人，他已经签署契约，声明将来加倍报偿哩。

尼莉莎　您看那位德国少爷，萨克逊公爵的侄子怎样？

鲍西娅　他在早上清醒的时候，就已经很坏了，一到下午喝醉了酒，尤其坏透了。当他顶好的时候，说他是个人还有点不够资格；当他顶坏的时候，他简直比畜生好不了多少。要是最不幸的祸事降临到我身上，我也希望永远不要跟他在一起。

尼莉莎　要是他要求选择，结果居然给他选中了预定的匣子，那时候您倘若拒绝嫁给他，那不是违背老太爷的遗命了吗？

鲍西娅　以防万一，我要请你替我在错误的匣子上放好一杯满满的莱茵河葡萄酒。要是魔鬼在他的心里，诱惑在他的面前，我相信他一定会选中那一只匣子的。什么事情我都愿意做，尼莉莎，只要别让我嫁给一个酒鬼。

尼莉莎　小姐，您放心吧，您再也不会嫁给这些贵人中间的任何一个的。他们已经把他们的决心告诉了我，说除了您父亲所规定的用选择匣子决定取舍的办法以外，要是他们不能用别的方法得到您的应允，那么他们决定动身回国，不再麻烦您了。

鲍西娅　要是没有人愿意照我父亲的遗命把我娶去，那么即使我活到一千岁，也只好终身不嫁。我很高兴这一群求婚者都是这么懂事，因为他们中间没有一个人不是我唯望其速去的。求上帝赐给他们一路顺风吧！

尼莉莎　小姐，您还记不记得，当老太爷在世的时候，有一个跟着蒙特佛拉侯爵到这儿来的文武双全的威尼斯人？

鲍西娅　是的，是的，那是巴萨尼奥，我想这是他的名字。

尼莉莎　正是，小姐，照我这双痴人的眼睛看起来，他是一切男子中间最值得匹配一位佳人的。

鲍西娅　我很记得他，他果然值得你的夸奖。

【一仆人上。

鲍西娅　啊！什么事？

仆　人　小姐，那四位客人要来向您告别，另外还有第五位客人，摩洛哥亲王，差了一个人先来报信，说他的主人亲王殿下今天晚上就要到这儿来了。

鲍西娅　要是我能够竭诚欢迎这第五位客人，就像我竭诚欢送那四位客人一样，那就好了。假如他有圣人般的德行，偏偏生着一副魔鬼样的面貌，那么与其让他做我的丈夫，还不如让他听我的忏悔。来，尼莉莎。喂，你前面走。正是——

垂翅狂蜂方出户，寻芳浪蝶又登门。（同下）

第三场　威尼斯。广场

【巴萨尼奥及夏洛克上。

夏洛克　三千块钱，嗯？

巴萨尼奥　是的，大叔，三个月为期。

夏洛克　三个月为期，嗯？

巴萨尼奥　我已经对你说过了，这一笔钱可以由安东尼奥签立借据。

夏洛克　安东尼奥签立借据，嗯？

巴萨尼奥　你愿意帮助我吗？你愿意应承我吗？可不可以让我知道你的答复？

夏洛克　三千块钱，借三个月，安东尼奥签立借据。

巴萨尼奥　你的答复呢？

夏洛克　安东尼奥是个好人。

巴萨尼奥　你有没有听见人家说过他不是个好人？

夏洛克　啊，不，不，不，不。我说他是个好人，我的意思是说他是个有身价的人。可是他的财产还有些问题：他有一艘商船开到特里坡利斯，另外一艘开到西印度群岛，我在交易所里还听人说起，他有第三艘船在墨西哥，第四艘到英国去了，此外还有遍布在海外各国的买卖。可是船不过是几块木板钉起来的东西，水手也不过是些血肉之躯，岸上有旱老鼠，水里也有水老鼠，有陆地的强盗，也有海上的强盗，还有风浪礁石各种危险。不过虽然这么说，他这个人是靠得住的。三千块钱，我想我可以接受他的契约。

巴萨尼奥　你放心吧，不会有错的。

夏洛克　我一定要放心了才敢把债放出去，所以还是让我再考虑考虑吧。我可不可以跟安东尼奥谈谈？

巴萨尼奥　不知道你愿不愿意陪我们吃一顿饭？

夏洛克　是的，叫我去闻闻猪肉的味道，吃你们拿撒勒先知[①]把魔鬼赶进去的脏东西的身体！我可以跟你们做买卖，讲交易，谈天散步，以及诸如此类的事情，可是我不能陪你们吃东西喝酒做祷告。交易所里有些什么消息？那边来的是谁？

---

① 拿撒勒先知即耶稣。

【安东尼奥上。

巴萨尼奥　这位就是安东尼奥先生。

夏洛克　（旁白）他的样子多么像一个摇尾乞怜的税吏！我恨他因为他是个基督徒，可是尤其因为他是个傻子，借钱给人不取利钱，把咱们在威尼斯城里干放债这一行的利息都压低了。要是我有一天抓住他的把柄，一定要痛痛快快地向他报复我的深仇宿怨。他憎恶我们神圣的民族，甚至在商人会集的地方当众辱骂我，辱骂我的交易，辱骂我辛辛苦苦赚下来的钱，说那些都是盘剥得来的肮脏钱。要是我饶过了他，让我们的民族永远没有翻身的日子。

巴萨尼奥　夏洛克，你听见吗？

夏洛克　我正在估计我手头的现款，照我大概记得起来的数目，要一时凑足三千块钱，恐怕办不到。可是那没有关系，我们族里有一个犹太富翁杜伯尔，可以供给我必要的数目。且慢！您打算借几个月？（向安东尼奥）您好，好先生，什么风把尊驾吹来了啦？

安东尼奥　夏洛克，虽然我跟人家互通有无，从来不讲利息，可是为了我的朋友的急需，这回我要破一次例。（向巴萨尼奥）他有没有知道你需要多少？

夏洛克　嗯，嗯，三千块钱。

安东尼奥　三个月为期。

夏洛克　我倒忘了，正是三个月，您对我说过的。好，您的借据呢？让我瞧一瞧。可是听着，好像您说您从来借钱不讲利息。

安东尼奥　我从来不讲利息。

夏洛克　当雅各替他的舅父拉班牧羊的时候[①]——这个雅各是我们圣祖亚伯兰的后裔，他的聪明的母亲设计使他做第三代族长，是的，他是第三代——

安东尼奥　为什么说起他呢？他也是取利息的吗？

夏洛克　不，不是取利息，不是像你们所说的那样直接取利息。听好雅各用些什么手段：拉班跟他约定，生下来的小羊凡是有条纹斑点的，都归雅各所有，作为他牧羊的酬劳。到晚秋的时候，那些母羊因为淫情发动，跟公羊交合，这个狡猾的牧人就乘着这些毛畜正在进行传种工作的当儿，削好了几根木棒，插在淫浪的母羊的面前，它们这样怀下了孕，一到生产的时候，产下的小羊

---

① 见《旧约·创世记》。

都是有斑纹的，所以都归雅各所有。这是致富的妙法，上帝也祝福他。只要不是偷窃，会打算盘总是好事。

安东尼奥　雅各虽然幸而获中，可是这也是他按约应得的报酬。上天的意旨成全了他，却不是出于他自己的力量。你提起这一件事，是不是要证明取利息是一件好事？还是说金子银子就是你的公羊母羊？

夏洛克　这我倒不能说，我只是叫它像母羊生小羊一样地快快生利息。可是先生，您听我说。

安东尼奥　你听，巴萨尼奥，魔鬼也会引证《圣经》来替自己辩护哩。一个指着神圣的名字做证的恶人，就像一个脸带笑容的奸徒，又像一个外观美好、心中腐烂的苹果。唉，奸伪的表面是多么动人！

夏洛克　三千块钱，这是一笔可观的整数。三个月——一年照十二个月计算——让我看看利钱应该有多少。

安东尼奥　好，夏洛克，我们可不可以仰仗你这一次？

夏洛克　安东尼奥先生，好多次您在交易所里骂我，说我盘剥取利，我总是忍气吞声，耸耸肩膀，没有跟您争辩，因为忍受迫害本来是我们民族的特色。您骂我异教徒，杀人的狗，把唾沫吐在我的犹太长袍上，只因为我用我自己的钱博取几个利息。好，看来现在是您来向我求助了。您跑来见我，您说，“夏洛克，我们要几个钱。”您这样对我说。您把唾沫吐在我的胡子上，用您的脚踢我，好像我是您门口的一条野狗一样，现在您却来问我要钱，我应该怎样对您说呢？我要不要这样说，“一条狗会有钱吗？一条恶狗能够借人三千块钱吗？”或者我应不应该弯下身子，像一个奴才似的低声下气，恭恭敬敬地说，“好先生，您在上星期三用唾沫吐在我身上；有一天您用脚踢我；还有一天您骂我是狗；为了报答您这许多恩典，所以我应该借给您这些钱吗？”

安东尼奥　我恨不得再这样骂你、唾你、踢你。要是你愿意把这钱借给我，不要把它当作借给你的朋友——哪有朋友之间通融几个钱也要斤斤较量地计算利息的道理？——你就把它当作借给你的仇人吧。倘使我失了信用，你尽管拉下脸来照约处罚就是了。

夏洛克　哎哟，瞧您生这么大的气！我愿意跟您交个朋友，得到您的友情。您从前加在我身上的种种羞辱，我愿意完全忘掉。您现在需要多少钱，我愿意如数供给您，而且不要您一个子儿的利息，可是您不愿意听我说下去。我这完全是一片好心哩。

安东尼奥　这倒果然是一片好心。

夏洛克　我要叫你们看看我到底是不是一片好心。跟我去找一个公证人，就在那儿签约好了。我们不妨开个玩笑，在契约里载明要是您不能按照契约中所规定的条件，在什么日子、什么地点还给我一笔什么数目的钱，就得随我的意思，在您身上的任何部分割下整整一磅白肉，作为处罚。

安东尼奥　很好，就这么办吧。我愿意签下这样一张契约，还要对别人说这个犹太人的心肠倒不坏呢。

巴萨尼奥　我宁愿安守贫困，也不能让你因为我的缘故签这样的契约。

安东尼奥　老兄，你怕什么，我绝对不会受罚的。就在这两个月之内，距签约满期还有一个月，我就可以有九倍这笔借款的数目进门。

夏洛克　亚伯兰老祖宗啊！瞧这些基督徒因为自己待人刻薄，所以怀疑别人对他们不怀好意。请您告诉我，要是他到期不还，我照着约上规定的条款向他执行处罚了，那对我又有什么好处？从人身上割下来的一磅肉，它的价值可以比得上一磅羊肉、牛肉或是山羊肉吗？我为了要博得他的好感，所以才向他卖这样一个交情。要是他愿意接受我的条件，很好，否则就算了。千万请你们不要误会我这一番诚意。

安东尼奥　好，夏洛克，我愿意签约。

夏洛克　那么就请您先到公证人那里等我，告诉他这一张游戏契约怎样写。我马上去把钱凑起来，还要回到家里去瞧瞧，让一个靠不住的奴才看守着门户，有点放心不下。然后我就立刻来瞧您。

安东尼奥　那么你去吧，善良的犹太人。（夏洛克下）这犹太人快要变作基督徒了，他的心肠变得好多啦。

巴萨尼奥　我不喜欢口蜜腹剑的人。

安东尼奥　好了好了，这又有什么要紧？再过两个月，我的船就要回来了。（同下）

第二幕

第一场　贝尔蒙特。鲍西娅家中一室

【喇叭奏花腔。摩洛哥亲王率侍从；鲍西娅、尼莉莎及婢仆等同上。

摩洛哥亲王　不要因为我的肤色而憎厌我。我是骄阳的近邻，我这一身黝黑的制服，便是它的威焰的赐予。给我在终年不见阳光、冰山雪柱的北极找一个最白皙姣好的人来，让我们刺血察验对您的爱情，看看究竟是他的血红还是我的血红。我告诉你，小姐，我这副容貌曾经吓破了勇士的肝胆。以我的爱情起誓，我们国土里最有声誉的少女也曾为它害过相思。我不愿变更我的肤色，除非为了取得您的欢心，我的温柔的女王！

鲍西娅　讲到选择这一件事，我倒并不单单凭信一双善于挑剔的少女的眼睛；而且我的命运由抽签决定，自己也没有任意决定的权力。可是我的父亲倘不曾用他的远见把我束缚住了，使我只能委身于按照他所规定的方法赢得我的男子，那么您，声名卓著的王子，您的容貌在我的心目之中，并不比我所已经看到的那些求婚者有什么逊色。

摩洛哥亲王　单是您这一番美意，已经使我万分感激了，所以请您带我去瞧瞧那几个匣子，试一试我的命运吧。以这一柄曾经手刃波斯王并且使一个三次战败苏里曼苏丹的波斯王子授首的宝剑起誓：我要瞪眼吓退世间最狰狞的猛汉，跟全世界最勇武的壮士比赛胆量，从母熊的胸前夺下哺乳的小熊；当一头饿狮咆哮攫食的时候，我要向它揶揄侮弄——只为要博得你的垂青，小姐。可是，即使像赫拉克勒斯那样的盖世英雄，要是跟他的奴仆赌起骰子来，也许他的运气还不如一个下贱之人——而赫拉克勒斯终于在他的奴仆的手里送了命[1]。我现在听从着盲目的命运的指挥，也许结果终于失望，眼看着一个不如我的人把我的意中人挟走，而自己在悲哀中死去。

鲍西娅　您必须信任命运，或者死了心放弃选择的尝试，或者当您开始选择以前，先立下一个誓言，要是选得不对，终身不再向任何女子求婚，所以还是请您考虑考虑吧。

摩洛哥亲王　我的主意已决，不必考虑了。来，带我去试我的运气吧。

鲍西娅　先到教堂里去。吃过饭后，您就可以试试您的命运。

摩洛哥亲王　好，成功失败，在此一举！正是不挟美人归，壮士无颜色。（奏喇叭；众下）

第二场　威尼斯。街道

【朗斯洛特·高波上。

朗斯洛特　要是我从我的主人这个犹太人的家里逃走，我的良心是一定要责备我的。可是魔鬼拉着我的臂膀，引诱着我，对我说，“高波，朗斯洛特·高波，好朗斯洛特，拔起你的腿来，开步，走！”我的良心说，“不，留心，老实的朗斯洛特。留心，老实的高波。”或者就是这么说，“老实的朗斯洛特·高波，别逃跑，用你的脚跟把逃跑的念头踢得远远的。”好，那个大胆的魔鬼却劝我卷起铺盖滚蛋。“去呀！”魔鬼说，“去呀！看在老天的面上，鼓起勇气来，跑吧！”好，我的良心挽住我心里的脖子，很聪明地对我说，“朗斯洛特我的老实朋友，你是一个老实人的儿子。”——或者还不如说一个老实妇人的儿子，因为我的父亲的确有点儿不大那个，有点儿很丢脸的坏脾气——好，我的良心说，“朗斯洛特，别动！”魔鬼说，“动！”我的良心说，“别动！”“良心，”我说，“你说得没错。”“魔鬼，”我说，“你说得有理。”要是听良心的话，我就应该留在我的犹太人主人家里，上帝恕我这样说，我的主人也是一个魔鬼。要是从犹太人那里逃走，那么我就要听从魔鬼的话，对不住，

---

① 希腊英雄赫拉克勒斯从其侍从手里穿上一件毒衣，因而致死。

他本身就是魔鬼。可是我说，那犹太人一定就是魔鬼的化身；凭良心说，我的良心劝我留在犹太人那里，未免良心太狠。还是魔鬼的话说得像个朋友。我要跑，魔鬼，我的脚跟听从着你的指挥，我一定要逃跑。

【老高波携篮上。

老高波　年轻的先生，请问一声，到犹太老爷的家里怎么走？

朗斯洛特　（旁白）天啊！这是我的亲生父亲，他的眼睛差不多快瞎了，所以认不出我。待我戏弄他一下。

老高波　年轻的少爷先生，请问一声，到犹太老爷的家里怎么走？

朗斯洛特　你在转下一个弯的时候，往右手转过去；临了一次转弯的时候，往左手转过去；再下一次转弯的时候，什么手也不用转，曲曲弯弯地转下去，就转到那犹太人的家里了。

老高波　哎哟，这条路可不容易走哩！您知道不知道有一个住在他家里的朗斯洛特，现在还在不在他家里？

朗斯洛特　你说的是朗斯洛特少爷吗？（旁白）瞧着我吧，现在我要诱他流起眼泪来了。——你说的是朗斯洛特少爷吗？

老高波　不是什么少爷，先生，他是一个穷人的儿子。他的父亲，不是我说一句，是个老老实实的穷光蛋，多谢上帝，他还活得好好的。

朗斯洛特　好，不要管他的父亲是个什么人，咱们讲的是朗斯洛特少爷。

老高波　他是您少爷的朋友，他就叫朗斯洛特。

朗斯洛特　对不住，老人家，所以我要问你，你说的是朗斯洛特少爷吗？

老高波　是朗斯洛特，少爷。

朗斯洛特　所以就是朗斯洛特少爷。老人家，你别提起朗斯洛特少爷啦，因为这位年轻的少爷，根据天命气数鬼神这一类阴阳怪气的说法，是已经去世啦，或者说得明白一点是已经归天啦。

老高波　哎哟，天哪！这孩子是我老年的拐杖，我的唯一的靠傍哩。

朗斯洛特　（旁白）我难道像一根棒儿，或是一根柱子？一根撑棒，或是一根拐杖？——爸爸，您不认识我吗？

老高波　唉，我不认识您，年轻的少爷，可是请您告诉我，我的孩子——上帝安息他的灵魂！——究竟是活着还是死了？

朗斯洛特　您不认识我吗，爸爸？

老高波　唉，少爷，我是个瞎子，我不认识您。

朗斯洛特　哦，真的，您就是眼睛明亮，也许会不认识我，只有聪明的父亲才会知道自己的儿子。好，老人家，让我告诉您关于您儿子的消息吧。请您给我祝福，真理总会显露出来，杀人的凶手总会给人捉住，儿子虽然会暂时躲过去，事实到最后总是瞒不过的。

老高波　少爷，请您站起来。我相信您一定不会是朗斯洛特，我的孩子。

朗斯洛特　废话少说，请您给我祝福：我是朗斯洛特，从前是您的孩子，现在是您的儿子，将来也还是您的小子。

老高波　我不能想象您是我的儿子。

朗斯洛特　那我倒不知道应该怎样想了。可是我的确是在犹太人家里当仆人的朗斯洛特，我也相信您的妻子玛格蕾就是我的母亲。

老高波　她的名字果真是玛格蕾。你倘若真的就是朗斯洛特，那么你就是我亲生血肉了。上帝果然灵圣！你长了多长的一把胡子啦！你脸上的毛，比我那拖车子的马儿道平尾巴上的毛还多呐！

朗斯洛特　这样看起来，那么道平的尾巴一定是越长越短了。我还清楚记得，上一次我看见它的时候，它尾巴上的毛比我脸上的毛多得多哩。

老高波　上帝啊！你真是变了样子啦！你跟主人合得来吗？我给他带了点儿礼物来了。你们现在合得来吗？

朗斯洛特　合得来，合得来。可是从我自己这一方面讲，我既然已经决定逃跑，那么非到跑了一程路之后，我是决不会停下来的。我的主人是个十足的犹太人。给他礼物？还是给他一根上吊的绳子吧。我替他做事情，把身体都饿瘦了，您可以用我的肋骨摸出我的每一条手指来。爸爸，您来了我很高兴。把您的礼物送给一位巴萨尼奥老爷吧，他是会赏漂亮的新衣服给佣人穿的。我要是不能服侍他，我宁愿跑到地球的尽头去。啊，运气真好！正是他来了。到他跟前去，爸爸。我要是再继续服侍这个犹太人，连我自己都要变作犹太人了。

【巴萨尼奥率里奥那多及其他侍从上。

巴萨尼奥　你们就这样做吧，可是要赶快点儿，晚饭最迟必须在五点钟准备好。这几封信替我分别送出，叫裁缝把制服做起来，回头再请葛莱西安诺立刻到我的寓所里来。（一仆下）

朗斯洛特　上去，爸爸。

老高波　上帝保佑老爷！

巴萨尼奥　谢谢你，有什么事？

老高波　老爷，这一个是我的儿子，一个苦命的孩子——

朗斯洛特　不是苦命的孩子，老爷，我是犹太富翁的跟班，不瞒老爷说，我想要——我的父亲会说明白的——

老高波　老爷，正像人家说的，他一心一意地想要侍候——

朗斯洛特　总而言之一句话，我本来是侍候那个犹太人的，可是我很想要——我的父亲会说明白的——

老高波　不瞒老爷说，他的主人跟他有点儿意见不合——

朗斯洛特　干脆一句话，实实在在说，这犹太人欺侮了我，他叫我——我的父亲是个老头子，他会向你说明白的——

老高波　我这儿有一盘烹好的鸽子送给老爷，我要请求老爷一件事——

朗斯洛特　废话少说，这请求是关于我的事情，这位老实的老人家可以告诉您。不是我说一句，我这父亲虽然是个老头子，却是个苦人儿。

巴萨尼奥　让一个人说话。你们究竟要什么？

朗斯洛特　侍候您，老爷。

老高波　正是这一件事，老爷。

巴萨尼奥　我认识你，我可以答应你的要求。你的主人夏洛克今天曾经向我说起，要把你举荐给我。可是你不去侍候一个有钱的犹太人，反要来做一个穷绅士的跟班，恐怕没有什么好处吧。

朗斯洛特　老爷，一句老古话刚好是说我的主人夏洛克跟您：他有的是钱，您有的是上帝的恩惠。

巴萨尼奥　你说得很好。老人家，你带着你的儿子，先去向他的旧主人告别，然后再来打听我的住址。（向侍从）给他做一身比别人格外鲜艳一点的制服，不可有误。

朗斯洛特　爸爸，进去吧。我不能得到一个好差使吗？我生了嘴不会说话吗？好，（视手掌）在意大利要是有谁生得一手比我还好的掌纹，我一定会交好运的。好，这儿是一条笔直的寿命线，这儿有几个老婆，唉！十五个老婆算得什么，十一个寡妇，再加上九个黄花闺女，对于一个男人也不算太多啊。还要三次溺水不死，有一次几乎在一张天鹅绒的床边送了性命，好险呀好险！好，要

是命运之神是个女的，这一回她倒是个很好的娘儿。爸爸，来，我要用一刹那的工夫向那犹太人告别。（朗斯洛特及老高波下）

巴萨尼奥　好里奥那多，请你记好，这些东西买到以后，把它们安排停当，就赶紧回来，因为我今晚要宴请我的最有名望的相识。快去吧。

里奥那多　我一定给您尽力去办。

【葛莱西安诺上。

葛莱西安诺　你家主人呢？

里奥那多　他就在那边走着，先生。（下）

葛莱西安诺　巴萨尼奥老爷！

巴萨尼奥　葛莱西安诺！

葛莱西安诺　我要向您提出一个要求。

巴萨尼奥　我答应你。

葛莱西安诺　您不能拒绝我，我一定要跟您到贝尔蒙特去。

巴萨尼奥　啊，那么我只好让你去了。可是听着，葛莱西安诺，你这个人太随便，太不拘礼节，太爱高声说话了。这几点本来对于你是再合适不过的，在我们的眼睛里也不以为嫌，可是在陌生人家里，那就好像有点儿放肆啦。请你千万留心在你的活泼的天性里尽力放几分冷静进去，否则人家见了你这样狂放的行为，也许会对我发生误会，害我不能达到我的希望。

葛莱西安诺　巴萨尼奥老爷，听我说。我一定会装出一副安详的态度，说起话来恭而敬之，难得赌一两句咒，口袋里放一本祈祷书，脸孔上堆满了庄严。不但如此，在念食前祈祷的时候，我还要把帽子拉下来遮住我的眼睛，叹一口气，说一句“阿门”。我一定遵守一切礼仪，就像人家有意装得循规蹈矩去讨他老祖母的欢喜一样。要是我不照这样的话去做。您以后不用相信我好了。

巴萨尼奥　好，我们倒要瞧瞧你装得像不像。

葛莱西安诺　今天晚上可不算，您不能按照我今天晚上的行动来判断我。

巴萨尼奥　不，那未免太煞风景了。我倒要请你今天晚上痛痛快快地欢畅一下，因为我已经跟几个朋友约定，大家都要尽兴狂欢。现在我还有点事情，等会儿见。

葛莱西安诺　我也要去找罗兰佐，还有那些人，晚饭的时候我们一定来看您。（各下）

第三场　同前。夏洛克家中一室

【杰西卡及朗斯洛特上。

杰西卡　你这样离开我的父亲，使我很不高兴。我们这个家是一座地狱，幸亏有你这淘气的小鬼，多少解除了几分闷气。可是再会吧，朗斯洛特，这一块钱你且拿去；你在晚饭的时候，可以看见一位叫作罗兰佐的，是你新主人的客人，这封信你替我交给他，留心别让旁人看见。现在你快去吧，我不敢让我的父亲瞧见我跟你谈话。

朗斯洛特　再见！眼泪哽住了我的舌头。顶美丽的异教徒，顶温柔的犹太人！若不是一个基督徒跟你母亲私通，生下了你，就算我有眼无珠。再会吧！这些傻气的泪点，快要把我的男子气概都淹没啦。再见！

杰西卡　再见，好朗斯洛特。（朗斯洛特下）唉，我真是罪恶深重，竟会羞于做我父亲的孩子！可是虽然我在血统上是他的女儿，在行为上不是他的女儿。罗兰佐啊！你要是能够守信不渝，我将要结束我内心的冲突，皈依基督教，做你的亲爱的妻子。（下）

第四场　同前。街道

【葛莱西安诺、罗兰佐、萨拉里诺及萨莱尼奥同上。

罗兰佐　不，咱们就在吃晚饭的时候溜了出去，在我的寓所里化装好了，只要一个钟头就可以把事情办好回来。

葛莱西安诺　咱们还没有好好儿准备呢。

萨拉里诺　咱们还没有提到过拿火炬的人。

萨莱尼奥　那一定要经过一番训练，否则叫人瞧着笑话。依我看，还是不用了吧。

罗兰佐　现在还不过四点钟，咱们还有两个钟头可以准备起来。

【朗斯洛特持函上。

罗兰佐　朗斯洛特朋友，你带什么消息来了？

朗斯洛特　请您把这封信拆开来，好像它会告诉您。

罗兰佐　我认识这笔迹；这几个字写得真好看，写这封信的那双手，是比这信纸还要洁白的。

葛莱西安诺　一定是情书。

朗斯洛特　老爷，小的告辞了。

罗兰佐　你还要到哪儿去？

朗斯洛特　呃，老爷，我要去请我的旧主人犹太人今天晚上陪我的新主人基督徒吃饭。

罗兰佐　慢着，这几个钱赏给你，你去回复温柔的杰西卡，我不会误她的约，留心说话的时候别给旁人听见。各位，去吧。（朗斯洛特下）你们愿意去准备今天晚上的假面跳舞会吗？我已经有了一个拿火炬的人了。

萨拉里诺　是，我立刻就去准备。

萨莱尼奥　我也去。

罗兰佐　再过一点钟左右，咱们大家在葛莱西安诺的寓所里相会。

萨拉里诺　很好。（萨拉里诺、萨莱尼奥同下）

葛莱西安诺　那封信不是杰西卡写给你的吗？

罗兰佐　我必须把一切都告诉你。她已经教我怎样带着她逃出她父亲的家，告诉我她随身带了多少金银珠宝，已经准备好怎样一身小童的服装。要是她的父亲——那个犹太人有一天会上天堂，那一定因为上帝看在他善良的女儿面上特别开恩。厄运再也不敢侵犯她，除非因为她的父亲是一个奸诈的犹太人。来，跟我一块儿去，你可以一边走一边读这封信。美丽的杰西卡将要替我拿着火炬。（同下）

第五场　同前。夏洛克家门前

【夏洛克及朗斯洛特上。

夏洛克　好，你就可以知道，你就可以亲眼瞧瞧夏洛克老头子跟巴萨尼奥有什么不同啦。——喂，杰西卡！——我家里容得你狼吞虎咽，别人家里是不许你这样放肆的——喂，杰西卡！——我家里还让你睡觉打鼾，把衣服胡乱撕破——喂，杰西卡！

朗斯洛特　喂，杰西卡！

夏洛克　谁叫你喊的？我没有叫你喊呀。

朗斯洛特　您老人家不是常常怪我一定要等人家吩咐了才做事吗？

【杰西卡上。

杰西卡　您叫我吗？有什么吩咐？

夏洛克　杰西卡，人家请我去吃晚饭，这儿是我的钥匙，你好生收管着。可是我去干吗呢？人家又不是真心邀请我，他们不过拍拍我的马屁而已。可是我因为恨他们，倒要去这一趟，受用受用这个浪子基督徒的酒食。杰西卡，我的孩子，留心照看门户。我实在有点不愿意去，昨天晚上我做梦看见钱袋，恐怕不是个吉兆，叫我心神难安。

朗斯洛特　老爷，请您一定去，我家少爷在等着您赏光呢。

夏洛克　我也在等着他赏我一记耳光哩。

朗斯洛特　他们已经商量好了。我并不说您可以看到一场假面跳舞，可是您要是果然看到了，那就怪不得我在上一个黑曜日[①]早上六点钟会流起鼻血来啦，那一年正是在圣灰节星期三第四年的下午。

夏洛克　怎么！还有假面跳舞吗？听好，杰西卡，把家里的门锁上了。听见鼓声和弯笛子的怪叫声音，不许爬到窗槅子上张望，也不要伸出头去，瞧那些脸上涂得花花绿绿的傻基督徒们打街道上走过。把我这屋子的耳朵都封起来——我说的是那些窗子，别让那些无聊的胡闹的声音钻进我的清静的屋子。以雅各的牧羊杖发誓，我今晚真有点不想出去参加什么宴会。可是就去这一次吧。小子，你先回去，说我就来了。

朗斯洛特　那么我先去了，老爷。小姐，留心看好窗外，“跑来一个基督徒，不要错过好姻缘。”（下）

夏洛克　嘿，那个夏甲的傻瓜后裔[②]说些什么？

杰西卡　没有说什么，他只是说，“再会，小姐。”

---

① 黑曜日即复活节礼拜一。此名的由来，据说是因1360年4月14日的复活节礼拜一，英王爱德华三世进攻巴黎，正值暴风雨，兵士多冻死。流鼻血为不吉之兆，故云。

② 夏甲为犹太人始祖亚伯兰（后上帝改其名为亚伯拉罕）正妻撒拉的婢女，撒拉因无子，劝亚伯兰纳夏甲为次妻；夏甲生子后，遭撒拉之妒，与其子并遭斥逐。见《旧约·创世记》。此处所云“夏甲的傻瓜后裔”，系表示“贱种”之意。

夏洛克　这蠢材人倒还好，就是食量太大；做起事来，慢腾腾地像蜗牛一般；白天睡觉的本领，比野猫还胜过几分。我家里可容不得懒惰的黄蜂，所以才打发他走了，让他去跟着那个靠借债过日子的败家精，正好帮他消费。好，杰西卡，进去吧，也许我一会儿就回来。记住我的话，把门随手关了。“缚得牢，跑不了”，这是一句千古不磨的至理名言。（下）

杰西卡　再会。要是我的命运不跟我作梗，那么我将要失去一个父亲，你也要失去一个女儿了。（下）

第六场　同　前

【葛莱西安诺及萨拉里诺戴假面同上。

葛莱西安诺　这儿屋檐下便是罗兰佐叫我们守望的地方。

萨拉里诺　他约定的时间快要过去了。

葛莱西安诺　他会迟到真是件怪事，因为恋人们总是赶在时钟的前面的。

萨拉里诺　啊！维纳斯的鸽子飞去缔结新欢的盟约，比之履行旧日的诺言，总是要快上十倍。

葛莱西安诺　那是有一定的道理。谁会在席终人散以后，食欲还像初入座时候那么强烈？哪一匹马在冗长的归途上，会像它起程时那么长驱疾驰？世间的任何事物，追求时候的兴致总要比享用时候的兴致浓烈。一艘新下水的船只扬帆出港的当儿，多么像一个娇养的少年，给那轻狂的风儿爱抚搂抱！可是等到它回来的时候，船身已遭风日的侵蚀，船帆也变成了百结的破衲，它又多么像一个落魄的浪子，给那轻狂的风儿肆意欺凌！

萨拉里诺　罗兰佐来啦，这些话你留着以后再说吧。

【罗兰佐上。

罗兰佐　两位好朋友，让你们久等了，很对不起，实在是因为我有点事情，急切得抽身不出。等你们将来也要“偷妻子”的时候，我一定也替你们守这么些时候。过来，这儿就是我的犹太岳父所住的地方。喂！里面有人吗？

【杰西卡男装自上方上。

杰西卡　你是哪一个？我虽然认识你的声音，可是为了免得认错人，请你把名字告诉我。

罗兰佐　我是罗兰佐，你的爱人。

杰西卡　你果然是罗兰佐，也的确是我的爱人，除了你，谁会使我爱成这个样子呢？罗兰佐，除了你之外，谁还知道我究竟是不是属于你的呢？

罗兰佐　上天和你的思想，都可以证明你是属于我的。

杰西卡　来，把这匣子接住了，你拿了去会大有好处。幸亏在夜里，你瞧不见我，我改扮成这个怪样子，怪不好意思哩。可是恋爱是盲目的，恋人们瞧不见他们自己所干的傻事，要是他们瞧得见的话，那么丘比特瞧见我变成了一个男孩子，也会红起脸来哩。

罗兰佐　下来吧，你必须替我拿着火炬。

杰西卡　怎么！我必须拿着烛火，照亮自己的羞耻吗？像我这样子，已经太轻狂了，应该遮掩遮掩才是，怎么反而要在别人面前露脸？

罗兰佐　亲爱的，你穿上这一身漂亮的男孩子衣服，人家不会认出你的。快来吧，夜色已经在不知不觉中浓了起来，巴萨尼奥在等着我们去赴宴呢。

杰西卡　让我把门窗关好，再收拾些银钱带在身边，然后立刻就来。（自上方下）

葛莱西安诺　以我的头巾发誓，她真是个基督徒，不是个犹太人。

罗兰佐　我从心底里爱着她。要是我有判断的能力，那么她是聪明的；要是我的眼睛没有欺骗我，那么她是美貌的；她已经替自己证明她是忠诚的。像她这样又聪明、又美丽、又忠诚，怎么能不叫我把她永远放在自己的灵魂里呢？

【杰西卡上。

罗兰佐　啊，你来了吗？朋友们，走吧！我们的舞伴们现在一定在那儿等着我们了。（罗兰佐、杰西卡、萨拉里诺同下）

【安东尼奥上。

安东尼奥　那边是谁？

葛莱西安诺　安东尼奥先生！

安东尼奥　咦，葛莱西安诺！还有那些人呢？现在已经九点钟啦，我的朋友们，大家在那儿等着你们。今天晚上的假面跳舞会取消了。风势已转，巴萨尼奥就要立刻上船。我已经差了二十个人来找你们了。

葛莱西安诺　那好极了，我巴不得今天晚上就开船出发。（同下）

第七场　贝尔蒙特。鲍西娅家中一室

【喇叭奏花腔；鲍西娅及摩洛哥亲王各率侍从上。

鲍西娅　去把帐幕揭开，让这位尊贵的王子瞧瞧那几个匣子。现在请殿下自己选择吧。

摩洛哥亲王　第一只匣子是金的，上面刻着这几个字："谁选择了我，将要得到众人所希求的东西。"第二只匣子是银的，上面刻着这样的约许："谁选择了我，将要得到他所应得的东西。"第三只匣子是用沉重的铅打成的，上面刻着像铅一样冷酷的警告："谁选择了我，必须准备把他所有的一切作为牺牲。"我怎么可以知道我选的错不错呢？

鲍西娅　这三只匣子中间，有一只里面藏着我的小像，您要是选中了那一只，我就是属于您的了。

摩洛哥亲王　求神明指示我！让我看，我且先把匣子上面刻着的字句再推敲一遍。这一个铅匣子上面说些什么？"谁选择了我，必须准备把他所有的一切作为牺牲。"必须准备牺牲，为什么？为了铅吗？为了铅而牺牲一切吗？这匣子说的话儿倒有些吓人。人们为了希望得到重大的利益，才会不惜牺牲一切。一颗贵重的心，绝对不会屈躬俯就鄙贱的外表，我不愿为了铅的缘故而做任何的牺牲。那个色泽皎洁的银匣子上面说些什么？"谁选择了我，将要得到他所应得的东西。"得到他所应得的东西！且慢，摩洛哥，把你自己的价值做一下公正的估计吧。照你自己判断起来，你应该得到很高的评价，可是也许凭着你这几分长处，还不配娶到这样一位小姐。然而我要是疑心我自己不够资格，那未免太小看自己了。得到我所应得的东西！当然那就是指这位小姐而说的。讲到家世、财产、人品、教养，我在哪一点上配不上她？可是超乎这一切之上，凭着我这一片深情，也就应该配得上她了。那么我不必迟疑，就选了这一个匣子吧。让我再瞧瞧那金匣子上说些什么话："谁选择了我，将要得到众人所希求的东西。"啊，那正是这位小姐了，整个儿的世界都希求着她，他们从地球的四角迢迢而来，顶礼这位尘世的仙真：赫堪尼亚的沙漠和广大的阿拉伯的辽阔的荒野，现在已经成为各国王子们前来瞻仰美貌的鲍西娅的通衢大道；把唾沫吐在天庭面上的傲慢不逊的海洋，也不能阻止外邦的远客，他们越过汹涌的波涛，就像跨过一条小河一样，为了要看一看鲍西娅的绝世姿容。在这三只匣子中间，有一只里面藏着她的天仙似的小像。难道那铅匣子里会藏着她吗？想起这样一个卑劣的思想，就是一种亵渎。就算这是个黑暗的坟，里面放的是她的寿衣，也都嫌罪过。那么她是会藏在那价值只及纯金十分之一的银匣子里面吗？啊，罪恶的思想！这样一颗珍贵的珠宝，绝对不会装在比金子低贱的匣子里。英国有一种金子铸成的钱币，表面上刻着天使的形象。这儿的天使，拿金子做床，却躲在黑暗里。把钥匙交给我，我已经选定了，但愿我的希望能够实现！

鲍西娅　亲王，请您拿着这钥匙，要是这里边有我的小像，我就是您的了。（摩洛哥亲王开金匣）

摩洛哥亲王　哎哟，该死！这是什么？一个死人的骷髅，那空空的眼眶里藏着一张有字的纸卷。让我读一读上面写着什么。

发闪光的不全是黄金，
古人的说话没有骗人；
多少世人出卖了一生，
不过看到了我的外形，
蛆虫占据着镀金的坟。
你要是又大胆又聪明，
手脚壮健，见识却老成，
就不会得到这样回音：
再见，劝你冷却这片心。
冷却这片心；真的是枉费辛劳！
永别了，热情！欢迎，凛冽的寒风！
再见，鲍西娅！悲伤塞满了心胸，
莫怪我这败军之将去得匆匆。（率侍从下；喇叭奏花腔）

鲍西娅　他去得倒还知趣。把帐幕拉下。但愿像他一样肤色的人，都像他一样选不中。（同下）

第八场　威尼斯。街道

【萨拉里诺及萨莱尼奥上。

萨拉里诺　啊，朋友，我看见巴萨尼奥开船，葛莱西安诺也跟他同船去了，我相信罗兰佐一定不在他们船里。

萨莱尼奥　那个恶犹太人大呼小叫地吵到公爵那儿去，公爵已经跟着他去搜巴萨尼奥的船了。

萨拉里诺　他去迟了一步，船已经开出。可是有人告诉公爵，说他们曾经看见罗兰佐跟他的多情的杰西卡在一艘平底船里；而且安东尼奥也向公爵证明他们并不在巴萨尼奥的船上。

萨莱尼奥　那犹太狗像发疯似的，样子都变了，在街上一路乱叫乱跳乱喊，“我的女儿！啊，我的银钱！啊，我的女儿！跟一个基督徒逃走啦！啊，我的基督徒的银钱！公道啊！法律啊！我的银钱，我的女儿！一袋封好的、两袋封好的银钱，给我的女儿偷去了！还有珠宝！两颗宝石，两颗珍贵的宝石，都给我的女儿偷去了！公道啊！把那女孩子找出来！她的身边带着宝石，还有银钱。”

萨拉里诺　威尼斯城里所有的小孩子们，都跟在他背后，喊着：他的宝石呀，他的女儿呀，他的银钱呀。

萨莱尼奥　安东尼奥应该留心那笔债款不要误了期，否则他要在他身上报复的。

萨拉里诺　对了，你想的不错。昨天我跟一个法国人谈天，他对我说起，在英、法二国之间的狭隘的海面上，有一艘从咱们国里开出去的满载着货物的船只出事了。我一听见这句话，就想起安东尼奥，但愿那艘船不是他的才好。

萨莱尼奥　你最好把你听见的消息告诉安东尼奥，可是你要轻描淡写地说，免得害他着急。

萨拉里诺　世上没有一个比他更仁厚的君子。我看见巴萨尼奥跟安东尼奥分别，巴萨尼奥对他说他一定尽早回来，他就回答说，“不必，巴萨尼奥，不要因为我的缘故而误了你的正事，你等到一切事情圆满完成以后再回来吧。至于我在那犹太人那里签下的约，你不必放在心上，你只管高高兴兴、一心一意地进行着你的好事，施展你的全部精神，去博得美人的欢心吧。”说到这里，他的眼睛里已经噙着眼泪，他就转回身去，把他的手伸到背后，亲亲热热地握着巴萨尼奥的手，他们就这样分别了。

萨莱尼奥　我看他只是因为他的缘故才爱这世界的。咱们现在就去找他，想些开心的事儿替他解解愁闷，你看好不好？

萨拉里诺　很好很好。（同下）

第九场　贝尔蒙特。鲍西娅家中一室

【尼莉莎及一仆人上。

尼莉莎　赶快，赶快，扯开那帐幕。阿拉贡亲王已经宣过誓，就要来选匣子啦。

【喇叭奏花腔；阿拉贡亲王及鲍西娅各率侍从上。

鲍西娅　瞧，尊贵的王子，那三个匣子就在这儿。您要是选中了有我的小像藏在里头的那一只，我们就可以立刻举行婚礼，可是您要是失败了的话，那么殿下，不必多说，您必须立刻离开这儿。

阿拉贡亲王　我已经宣誓遵守三项条件：第一，不得告诉任何人我所选的是哪一只匣子；第二，要是我选错了匣子，终身不得再向任何女子求婚；第三，要是我选不中，必须立刻离开此地。

鲍西娅　为了我这微贱的身子来此冒险的人，没有一个不曾立誓遵守这几个条件。

阿拉贡亲王　我已经有所准备了。但愿命运满足我的心愿！一只是金的，一只是银的，还有一只是下贱的铅的。“谁选择了我，必须准备把他所有的一切作为牺牲。”你要我为你牺牲，应该再好看一点才是。那个金匣子上面说的什么？哈！让我来看吧：“谁选择了我，将要得到众人所希求的东西。”众人所希求的东西！那“众人”也许是指那无知的群众，他们只知道凭着外表取人，信赖着一双愚妄的眼睛，不知道窥察到内心，就像燕子把巢筑在风吹雨淋的屋外的墙壁上，自以为可保万全，没想到灾祸就会接踵而至。我不愿选择众人所希求的东西，因为我不愿随波逐流，与庸俗的群众为伍。那么还是让我瞧瞧你吧，你这白银的宝库，待我再看一遍刻在你上面的字句：“谁选择了我，将要得到他所应得的东西。”说得好，一个人要是自己没有几分长处，怎么可以妄图非分？尊荣显贵，原来不是无德之人所可以忝窃的。唉！要是世间的爵禄官职，都能够因功授赏，不藉钻营，那么多少脱帽侍立的人将会高冠盛服，多少发号施令的人将会唯唯听命，多少卑劣鄙贱的渣滓可以从高贵的种子中间筛分出来，多少隐而不彰的贤才异能，可以从世俗的糠粃中间剔选出来，大放它们的光泽！闲话少说，还是让我考虑考虑怎样选择吧。“谁选择了我，将要得到他所应得的东西。”那么我就要取我应得的东西了。把这匣子上的钥匙给我，让我立刻打开藏在这里面的我的命运。（开银匣）

鲍西娅　您在这里面瞧见些什么？怎么一声不吭地待在那？

阿拉贡亲王　这是什么？一个眯着眼睛的傻瓜的画像，上面还写着字句！让我读一下看。唉！你跟鲍西娅相距多么远！你跟我的希望，跟我所应得的东西又相距多么远！“谁选择了我，将要得到他所应得的东西。”难道我只应该得到一副傻瓜的嘴脸吗？那便是我的奖品吗？我不该得到好一点的东西吗？

鲍西娅　毁谤和评判，是两件作用不同、性质相反的事。

阿拉贡亲王　这儿写着什么？

这银子在火里烧过七遍；
那永远不会错误的判断，
也必须经过七次的试炼。
有的人终身向幻影追逐，
只好在幻影里寻求满足。
我知道世上尽有些呆鸟，
空有着一个镀银的外表；
随你娶一个怎样的妻房，
摆脱不了这傻瓜的皮囊；
去吧，先生，莫再耽搁时光！
我要是再留在这儿发呆，
愈显得是个十足的蠢材；
顶一颗傻脑袋来此求婚，
带两个蠢头颅回转家门。
别了，美人，我愿遵守誓言，
默忍着心头愤怒的熬煎。（阿拉亲王率侍从下）

鲍西娅　正像飞蛾在烛火里伤身，
这些傻瓜们自恃着聪明，

免不了被聪明误了前程。

尼莉莎　古话说得好，上吊娶媳妇，

都是一个人注定的天数。

鲍西娅　来，尼莉莎，把帐幕拉下了。

【一仆人上。

仆　人　小姐呢？

鲍西娅　在这儿，有什么事？

仆　人　小姐，门口有一个年轻的威尼斯人，说是来通知一声，他的主人就要来啦。他说他的主人叫他先来向小姐致意，除了一大堆恭维的客套以外，还带来了几件很贵重的礼物。小的从来没有见过这么一位体面的爱神的使者，预报繁茂的夏季快要来临的四月的天气，也不及这个为主人先驱的俊仆温雅。

鲍西娅　请你别说下去了，你把他称赞得这样天花乱坠，我怕你就要说他是你的亲戚了。来，来，尼莉莎，我倒很想瞧瞧这位爱神差来的体面的使者。

尼莉莎　爱神啊，但愿来的是巴萨尼奥！（同下）

第三幕

第一场　威尼斯。街道

【萨莱尼奥及萨拉里诺上。

萨莱尼奥　交易所里有什么消息？

萨拉里诺　他们都在那里说安东尼奥有一艘满装着货物的船在海峡里倾覆了。那地方的名字好像是古德温，是一处很危险的沙滩，听说有许多大船的残骸埋葬在那里，要是那些传闻确实可靠的话。

萨莱尼奥　我但愿那些谣言就像那些吃饱了饭没事做、嚼嚼生姜或者一把鼻涕一把眼泪地假装为了她第三个丈夫死去而痛哭的那些婆子们所说的鬼话一样靠不住。可是那的确是事实——不说啰里啰唆的废话，也不说枝枝节节的闲话——这位善良的安东尼奥，正直的安东尼奥——啊，我希望我有一个可以充分形容他的好处的字眼！

萨拉里诺　好了好了，别说下去了吧。

萨莱尼奥　嘿！你说什么！总归一句话，他损失了一艘船。

萨拉里诺　但愿这是他最后一次的损失。

萨莱尼奥　让我赶快喊“阿门”，免得给魔鬼打断了我的祷告，因为他已经扮成一个犹太人的样子来啦。

【夏洛克上。

萨莱尼奥　啊，夏洛克！商人中间有什么消息？

夏洛克　有什么消息！我的女儿逃走啦，这件事情是你比谁都格外知道得详细的。

萨拉里诺　那当然啦，就是我也知道她飞走的那对翅膀是哪一个裁缝替她做的。

萨莱尼奥　夏洛克自己又何尝不知道，她羽毛已长，当然要离开娘家啦。

夏洛克　她干出这种不要脸的事来，死了一定要下地狱。

萨拉里诺　倘若魔鬼做她的判官，那是当然的事情。

夏洛克　我自己的血肉跟我过不去！

萨莱尼奥　说什么，老东西，活到这么大年纪，还跟你自己过不去？

夏洛克　我是说我的女儿是我自己的血肉。

萨拉里诺　你的肉跟她的肉比起来，比黑炭和象牙还差得远；你的血跟她的血比起来，比红葡萄酒和白葡萄酒还差得远。可是告诉我们，你听没听见人家说起安东尼奥在海上遭到了损失？

夏洛克　说起他，又是我的一桩倒霉事情。这个败家精，这个破落户，他不敢在交易所里露一露脸。他平常到市场上来，穿得多么齐整，现在可变成一个叫花子啦。让他留心他的借约吧。他老是骂我盘剥取利，让他留心他的借约吧；他是本着基督徒的精神，放债从来不取利息的，让他留心他的借约吧。

萨拉里诺　我相信要是他不能按约偿还借款，你一定不会要他的肉的，那有什么用处呢？

夏洛克　拿来钓鱼也好，即使他的肉不中吃，至少也可以出出我这一口气。他曾经羞辱过我，夺去我几十万块钱的生意，讥笑着我的亏本，挖苦我的盈余，侮蔑我的民族，破坏我的买卖，离间我的朋友，煽动我的仇敌。他的理由是什么？只因为我是一个犹太人。难道犹太人没有眼睛吗？难道犹太人没有五官四肢、没有知觉、没有感情、没有血气吗？他不是吃着同样的食物，同样的武器可以伤害他，同样的医药可以疗治他，冬天同样会冷，夏天同样会热，就像一个基督徒一样吗？你们要是用刀剑刺我们，我们不是也会出血的吗？你们要是搔我们的痒，我们不是也会笑起来的吗？你们要是用毒药谋害我们，我们不是也会死吗？那么要是你们欺侮了我们，我们难道不会复仇吗？要是在别的地方我们都跟你们一样，那么在这一点上也是彼此相同的。要是一个犹太人欺侮了一个基督徒，那基督徒怎样表现他的谦逊？报仇。要是一个基督徒欺侮了一个犹太人，那么照着基督徒的榜样，那犹太人应该怎样表现他的宽容？报仇。你们已经把残虐的手段教给我，我一定会照着你们的教训实行，而且还要加倍奉敬哩。

【一仆人上。

仆　人　两位先生，我家主人安东尼奥在家里要请两位过去谈谈。

萨拉里诺　我们正在到处找他呢。

【杜伯尔上。

萨莱尼奥　又是一个他的族中人来啦。世上再也找不到第三个像他们这样的人，除非魔鬼自己也变成了犹太人。（萨莱尼奥、萨拉里诺及仆人下）

夏洛克　啊，杜伯尔！热那亚有什么消息？你有没有找到我的女儿？

杜伯尔　我所到的地方，往往听见人家说起她，可是总找不到她。

夏洛克　哎呀，糟糕！糟糕！糟糕！我在法兰克福出两千块钱买来的那颗金刚钻也丢啦！诅咒到现在才降落到咱们民族头上，我到现在才觉得它的厉害。那一颗金刚钻就是两千块钱，还有别的贵重的贵重的珠宝。我希望我的女儿死在我的脚下，那些珠宝都挂在她的耳朵上；我希望她就在我的脚下入土安葬，那些银钱都放在她的棺材里！不知道他们的下落吗？哼，我不知道为了寻访他们，又花去了多少钱。你这你这——损失上再加损失！贼子偷了这么多走了，还要花这么多去寻访贼子，结果仍旧是一无所得，出不了这一口怨气。只有我一个人倒霉，只有我一个人叹气，只有我一个人流眼泪！

杜伯尔　倒霉的不单是你一个人。我在热那亚听人说，安东尼奥——

夏洛克　什么？什么？什么？他也倒了霉吗？他也倒了霉吗？

杜伯尔　——有一艘从特里坡利斯来的大船，在途中触礁。

夏洛克　谢谢上帝！谢谢上帝！是真的吗？是真的吗？

杜伯尔　我曾经跟几个从那船上出险的水手谈过话。

夏洛克　谢谢你，好杜伯尔。好消息，好消息！哈哈！什么地方？在热那亚吗？

杜伯尔　听说你的女儿在热那亚一个晚上花去八十块钱。

夏洛克　你把一把刀戳进我心里！我再也瞧不见我的金子啦！一下子就是八十块钱！八十块钱！

杜伯尔　有几个安东尼奥的债主跟我同路到威尼斯来，他们肯定地说他这次一定要破产。

夏洛克　我很高兴。我要摆布摆布他，我要叫他知道些厉害。我很高兴。

杜伯尔　有一个人给我看一个指环，说是你女儿拿它向他买了一只猴子。

夏洛克　该死该死！杜伯尔，你提起这件事，真叫我心里难过。那是我的绿玉指环，是我的妻子莉娅在我们没有结婚的时候送给我的，即使人家用一大群猴子来和我交换，我也不愿把它给别人。

杜伯尔　可是安东尼奥这次一定完了。

夏洛克　对了，这是真的，一点没错。去，杜伯尔，现在离借约满期还有半个月，你先给我到衙门里走动走动，花费几个钱。要是他愆了约，我要挖出他的心来。只要威尼斯没有他，生意买卖全凭我一句话了。去，去，杜伯尔，咱们在会堂里见面。好杜伯尔，去吧。会堂里再见，杜伯尔。（各下）

第二场　贝尔蒙特。鲍西娅家中一室

【巴萨尼奥、鲍西娅、葛莱西安诺、尼莉莎及侍从等上。

鲍西娅　请您不要太急，停一两天再赌运气吧。因为要是您选得不对，咱们就不能再在一块儿，所以请您暂时缓一下吧。我心里仿佛有一种什么感觉——可是那不是爱情——告诉我我不愿失去您。您一定也知道，嫌憎是不会向人说这种话的。一个女孩儿家本来不该信口说话，可是唯恐您不能懂得我的意思，我真想留您在这儿住上一两个月，然后再让您为我冒险一试。我可以教您怎样选才不会有错，可是这样我就要违犯誓言，那是断断不可的。然而那样您也许会选错，要是您选错了，您一定会使我起了一个有罪的愿望，懊悔我不该为了不敢背誓而忍心让您失望。最可恼的是您这一双眼睛，它们已经瞧透了我的心，把我分成两半：半个我是您的，还有那半个我也是您的——不，我的意思是说那半个我是我的，可是既然是我的，也就是您的，所以整个儿的我都是您的。唉！都是这些无聊的世俗礼法，使人们不能享受他们合法的权利；所以我虽然是您的，却又不是您的。要是结果真是这样，造孽的是那命运，不是我。我说得太啰唆了，可是我的目的是要尽量拖延时间，不让您马上就去选择。

巴萨尼奥　让我选吧，我现在这样提心吊胆，才像给人拷问一样受罪呢。

鲍西娅　给人拷问，巴萨尼奥！那么您给我招认出来，在您的爱情之中，隐藏着什么奸谋？

巴萨尼奥　没有什么奸谋，我只是有点怀疑忧惧，但恐我的痴心化为徒劳。奸谋跟我的爱情正像冰炭一样，是无法相容的。

鲍西娅 嗯，可是我怕你是因为受不住拷问的痛苦，才说这样的话。一个人给绑上了刑床，还不是要他怎样讲就怎样讲？

巴萨尼奥 您要是答应赦我一死，我愿意招认真情。

鲍西娅 好，赦您一死，您招认吧。

巴萨尼奥 “爱”便是我所能招认的一切。多谢我的刑官，您教给我怎样免罪的答话了！可是让我去瞧瞧那几个匣子，试试我的运气吧。

鲍西娅 那么去吧！在那三个匣子中间，有一个里面锁着我的小像，您要是真的爱我，您会把我找出来的。尼莉莎，你跟其余的人都站开些。在他选择的时候，把音乐奏起来，要是他失败了，好让他像天鹅一样在音乐声中死去，把这比喻说得更确当一些，我的眼睛就是他葬身的清流。也许他会胜利的，那么那音乐又像什么呢？那时候音乐就像忠心的臣子俯伏迎接新加冕的君王的时候所吹奏的号角，又像是黎明时分送进正在做着好梦的新郎的耳中，催他起来举行婚礼的甜柔的琴韵。现在他去了，他的沉毅的姿态，就像年轻的赫剌克勒斯奋身前去，在特洛亚人的呼叫声中，把他们祭献给海怪的处女拯救出来一样[①]，可是他心里藏着更多的爱情，我站在这儿做牺牲，她们站在旁边，就像泪眼模糊的特洛亚妇女们，出来看这场争斗的结果。去吧，赫剌克勒斯！我的生命悬在你手里，但愿你安然生还；我这观战的人心中比你上场作战的人还要惊恐万倍！

（巴萨尼奥独白时，乐队奏乐唱歌）

歌

告诉我爱情生长在何方？
还是在脑海？还是在心房？
它怎样发生？它怎样成长？
回答我，回答我。
爱情的火在眼睛里点亮，
凝视是爱情生活的滋养，

---

① 希腊神话：特洛亚王答应向海怪献祭他的女儿赫西俄涅，最后希腊英雄赫剌克勒斯斩杀海怪，救出赫西俄涅。

它的摇篮便是它的坟堂。

让我们把爱的丧钟鸣响，

叮当！叮当！

叮当！叮当！（众和）

巴萨尼奥　外观往往和事物的本身完全不符，世人却容易为表面的装饰所欺骗。在法律上，哪一件卑鄙邪恶的陈诉不可以用娓娓动听的言辞掩饰它的罪状？在宗教上，哪一桩罪大恶极的过失不可以引经据典，文过饰非，证明它的确上合天心？任何彰明昭著的罪恶，都可以在外表上装出一副道貌岸然的样子。多少没有胆量的懦夫，他们的心其实软弱得就像下不去脚的流沙，他们的肝如果剖出来看一看，大概比乳汁还要白，可是他们的颊上长着天神一样威武的须髯，人家只看着他们的外表，也就居然把他们当作英雄一样看待！再看那些世间所谓美貌吧，那是完全靠着脂粉装点出来的，愈是轻浮的女人，所涂的脂粉也愈重。至于那些随风飘扬像蛇一样的金丝卷发[①]，看上去果然漂亮，不知道却是从坟墓中死人的骷髅上借来的。所以装饰不过是一道把船只诱进凶涛险浪的怒海中去的陷人的海岸，又像是遮掩着一个黑丑蛮女的一道美丽的面幕，总而言之，它是狡诈的世人用来欺诱智士的似是而非的真理。所以，你炫目的黄金，米达斯王的坚硬的食物[②]，我不要你。你惨白的银子，在人们手里来来去去的下贱的奴才，我也不要你。可是你，寒酸的铅，你的形状只能使人退却，一点没有吸引人的力量，然而你的质朴却比巧妙的言辞更能打动我的心，我就选你吧，但愿结果美满！

鲍西娅　（旁白）一切纷杂的思绪、多心的疑虑、鲁莽的绝望、战栗的恐惧、酸性的猜嫉，多么快地烟消云散了！爱情啊！把你的狂喜节制一下，不要让你的欢乐溢出界限，让你的情绪越过分寸；你使我感觉到太多的幸福，请你把它减轻几分吧，我怕我快要被快乐窒息而死了！

巴萨尼奥　这里面是什么？（开铅匣）美丽的鲍西娅的副本！这是谁的神化之笔，描画出这样一位绝世的美人？这双眼睛是在转动吗？还是因为我的眼球在转

① 伊丽莎白时代，妇女有戴金色假发的风气。

② 米达斯，希腊神话中的弗里吉亚国王，求神赐给他点金术，神允之，此后他指触成金，食物也因被他手指点到而变成金子。

动，所以仿佛它们也在随着转动？她的微启的双唇，是因为她嘴里吐出来的甘美芳香的气息而分裂的，唯有这样甘美的气息才能分开这样甜蜜的朋友。画师在描画她的头发的时候，一定曾经化身为蜘蛛，织下了这么一个金丝的发网，来诱捉男子们的心，哪一个男子见了它，不会比飞蛾投入蛛网还快地陷入网罗呢？可是她的眼睛！他怎么能够睁着眼睛把它们画出来呢？他在画了一只眼睛以后，我想它的逼人的光芒一定会使他自己目眩神夺，再也描画不成其余的一只。可是瞧，我用尽一切赞美的字句，还不能充分形容出这一个画中幻影的美妙，然而这幻影跟它的实体比较起来，又是多么望尘莫及！这儿是一纸手卷，宣判着我的命运。

你选择不凭着外表，
果然给你直中鹄心！
胜利既已入你怀抱，
你莫再往别处追寻。
这结果倘使你满意，
就请接受你的幸运，
赶快回转你的身体，
给你的爱深深一吻。

温柔的纶音！美人，请恕我大胆，（吻鲍西娅）
我奉命来把彼此的深情交换。
像一个夺标的健儿驰骋身手，
耳旁只听见沸腾的人声如吼，
虽然明知道胜利已在他手掌，
却不敢相信人们在向他赞赏。
绝世的美人，我现在神眩目晕，
仿佛闯进了一场离奇的梦境；
除非你亲口证明这一切是真，
我再也不相信我自己的眼睛。

鲍西娅　巴萨尼奥公子，您瞧我站在这儿，不过是这样的一个人。虽然因为我自己的缘故，我不愿妄想自己比现在的我更好一点。可是因为您的缘故，我希望我能够六十倍胜过我的本身，再加上一千倍的美丽，一万倍的富有；我但愿我有无比的贤德、美貌、财产和亲友，好让我在您的心目中占据一个很高的位置。可是我这一身是一无所有，我只是一个不学无术、没有教养、缺少见识的女子。幸亏她的年纪还不是顶大，来得及发奋学习；她的天资也不是顶笨，可以加以教导；尤其大幸的，她有一颗柔顺的心灵，愿意把它奉献给您，听从您的指导，把您当作她的主人、她的统治者和她的君王。我自己以及我所有的一切，现在都变成您的所有了。刚才我还拥有着这一座华丽的大厦，我的仆人都听从着我的指挥，我是支配我自己的女王，可是就在现在，这屋子、这些仆人和这个我，都是属于您的了，我的夫君。凭着这个指环，我把这一切完全呈献给您。要是您让这指环离开您的身边，或者把它丢了，或者把它送给别人，那就预示着您的爱情的毁灭，我可以因此责怪您的。

巴萨尼奥　小姐，您使我说不出一句话来，只有我的热血在我的血管里跳动着向您陈诉。我的精神是在一种恍惚的状态中，正像喜悦的群众在听到他们所爱戴的君王的一篇美妙的演辞以后那种心灵眩惑的神情，除了口头的赞叹和内心的欢乐以外，一切的一切都混和起来，化成白茫茫的一片模糊。要是这指环有一天离开这手指，那么我的生命也一定已经终结，那时候您可以大胆地说，巴萨尼奥已经死了。

尼莉莎　姑爷，小姐，我们站在旁边，眼看我们的愿望成为事实，现在该让我们来道喜了。恭喜姑爷！恭喜小姐！

葛莱西安诺　巴萨尼奥老爷和我的温柔的夫人，愿你们享受一切的快乐！因为我敢说，你们享尽一切快乐，也剥夺不了我的快乐。我有一个请求，要是你们决定在什么时候举行婚礼，我也想跟你们一起结婚。

巴萨尼奥　很好，只要你能够找到一个妻子。

葛莱西安诺　谢谢老爷，您已经替我找到一个了。不瞒老爷说，我这双眼睛瞧起人来，并不比老爷您慢。您瞧见了小姐，我也看中了使女；您发生了爱情，我也发生了爱情。老爷，我的手脚并不比您慢啊。您的命运靠那几个匣子决定，我也是一样。因为我在这儿千求万告，身上的汗出了一身又是一身，指天誓日地说到唇干舌燥，才算得到这位好姑娘的一句回音，答应我要是您能够得到她的小姐，我也可以得到她的爱情。

鲍西娅　这是真的吗，尼莉莎？

尼莉莎　是真的，小姐，要是您赞成的话。

巴萨尼奥　葛莱西安诺，你也是出于真心吗？

葛莱西安诺　是的，老爷。

巴萨尼奥　我们的喜宴有你们的婚礼添兴，那真是喜上加喜了。

葛莱西安诺　我们要跟他们打赌一千块钱，看谁先生儿子。

尼莉莎　什么，还要赌一笔钱？

葛莱西安诺　不，我们怕是赢不了的，还是不下赌注了吧。可是谁来啦？罗兰佐和他的异教徒吗？什么！还有我那威尼斯老朋友萨莱尼奥？

【罗兰佐、杰西卡及萨莱尼奥上。

巴萨尼奥　罗兰佐、萨莱尼奥，虽然我也是初履此地，让我僭用着这里主人的名义，欢迎你们的到来。亲爱的鲍西娅，请您允许我接待我这几个同乡朋友。

鲍西娅　我也竭诚欢迎他们。

罗兰佐　谢谢。巴萨尼奥老爷，我本来并没有想到要到这儿来看您，因为在路上碰见萨莱尼奥，给他不由分说地硬拉着一块儿来啦。

萨莱尼奥　是我拉他来的，老爷，我是有理由的。安东尼奥先生叫我替他向您致意。（给巴萨尼奥一信）

巴萨尼奥　在我没有拆开这信以前，请你告诉我，我的好朋友近来好吗？

萨莱尼奥　他没有病，除非有点儿心病；也并不轻松，除非打开了心结。您看了他的信，就可以知道他的近况。

葛莱西安诺　尼莉莎，招待招待那位客人。把你的手给我，萨莱尼奥。威尼斯有什么消息？那位善良的商人安东尼奥怎样？我知道他听见了我们的成功，一定会十分高兴。我们是两个伊阿宋，把金羊毛取了来啦。

萨莱尼奥　我希望你们能够把他失去的金羊毛取了回来，那就好了。

鲍西娅　那信里一定有什么坏消息，巴萨尼奥的脸色都变白了。多半是一个什么好朋友死了，否则不会有别的事情会把一个堂堂男子激动到这个样子的。怎么，越来越糟了！恕我冒渎，巴萨尼奥，我是您自身的一半，这封信所带给您的任何不幸的消息，也必须让我分一半去。

巴萨尼奥　啊，亲爱的鲍西娅！这信里所写的，是自有纸墨以来最悲惨的字句。好小姐，当我初次向您倾吐我的爱慕之情的时候，我坦白地告诉您，我的高贵的家世是我仅有的财产，那时我并没有向您说谎。可是，亲爱的小姐，单单把我说成一个两袖清风的寒士，还未免夸张过分，因为我不但一无所有，而且还负着一身债务；不但欠了我的一个好朋友许多钱，还累他因为我的缘故，欠了他仇家的钱。这一封信，小姐，那信纸就像是我朋友的身体，上面的每一个字，都是一处血淋淋的创伤。可是，萨莱尼奥，那是真的吗？难道他的船舶都一起遭难了？竟没有一艘平安到港吗？从特里坡利斯、墨西哥、英国、里斯本、巴巴里和印度来的船只，没有一艘能够逃过那些毁害商船的礁石的可怕的撞击吗？

萨莱尼奥　一艘也没有逃过。而且即使他现在有钱还那犹太人，那犹太人也不肯收。我从来没有见过这种家伙，样子像人，却一心一意只想残害他的同类。他不分昼夜地向公爵絮叨，说是他们倘不给他主持公道，那么威尼斯根本不成其为自由邦。二十个商人、公爵自己，还有那些最有名望的士绅，都曾劝过他，可是谁也不能让他回心转意，放弃他狠毒的控诉。他一口咬定，要求按照约文的规定，处罚安东尼奥。

杰西卡　我在家里的时候，曾经听见他向杜伯尔和丘斯，他的两个同族的人谈起，说他宁可取安东尼奥身上的肉，也不愿收受比他的欠款多二十倍的钱。要是法律和权威不能阻止他，那么可怜的安东尼奥恐怕难逃一死了。

鲍西娅　遭到这样危难的人，是不是您的好朋友？

巴萨尼奥　我的最亲密的朋友，一个心肠最仁慈的人，热心为善，多情尚义，在他身上存留着比任何意大利人更多的古代罗马的侠义精神。

鲍西娅　他欠那犹太人多少钱？

巴萨尼奥　他因为我的缘故，向他借了三千块钱。

鲍西娅　什么，只有这一点数目吗？还他六千块钱，把那借约毁了。两倍六千块钱，或者照这数目再赔三倍都可以，可是万万不能因为巴萨尼奥的过失，害这样一位好朋友损伤一根毛发。先和我到教堂里去结为夫妇，然后你就到威尼斯去看你的朋友。鲍西娅绝对不让你抱着一颗不安宁的良心睡在她的身旁。你可以带偿还这笔小小借款的二十倍那么多的钱去，债务清了以后，就带你的忠心的朋友到这儿来。我的侍女尼莉莎陪着我在家里，仍旧像未嫁的时候一样，守候着你们的归来。来，今天就是你结婚的日子，大家快快乐乐，好好招待你的朋友们。你既然是用这么大的代价买来的，我一定格外爱你。可是让我听听你朋友的信。

巴萨尼奥　“巴萨尼奥挚友如握：弟船只悉数遇难，债主煎迫，家业荡然。犹太人之约，业已愆期；履行罚则，殆无生望。足下前此欠弟债项，一切勾销，唯盼及弟未死之前，来相临视。或足下燕婉情浓，不忍遽别，则亦不复相强，此信置之可也。”

鲍西娅　啊，亲爱的，快把一切事情办好，立刻就去吧！

巴萨尼奥　既然蒙您允许，我就赶快收拾动身。可是——此去经宵应少睡，长留魂魄系相思。（同下）

第三场　威尼斯。街道

【夏洛克、萨拉里诺、安东尼奥及狱吏上。

夏洛克　狱官，留心看住他，不要对我讲什么慈悲。这就是那个放债不取利息的傻瓜。狱官，留心看住他。

安东尼奥　再听我说句话，好夏洛克。

夏洛克　我一定要照约实行。你倘若想推翻这一张契约，那还是请你免开尊口的好。我已经发过誓，非得照约实行不可。你曾经无缘无故骂我是狗，既然我是狗，那么你可留心着我的狗牙齿吧。公爵一定会给我主持公道的。你这糊涂的狱官，我真不懂你老是会答应他的请求，陪着他到外边来。

安东尼奥　请你听我说。

夏洛克　我一定要照约实行，不要听你讲什么鬼话。我一定要照约实行，所以请你闭嘴吧。我不像那些软心肠流眼泪的傻瓜们一样，听了基督徒的几句劝告，就会摇头叹气，懊悔屈服。别跟着我，我不要听你说话，我要照约实行。（下）

萨拉里诺　这是人世间一条最顽固的恶狗。

安东尼奥　别理他，我也不愿再费无益的唇舌向他哀求了。他要的是我的命，我也知道他的原因。有好多次，人家落在他手里，还不出钱来，弄得走投无路，跑来向我呼吁，是我帮助他们解除他的压迫，所以他才恨我。

萨拉里诺　我相信公爵一定不会允许他执行这一种处罚。

安东尼奥　公爵不能变更法律的规定，因为威尼斯的繁荣，完全倚赖着各国人民的来往通商，要是剥夺了异邦人应享的权利，一定会使人对威尼斯的法治精神发生重大的怀疑。去吧，这些不如意的事情，已经把我搅得心力交瘁，我怕到明天身上也许剩不满一磅肉来，偿还我这位不怕血腥气的债主了。狱官，走吧。求上帝，让巴萨尼奥来亲眼看见我替他还债，我就死而无怨了！（同下）

第四场　贝尔蒙特。鲍西娅家中一室

【鲍西娅、尼莉莎、罗兰佐、杰西卡及鲍尔萨泽上。

罗兰佐　夫人，不是我当面恭维您，您的确有一颗高贵真诚、不同凡俗的仁爱的心。尤其像这次敦促尊夫就道，宁愿割舍儿女的私情，这一种精神毅力，真令人万分钦佩。可是您倘使知道受到您这种好意的是个什么人，您所救援的是怎样一个正直的君子，他对于尊夫的交情又是怎样深挚，我相信您一定会格外因为做了这一件好事而自傲，一件寻常的善举可不能让您得到那么大的快乐。

鲍西娅　我做了好事从来不后悔，现在也当然不会。因为凡是常在一块儿谈心游玩的朋友，彼此之间都有一重相互的友爱，他们在容貌上、风度上、习性上，也必定相去不远，所以我想，这位安东尼奥既然是我丈夫的心腹好友，他的为人一定很像我的丈夫。要是我的猜想没错，那么我把一个跟我的灵魂相仿的人从残暴的迫害下救赎出来，花了这一点儿代价，算得了什么！可是这样的话，太近于自吹自擂了，所以别说了吧，还是谈些其他的事情。罗兰佐，在我的丈夫没有回来以前，我要劳驾您替我照管家里。我自己已经向天许下密誓，要在祈祷和默念中过着生活，只让尼莉莎一个人陪着我，直到我们两人的丈夫回来。在两英里路之外有一所修道院，我们就预备住在那儿。我向您提出这一个请求，不只是为了个人的私情，还有其他事实上的必要，请您不要拒绝我。

罗兰佐　夫人，您有什么吩咐，我无不乐于遵命。

鲍西娅　我的仆人们都已知道我的决心，他们会把您和杰西卡当作巴萨尼奥和我自己一样看待。后会有期，再见了。

罗兰佐　但愿美妙的思想和安乐的时光追随在您的身旁！

杰西卡　愿夫人一切如意！

鲍西娅　谢谢你们的好意，我也愿意用同样的愿望祝福你们。再见，杰西卡。（杰西卡、罗兰佐下）鲍尔萨泽，我一向知道你诚实可靠，希望你永远做一个诚实可靠的人。这一封信你给我火速送到帕度亚，交给我的表兄培拉里奥博士亲手收拆。要是他有什么回信和衣服交给你，你就赶快带着它们到码头上，乘公共渡船到威尼斯去。不要多说，去吧，我会在威尼斯等你。

鲍尔萨泽　小姐，我尽快去就是了。（下）

鲍西娅　来，尼莉莎，我现在还要干一些你不知道的事情。我们要在我们的丈夫还没有想到我们之前去跟他们相会。

尼莉莎　我们要让他们看见我们吗？

鲍西娅　他们将会看见我们，尼莉莎，可是我们要打扮得叫他们认不出我们的本来面目。我可以拿无论什么东西跟你打赌，要是我们都扮成了少年男子，我一定比你漂亮点儿，带起刀子来也比你格外神气点儿。我会沙着喉咙讲话，就像一个正在发育的男孩子一样；我会把两个姗姗细步并成一个男人家的阔步；我会学着那些爱吹牛的哥儿们的样子，谈论一些击剑比武的玩意儿，再随口编造些巧妙的谎话，什么谁家的千金小姐爱上了我啦，我不接受她的好意，她害病死啦，我怎么心中不忍，后悔不该害了人家的性命啦，以及二十个诸如此类的无关紧要的谎话，人家听见了，一定以为我走出学校的门还不满一年。这些爱吹牛的娃娃们的鬼花样儿我有一千种在脑袋里，都可以搬出来应用。

尼莉莎　怎么，我们要扮成男人吗？

鲍西娅　为什么不？来，车子在林苑门口等着我们，我们上了车，我可以把我的整个计划一路告诉你。快去吧，今天我们要赶二十英里路呢。（同下）

第五场　同前。花园

【朗斯洛特及杰西卡上。

朗斯洛特　真的，不骗您，父亲的罪恶是要子女承当的，所以我倒真的在替您捏着一把汗呢。我一向喜欢对您说老实话，所以现在我也老老实实把我心里所担忧的事情告诉您。您放心吧，我想您总免不了下地狱。只有一个希望也许可以帮帮您的忙，可是那也是个不大高妙的希望。

杰西卡　请问你，是什么希望呢？

朗斯洛特　嗯，您可以存着一半儿的希望，希望您不是您的父亲所生，不是这个犹太人的女儿。

杰西卡　这个希望可真的太不高妙啦。这样说来，我的母亲的罪恶又要降到我的身上来了。

朗斯洛特　那倒也是真的，您不是为您的父亲下地狱，就是为您的母亲下地狱；逃过了凶恶的礁石，逃不过危险的旋涡。好，您下地狱是下定了。

杰西卡　我可以靠着我的丈夫得救，他已经使我变成一个基督徒了。

朗斯洛特　这就是他大大的不该。咱们本来已经有很多的基督徒，简直快要挤都挤不下啦。要是再这样把基督徒一批一批制造出来，猪肉的价钱一定会飞涨，大家吃起猪肉来，恐怕每人只能分到一片薄薄的咸肉了。

杰西卡　朗斯洛特，你这样胡说八道，我一定要告诉我的丈夫。他来啦。

【罗兰佐上。

罗兰佐　朗斯洛特，你要是再拉着我的妻子在壁角里说话，我真的要吃醋了。

杰西卡　不，罗兰佐，你放心好了，我已经跟朗斯洛特翻脸啦。他老实不客气地告诉我，上天不会对我发慈悲，因为我是一个犹太人的女儿。他又说你不是国家的好公民，因为你把犹太人变成了基督徒，提高了猪肉的价钱。

罗兰佐　要是政府向我质问起来，我自有话说。可是，朗斯洛特，你把那黑人的女儿弄大了肚子，这该是什么罪名呢？

朗斯洛特　那个摩尔姑娘会失去理智，给人弄大肚子，固然是件严重的事。可是如果她算不上是个规矩女人，那么我才是看错人啦。

罗兰佐　看，连傻瓜都会说起俏皮话来啦！照这样下去，连口才最好的才子，也只好哑口无言了。到时候就只听见八哥在那儿叽叽呱呱出风头！给我进去，小鬼，叫他们准备好开饭了。

朗斯洛特　老爷，他们早已准备好了，他们都是有肚子的呢。

罗兰佐　老天爷，你的嘴真尖利！那么关照他们把饭菜准备起来。

朗斯洛特　饭和菜，他们也准备好了，老爷。您应当说：把饭菜端上来。

罗兰佐　那么就有劳尊驾吩咐下去：把饭菜端上来。

朗斯洛特　小的可没有这样大的气派，不敢这样使唤人啊。

罗兰佐　要怎样才能跟你讲得清楚！你可是打算把你的看家本领在今天一齐使出来？我求你啦——我是个老实人，不会跟你瞎扯。去对你那些同伴们说，桌子可以铺起来，饭菜可以端上来，我们要进来吃饭啦。

朗斯洛特　是，老爷，我就去叫他们把饭菜铺起来，桌子端上来，至于您进不进来吃饭，那可悉随尊便。（下）

罗兰佐　啊，看他心眼儿多么“尖巧”，说话多么“合拍”！这个傻瓜，脑子里塞满了一大堆“动听的”字眼。我知道有好多傻瓜，地位比他高，跟他一样，“满腹锦绣”，一件事扯到哪儿他不管，只是卖弄了再说。你好吗，杰西卡？亲爱的好人儿，现在告诉我，你对于巴萨尼奥的夫人有什么意见？

杰西卡　好到没话说。巴萨尼奥老爷娶到这样一位好夫人，享尽了人世天堂的幸福，自然应该不会走上邪路了。要是有两个天神打赌，各自拿一个人间的女子做赌注，如果其中一个是鲍西娅，那么还有一个必须另外加上些什么，才可以彼此相抵，因为这一个寒碜的世界还不能产生一个跟她同样好的人来。

罗兰佐　他娶到了这么一个好妻子，你也嫁了我这么一个好丈夫。

杰西卡　那可要先问问我的意见。

罗兰佐　可以可以，可是先让我们吃了饭再说。

杰西卡　不，让我趁着胃口没有倒之前，先把你恭维两句。

罗兰佐　不，你有话还是留到吃饭的时候说吧，那么不论你说得好说得坏，我都可以连着饭菜一起吞下去。

杰西卡　好，你且等着听我怎样说你吧。（同下）

第四幕

第一场　威尼斯。法庭

【公爵、众绅士、安东尼奥、巴萨尼奥、葛莱西安诺、萨拉里诺、萨莱尼奥及余人等同上。

公　爵　安东尼奥有没有来？

安东尼奥　有，殿下。

公　爵　我很为你发愁。你是来跟一个心如铁石的对手当庭对质，一个不懂得怜悯、没有一丝慈悲心的不近人情的恶汉。

安东尼奥　听说殿下曾经用尽力量劝他不要过为已甚，可是他一味坚执，不肯略作让步。既然没有合法的手段可以使我脱离他的怨毒的掌握，我只有用默忍迎受他的愤怒，安心等待着他的残暴的处置。

公　爵　来人，传那犹太人到庭。

萨拉里诺　他在门口等着。他来了，殿下。

【夏洛克上。

公　爵　大家让开些，让他站在我的面前。夏洛克，人家都以为——我也是这样想——你不过故意装出这一副凶恶的姿态，到了最后关头，就会显出你的仁慈恻隐来，比你现在这种表面上的残酷更加出人意料。现在你虽然坚持着照约处罚，一定要从这个不幸的商人身上割下一磅肉来，到了那时候，你不但愿意放弃这一种处罚，而且因为受到良心上的感动，说不定还会豁免他一部分的欠款。你看他最近接连遭逢的巨大损失，足以使无论怎样富有的商人倾家荡产，即使铁石一样的心肠，从来不知道人类同情的野蛮人，也不能不对他的境遇发生怜悯。犹太人，我们都在等候你一句温和的回答。

夏洛克　我的意思已经向殿下告禀过了。我也已经指着我们的圣安息日起誓，一定要照约执行处罚。要是殿下不准许我的请求，那就是蔑视宪章，我要到京城里去上告，要求撤销贵邦的特权。您要是问我为什么不愿接受三千块钱，宁愿拿一块腐烂的臭肉，那我可没有什么理由可以回答您，我只能说我欢喜这样，这是不是一个回答？要是我的屋子里有了耗子，我高兴出一万块钱叫人把它们赶掉，谁管得了我？这不是回答了您吗？有的人不爱看张开嘴的猪，有的人瞧见一只猫就要发脾气，还有人听见人家吹风笛的声音，就忍不住要小便，因为一个人的感情完全受着喜恶的支配，谁也做不了自己的主。现在我就这样回答您：为什么有人受不住一只张开嘴的猪，有人受不住一只有益无害的猫，还有人受不住咿咿唔唔的风笛的声音，这些都是毫无充分的理由的，只是因为天生的癖性，使他们一受到刺激，就会情不自禁地现出丑相来。所以我不能举什么理由，也不愿举什么理由，除了因为我对于安东尼奥抱着久积的仇恨和深刻的反感，所以才会向他进行这一场对于我自己并没有好处的诉讼。现在您不是已经得到我的回答了吗？

巴萨尼奥　你这冷酷无情的家伙，这样的回答可不能作为你的残忍的辩解。

夏洛克　我的回答本来就不是为了讨你的欢喜。

巴萨尼奥　难道人们对于他们所不喜欢的东西，都一定要置之死地吗？

夏洛克　哪一个人会恨他所不愿意杀死的东西？

巴萨尼奥　初次的冒犯，不应该就引为仇恨。

夏洛克　什么！你愿意给毒蛇咬两次吗？

安东尼奥　请你想一想，你现在跟这个犹太人讲理，就像站在海滩上，叫那大海的怒涛减低它的奔腾的威力，责问豺狼为什么害母羊为了失去它的羔羊而哀啼，或是叫那山上的松柏，在受到天风吹拂的时候，不要摇头摆脑，发出谡谡的声音。要是你能够叫这个犹太人的心变软——世上还有什么东西比它更硬呢？——那么还有什么难事不可以做到？所以我请你不用再跟他商量什么条件，也不用替我想什么办法，让我爽爽快快受到判决，满足这犹太人的心愿吧。

巴萨尼奥　借了你三千块钱，现在拿六千块钱还你好不好？

夏洛克　即使这六千块钱中间的每一块钱都可以分成六份，每一份都可以变成一块钱，我也不要它们，我只要照约处罚。

公　爵　你这样没有一点慈悲之心，将来怎么能够希望人家对你慈悲呢？

夏洛克　我又不干错事，怕什么刑罚？你们买了许多奴隶，把他们当作驴狗骡马一样看待，叫他们做种种卑贱的工作，因为他们是你们出钱买来的。我可不可以对你们说，让他们自由，叫他们跟你们的子女结婚？为什么他们要在重担之下流着血汗？让他们的床铺得跟你们的床同样柔软，让他们的舌头也尝尝你们所吃的东西吧，你们会回答说："这些奴隶是我们所有的。"所以我也可以回答你们：我向他要求的这一磅肉，是我出了很大的代价买来的，它是属于我的，我一定要把它拿到手里。您要是拒绝了我，那么让你们的法律去见鬼吧！威尼斯城的法令等于一纸空文。我现在等候着判决，请快些回答我，我可不可以拿到这一磅肉？

公　爵　我已经差人去请培拉里奥，一位有学问的博士，来替我们审判这件案子。要是他今天不来，我可以有权宣布延期判决。

萨拉里诺　殿下，外面有一个使者刚从帕度亚来，带着这位博士的书信，等候着殿下的召唤。

公　爵　把信拿来给我，叫那使者进来。

巴萨尼奥　高兴起来吧，安东尼奥！喂，老兄，不要灰心！这犹太人可以把我的肉、我的血、我的骨头、我的一切都拿去，可是我决不让你因为我的缘故流一滴血。

安东尼奥　我是羊群里一只不中用的病羊，死是我的应分；最软弱的果子最先落到地上，让我也就这样结束我的一生吧。巴萨尼奥，我只要你活下去，将来替我写一篇墓志铭，那你就是做了再好不过的事。

【尼莉莎扮律师书记上。

公　爵　你是从帕度亚培拉里奥那里来的吗？

尼莉莎　是，殿下。培拉里奥叫我向殿下致意。（呈上一信）

巴萨尼奥　你这样使劲儿磨着刀干吗？

夏洛克　从那破产的家伙身上割下那磅肉来。

葛莱西安诺　狠心的犹太人，你不是在鞋口上磨刀，你这把刀是放在你的心口上磨。无论哪种铁器，就连刽子手的钢刀，都赶不上你这恶毒的心肠一半的锋利。难道什么恳求都不能打动你吗？

夏洛克　不能，无论你说得多么婉转动听，都没有用。

葛莱西安诺　万恶不赦的狗，看你死后不下地狱！让你这种东西活在世上，真是公道不生眼睛。你简直使我的信仰发生摇动，相信起毕达哥拉斯[1]所说畜生的灵魂可以转生人体的议论来了。你的前生一定是一头豺狼，因为吃了人，给人捉住吊死，它那凶恶的灵魂就从绞架上逃了出来，钻进了你那老娘的肮脏的胎里，因为你的性情正像豺狼一样残暴贪婪。

夏洛克　除非你能够把我这一张契约上的印章骂掉，否则像你这样拉开了喉咙直嚷，不过白白伤了你的肺，何苦呢？好兄弟，我劝你还是让你的脑子休息一下吧，免得它损坏了，将来无法收拾。我在这儿要求法律的裁判。

公　爵　培拉里奥在这封信上介绍一位年轻有学问的博士出席我们的法庭。他在什么地方？

尼莉莎　他就在这儿附近等着您的答复，不知道殿下准不准许他进来？

公　爵　非常欢迎。来，你们去三四个人，恭恭敬敬领他到这儿来。现在让我们把培拉里奥的来信当庭宣读。

书　记　（读）“尊翰到时，鄙人抱疾方剧，适有一青年博士鲍尔萨泽君自罗马来此，致其慰问，因与详讨犹太人与安东尼奥一案，徧稽群籍，折中是非，遂恳其为鄙人庖代，以应殿下之召。凡鄙人对此案所具意见，此君已深悉无遗。其学问才识，虽穷极赞辞，亦不足道其万一，务希勿以其年少而忽之，盖如此少年老成之士，实鄙人生平所仅见也。倘蒙延纳，必能不辱使命。敬祈钧裁。”

公　爵　你们已经听到了博学的培拉里奥的来信。这儿来的大概就是那位博士了。

【鲍西娅扮律师上。

公　爵　把您的手给我。足下是从培拉里奥老前辈那儿来的吗？

鲍西娅　正是，殿下。

公　爵　欢迎！欢迎！请上坐。您有没有明白今天我们在这儿审理的这件案子的两方面的争点？

鲍西娅　我对于这件案子的详细情形已经完全知道了。这儿哪一个是那商人，哪一个是犹太人？

公　爵　安东尼奥，夏洛克，你们两人都上来。

鲍西娅　你的名字就叫夏洛克吗？

夏洛克　夏洛克是我的名字。

---

① 毕达哥拉斯是主张灵魂轮回说的古希腊哲学家。

鲍西娅 你这场官司打得倒也奇怪，可是按照威尼斯的法律，你的控诉是可以成立的。（向安东尼奥）你的生死现在操在他的手里，是不是？

安东尼奥 他是这样说的。

鲍西娅 你承认这借约吗？

安东尼奥 我承认。

鲍西娅 那么犹太人应该慈悲一点。

夏洛克 为什么我应该慈悲一点？把您的理由告诉我。

鲍西娅 慈悲不是出于勉强，它是像甘霖一样从天上降下尘世的。它不但给幸福于受施的人，也同样给幸福于施与的人。它有超乎一切的无上威力，比皇冠更足以显出一个帝王的高贵：御杖不过象征着俗世的威权，使人民对于君上的尊严凛然生畏；慈悲的力量却高出于权力之上，它深藏在帝王的内心，是一种属于上帝的德行，执法的人倘能把慈悲调剂着公道，人间的权力就和上帝的神力没有差别。所以，犹太人，虽然你所要求的是公道，可是请你想一想，要是真的按照公道执行起赏罚来，谁也没有死后得救的希望。我们既然祈祷着上帝的慈悲，就应该按照祈祷的指点，自己做一些慈悲的事。我说了这一番话，为的是希望你能够从你的法律的立场上做几分让步。可是如果你坚持着原来的要求，那么威尼斯的法庭是执法无私的，只好把那商人宣判定罪了。

夏洛克 我自己做的事，我自己当！我只要求法律允许我照约执行处罚。

鲍西娅 他是不是无力偿还这笔借款？

巴萨尼奥 不，我愿意替他当庭还清，照原数加倍也可以；要是这样他还不满足，那么我愿意签署契约，还他十倍的数目，拿我的手、我的头、我的心做抵押；要是这样还不能使他满足，那就是存心害人，不顾天理了。请堂上运用权力，把法律稍微变通一下，犯一次小小的错误，干一件大大的功德，别让这个残忍的恶魔逞他杀人的兽欲。

鲍西娅 那可不行，在威尼斯谁也没有权力变更既成的法律。要是开了这一个恶例，以后谁都可以借口有例可援，什么坏事情都可以干了。这是不行的。

夏洛克 一个丹尼尔[1]来做法官了！真的是丹尼尔再世！聪明的青年法官啊，我真佩服你！

---

① 丹尼尔，以色列的著名士师，以善于断案著称。

鲍西娅　请你让我瞧一瞧那借约。

夏洛克　在这儿，可尊敬的博士，请看吧。

鲍西娅　夏洛克，他们愿意出三倍的钱还你呢。

夏洛克　不行，不行，我已经对天发过誓啦，难道我可以让我的灵魂背上毁誓的罪名吗？不，把整个儿的威尼斯给我，我都不能答应。

鲍西娅　好，那么就应该照约处罚。根据法律，这犹太人有权要求从这商人的胸口割下一磅肉来。还是慈悲一点，把三倍原数的钱拿去，让我撕了这张约吧。

夏洛克　等他按照约中所载条款受罚以后，再撕不迟。您瞧上去像是一个很好的法官，您懂得法律，您讲的话也很有道理，不愧是法律界的中流砥柱，所以现在我就用法律的名义，请您立刻进行宣判，凭着我的灵魂起誓，谁也不能用他的口舌改变我的决心。我现在只等着执行原约。

安东尼奥　我也诚心请求堂上从速宣判。

鲍西娅　好，那么就是这样：你必须准备让他的刀子刺进你的胸膛。

夏洛克　啊，尊严的法官！好一位优秀的青年！

鲍西娅　因为这约上所订定的惩罚，对于法律条文的含义并无抵触。

夏洛克　很对很对！啊，聪明正直的法官！想不到你瞧上去这样年轻，见识却这么老练！

鲍西娅　所以你应该把你的胸膛袒露出来。

夏洛克　对了，“他的胸部”，约上是这么说的，不是吗，尊严的法官？——“附近心口的所在”，约上写得明明白白的。

鲍西娅　不错，称肉的天平有没有预备好？

夏洛克　我已经带来了。

鲍西娅　夏洛克，去请一位外科医生来替他堵住伤口，费用归你负担，免得他流血而死。

夏洛克　约上有这样的规定吗？

鲍西娅　约上并没有这样的规定，可是那又有什么相干呢？肯做一件好事总还是好的。

夏洛克　我找不到。约上没有这一条。

鲍西娅　商人，你还有什么话说吗？

安东尼奥　我没有什么话要说，我已经准备好了。把你的手给我，巴萨尼奥，再会吧！不要因为我为了你遭到这种结局而悲伤，因为命运对我已经特别照顾了：她往往让一个不幸的人在家产荡尽以后继续活下去，用他凹陷的眼睛和满是皱纹的额角去挨受贫困的暮年；这一种拖延时日的刑罚，她已经把我豁免了。替我向尊夫人致意，告诉她安东尼奥的结局。对她说我怎样爱你，又怎样从容就死。等到你把这一段故事讲完以后，再请她判断一句，巴萨尼奥是不是曾经有过一个真心爱他的朋友。不要因为你将要失去一个朋友而懊恨，替你还债的人是死而无怨的。只要那犹太人的刀刺得深一点，我就可以在一刹那的时间把那笔债完全还清。

巴萨尼奥　安东尼奥，我爱我的妻子，就像我自己的生命一样。可是我的生命、我的妻子以及整个的世界，在我的眼中都不比你的生命更为贵重。我愿意丧失一切，把它们献给这恶魔做牺牲，来救出你的生命。

鲍西娅　尊夫人要是就在这儿听见您说这样话，恐怕不见得会感谢您吧。

葛莱西安诺　我有一个妻子，我可以发誓我是爱她的。可是我希望她马上归天，好去求告上帝改变这恶狗一样的犹太人的心。

尼莉莎　幸亏尊驾在她的背后说这样的话，否则府上一定要吵得鸡犬不宁了。

夏洛克　这些便是相信基督教的丈夫！我有一个女儿，我宁愿她嫁给强盗的子孙，不愿她嫁给一个基督徒，别再浪费光阴了，请快些儿宣判吧。

鲍西娅　那商人身上的一磅肉是你的，法庭判给你，法律许可你。

夏洛克　公平正直的法官！

鲍西娅　你必须从他的胸前割下这磅肉来，法律许可你，法庭判给你。

夏洛克　博学多才的法官！判得好！来，预备！

鲍西娅　且慢，还有别的话哩。这约上并没有允许你取他的一滴血，只是写明着"一磅肉"，所以你可以照约拿一磅肉去，可是在割肉的时候，要是流下一滴基督徒的血，你的土地财产，按照威尼斯的法律，就要全部充公。

葛莱西安诺　啊，公平正直的法官！听着，犹太人。啊，博学多才的法官！

夏洛克　法律上是这样说吗？

鲍西娅　你自己可以去查明白。既然你要求公道，我就给你公道，而且比你所要求的更公道。

葛莱西安诺　啊，博学多才的法官！听着，犹太人。好一个博学多才的法官！

夏洛克　那么我愿意接受还款，照约上的数目三倍还我，放了那基督徒。

巴萨尼奥　钱在这儿。

鲍西娅　别忙！这犹太人必须得到绝对的公道。别忙！他除了照约处罚以外，不能接受其他的赔偿。

葛莱西安诺　啊，犹太人！一个公平正直的法官，一个博学多才的法官！

鲍西娅　所以你准备着动手割肉吧。不准流一滴血，也不准割得超过或是不足一磅的重量。要是你割下来的肉，比一磅略微轻一点或是重一点，即使相差只有一丝一毫，或者仅仅一根汗毛之微，就要把你抵命，你的财产全部充公。

葛莱西安诺　一个再世的丹尼尔，一个丹尼尔，犹太人！现在你可掉在我的手里了，你这异教徒！

鲍西娅　那犹太人为什么还不动手？

夏洛克　把我的本钱还我，放我走吧。

巴萨尼奥　钱我已经预备好在这儿，你拿去吧。

鲍西娅　他已经当庭拒绝过了，我们现在只能给他公道，让他履行原约。

葛莱西安诺　好一个丹尼尔，一个再世的丹尼尔！谢谢你，犹太人，你教会我说这句话。

夏洛克　难道我单单拿回我的本钱都不成吗？

鲍西娅　犹太人，除了冒着你的生命危险割下那一磅肉以外，你不能拿一个钱。

夏洛克　好，那么魔鬼保佑他去享用吧！我不打这场官司了。

鲍西娅　等一等，犹太人，法律上还有一点牵涉你。威尼斯的法律规定：凡是一个异邦人企图用直接或间接手段，谋害任何公民，查明确有实据者，他的财产的半数应当归受害的一方所有，其余的半数没入公库，犯罪者的生命悉听公爵处置，他人不得过问。你现在刚巧陷入这一条法网，因为根据事实的发展，已经足以证明你确有运用直接或间接手段，危害被告生命的企图，所以你已经遭逢着我刚才所说起的那种危险了。快快跪下来，请公爵开恩吧。

葛莱西安诺　求公爵开恩，让你自己去寻死吧。可是你的财产现在充了公，一根绳子也买不起啦，所以还是要让公家破费把你吊死。

公　爵　让你瞧瞧我们基督徒的精神，你虽然没有向我开口，我自动饶恕了你的死罪。你的财产一半划归安东尼奥，还有一半没入公库，要是你能够诚心悔过，也许还可以减处你一笔较轻的罚款。

鲍西娅　这是说没入公库的一部分，不是说划归安东尼奥的一部分。

夏洛克　不，把我的生命连着财产一起拿了去吧，我不要你们的宽恕。你们拿掉了支撑房子的柱子，就是拆了我的房子；你们夺去了我的养家活命的根本，就是活活要了我的命。

鲍西娅　安东尼奥，你能不能够给他一点慈悲？

葛莱西安诺　白送给他一根上吊的绳子吧，看在上帝的面上，不要给他别的东西！

安东尼奥　要是殿下和堂上愿意从宽发落，免予没收他的财产的一半，我就十分满足了。只要他能够让我接管他的另外一半的财产，等他死了以后，把它交给最近和他的女儿私奔的那位绅士。可是还要有两个附带的条件：第一，他接受了这样的恩典，必须立刻改信基督教；第二，他必须当庭写下一张文契，声明他死了以后，他的全部财产传给他的女婿罗兰佐和他的女儿。

公　爵　他必须履行这两个条件，否则我就撤销刚才所宣布的赦令。

鲍西娅　犹太人，你满意吗？你有什么话说？

夏洛克　我满意。

鲍西娅　书记，写下一张授赠产业的文契。

夏洛克　请你们允许我退庭，我身子不大舒服。文契写好了送到我家里，我在上面签名就是了。

公　爵　去吧，可是临时变卦是不成的。

葛莱西安诺　你在受洗礼的时候，可以有两个教父；要是我做了法官，我一定给你请十二个教父[①]，不是领你去受洗，是送你上绞架。（夏洛克下）

公　爵　先生，我想请您到舍间去用餐。

鲍西娅　请殿下多多原谅，我今天晚上要回帕度亚去，必须现在就动身，恕不奉陪了。

公　爵　您这样匆忙，不能容我略尽寸心，真是抱歉得很。安东尼奥，谢谢这位先生，你这回全亏了他。（公爵、众士绅及侍从等下）

巴萨尼奥　最可尊敬的先生，我跟我这位敝友今天多赖您的智慧，免去了一场无妄之灾。为了表示我们的敬意，这三千块钱本来是预备还那犹太人的，现在就奉送给先生，聊以报答您的辛苦。

安东尼奥　您的大恩大德，我们是永远不忘记的。

---

① 当时法庭审判罪犯，由十二人组成陪审团。

鲍西娅　一个人做了心安理得的事，就是得到了最大的报酬。我这次帮两位的忙，总算没有失败，心里已经十分满足，用不着再谈什么酬谢了。但愿咱们下次见面的时候，两位仍旧认识我。现在我就此告辞了。

巴萨尼奥　好先生，我不能不再向您提出一个请求，请您随便从我们身上拿些什么东西去，不算是酬谢，只算是留个纪念。请您答应我两件事儿：既不要推却，还要原谅我的要求。

鲍西娅　你们这样殷勤，倒叫我却之不恭了。（向安东尼奥）把您的手套送给我，让我戴在手上留个纪念吧。（向巴萨尼奥）为了纪念您的盛情，让我拿了这戒指去。不要缩回您的手，我不再向您要什么了，您既然是一片诚意，想来总也不会拒绝我吧。

巴萨尼奥　这指环吗，好先生？唉！它是个不值钱的玩意儿，我不好意思把这东西送给您。

鲍西娅　我什么都不要，就是要这指环，现在我想我非把它要来不可了。

巴萨尼奥　这指环的本身并没有什么价值，可是因为有其他的关系，我不能把它送人。我愿意搜访威尼斯最贵重的一枚指环来送给您，可是这一枚却只好请您原谅了。

鲍西娅　先生，您原来是个口头上慷慨的人。您先教我怎样伸手求讨，然后再教我懂得了一个叫花子会得到怎样的回答。

巴萨尼奥　好先生，这指环是我的妻子给我的。她把它套上我的手指的时候，曾经叫我发誓永远不把它出卖、送人或是遗失。

鲍西娅　人们在吝惜他们的礼物的时候，都可以用这样的话做推托的。要是尊夫人不是一个疯婆子，她知道了我对于这指环是多么受之无愧，一定不会因为您把它送掉了而跟您长久反目的。好，愿你们平安！（鲍西娅、尼莉莎同下）

安东尼奥　我的巴萨尼奥少爷，让他把那指环拿去吧。看在他的功劳和我的交情份上，违犯一次尊夫人的命令，想来不会有什么要紧。

巴萨尼奥　葛莱西安诺，你快追上他们，把这指环送给他，要是可能的话，领他到安东尼奥的家里去。去，赶快！（葛莱西安诺下）来，我就陪着你到你府上。明天一早咱们两人就飞到贝尔蒙特去。来，安东尼奥。（同下）

第二场　同前。街道

【鲍西娅及尼莉莎上。

鲍西娅　打听打听这犹太人住在什么地方，把这文契交给他，叫他签了字。我们要比我们的丈夫先一天到家，所以一定得在今天晚上动身。罗兰佐拿到了这一张文契，一定高兴得不得了。

【葛莱西安诺上。

葛莱西安诺　好先生，我好容易追上了您。我家大爷巴萨尼奥再三考虑之下，决定叫我把这指环拿来送给您，还要请您赏光陪他吃一顿饭。

鲍西娅　那可没法应命。他的指环我收下了，请你替我谢谢他。我还要请你给我这小兄弟带路到夏洛克老头儿的家里。

葛莱西安诺　可以可以。

尼莉莎　大哥，我要向您说句话儿。（向鲍西娅旁白）我要试一试我能不能把我丈夫的指环拿下来。我曾经叫他发誓永远不离手。

鲍西娅　你一定能够。我们回家以后，一定可以听听他们指天誓日，说他们是把指环送给男人的。可是我们要压倒他们，比他们发更厉害的誓。你快去吧，你知道我会在什么地方等你。

尼莉莎　来，大哥，请您给我带路。（各下）

第五幕

第一场　贝尔蒙特。通至鲍西娅住宅的林荫路

【罗兰佐及杰西卡上。

罗兰佐　好皎洁的月色！微风轻轻地吻着树枝，不发出一点声响；我想正是在这样一个夜里，特洛伊罗斯登上了特洛亚的城墙，遥望着克瑞西达所寄身的希腊人的军营，发出他心中的悲叹。

杰西卡　正是在这样一个夜里，提斯柏心惊胆颤地踩着露水，去赴她情人的约会，因为看见了一头狮子的影子，吓得远远逃走。

罗兰佐　正是在这样一个夜里，狄多手里执着柳枝，站在辽阔的海滨，招她的爱人回到迦太基来。

杰西卡　正是在这样的一个夜里，美狄亚采集了灵芝仙草，使衰迈的埃宋返老还童[①]。

罗兰佐　正是在这样一个夜里，杰西卡从犹太富翁的家里逃了出来，跟着一个不中用的情郎从威尼斯一直走到贝尔蒙特。

杰西卡　正是在这样一个夜里，年轻的罗兰佐发誓说他爱她，用许多忠诚的盟言偷去了她的灵魂，可是没有一句话是真的。

罗兰佐　正是在这样一个夜里，可爱的杰西卡像一个小泼妇似的，信口毁谤她的情人，可是他饶恕了她。

---

① 埃宋即伊阿宋之父，得伊阿宋的妻子美狄亚之灵药而返老还童。故事见奥维德《变形记》第七章。

杰西卡　倘不是有人来了，我可以搬弄出比你所知道的更多的夜的典故来。可是听！这不是一个人的脚步声吗？

罗兰佐　谁在这静悄悄的深夜里跑得这么快？

斯丹法诺　一个朋友。

罗兰佐　一个朋友！什么朋友？请问朋友尊姓大名？

斯丹法诺　我的名字是斯丹法诺，我来向你们报个信，我家女主人在天明以前，就要到贝尔蒙特来了。她一路上看见圣十字架，便停步下来，长跪祷告，祈求着婚姻的美满。

罗兰佐　谁陪她一起来？

斯丹法诺　没有什么人，只是一个修道的隐士和她的侍女。请问我家主人有没有回来？

罗兰佐　他没有回来，我们也没有听到他的消息。可是，杰西卡，我们进去吧。让我们按照礼节，准备一些欢迎这屋子的女主人的仪式。

【朗斯洛特上。

朗斯洛特　索拉！索拉！哦哈呵！索拉！索拉！

罗兰佐　谁在那儿嚷？

朗斯洛特　索拉！你看见罗兰佐老爷吗？罗兰佐老爷！索拉！索拉！

罗兰佐　别嚷啦，朋友，他就在这儿。

朗斯洛特　索拉！哪儿？哪儿？

罗兰佐　这儿。

朗斯洛特　对他说我家主人差一个人带了许多好消息来了。他在天明以前就要回家来啦。（下）

罗兰佐　亲爱的，我们进去，等着他们回来吧。不，还是不用进去。我的朋友斯丹法诺，请你进去通知家里的人，你们的女主人就要来啦，叫他们准备好乐器到门外来迎接。（斯丹法诺下）月光多么恬静地睡在山坡上！我们就在这儿坐下来，让音乐的声音悄悄传到我们的耳边，柔和的静寂和夜色，是最足以衬托出音乐的甜美的。坐下来，杰西卡。瞧，天宇中嵌满了多少灿烂的金钹，你所看见的每一颗微小的天体，在转动的时候都会发出天使般的歌声，永远应和着嫩眼的天婴的妙唱。在永生的灵魂里也有这种音乐，可是当它套上这具泥土制成的俗恶易朽的皮囊以后，我们便再也听不见了。

【众乐工上。

罗兰佐　来啊！奏起一支圣歌来唤醒狄安娜女神，用最温柔的节奏倾注到你们女主人的耳中，让她被乐声吸引着回来。（音乐）

杰西卡　我听见了柔和的音乐，总觉得有些惆怅。

罗兰佐　这是因为你有一个敏感的灵魂。你只要看一群不服管束的畜生，或是那野性未驯的小马，逞着它们奔放的血气，乱跳狂奔，高声嘶叫，倘若偶尔听到一声喇叭，或是任何乐调，就会一齐立定，它们狂野的眼光，因为中了音乐的魅力，变成温和的注视。所以诗人会造出俄耳甫斯用音乐感动木石、平息风浪的故事，因为无论怎样坚硬顽固狂暴的事物，音乐都可以立刻改变它们的性质。灵魂里没有音乐，或是听了甜蜜和谐的乐声而不会感动的人，都是擅于为非作恶、使奸弄诈的。他们的灵魂像黑夜一样昏沉，他们的感情像鬼域一样幽暗，这种人是不可信任的。听这音乐！

【鲍西娅及尼莉莎自远处上。

鲍西娅　那灯光是从我家里发出来的。一支小小的蜡烛，它的光照耀得多么远！一件善事也正像这支蜡烛一样，在这罪恶的世界上发出广大的光辉。

尼莉莎　月光明亮的时候，我们就瞧不见灯光。

鲍西娅　小小的荣耀也正是这样给更大的光荣所掩。国王出巡的时候摄政的威权未尝不就像一个君主，可是一到国王回来，他的威权就归于乌有，正像溪涧中的细流注入大海一样。音乐！听！

尼莉莎　小姐，这是我们家里的音乐。

鲍西娅　没有比较，就显不出长处，我觉得它比在白天好听得多哪。

尼莉莎　小姐，那是因为晚上比白天静寂的缘故。

鲍西娅　如果没有人欣赏，乌鸦的歌声也就和云雀一样；要是夜莺在白天杂在群鹅的聒噪里歌唱，人家绝对不以为它比鷦鷯唱得更美。多少事情因为遇到有利的环境，才能够达到尽善的境界，博得一声恰当的赞赏！喂，静下来！月亮正在拥着她的情郎酣睡，不肯马上醒来呢。（音乐停止）

罗兰佐　要是我没有听错，这分明是鲍西娅的声音。

鲍西娅　我的声音太难听，所以一下子就让他听出来了，正像瞎子能够辨认杜鹃一样。

罗兰佐　好夫人，欢迎您回家来！

鲍西娅　我们在外边为我们的丈夫祈祷平安，希望他们能够因我们的祈祷而多福。他们已经回来了吗？

罗兰佐　夫人，他们还没有来，可是刚才有人来送过信，说他们就要来了。

鲍西娅　进去，尼莉莎，吩咐我的仆人们，叫他们就当我们两人没有出去过一样。罗兰佐。您也给我保守秘密。杰西卡，您也不要多说。（喇叭声）

罗兰佐　您的丈夫来啦，我听见他的喇叭的声音。我们不是搬嘴弄舌的人，夫人，您放心好了。

鲍西娅　这样的夜色就像一个昏沉的白昼，不过略微惨淡点儿。没有太阳的白天，瞧上去也不过如此。

【巴萨尼奥、安东尼奥、葛莱西安诺及侍从等上。

巴萨尼奥　要是您在没有太阳的地方走路，我们就可以和地球那一面的人共同享有着白昼。

鲍西娅　让我发出光辉，可是不要让我像光一样轻浮。因为一个轻浮的妻子，是会使丈夫的心头沉重的，我决不愿意巴萨尼奥为了我而心头沉重。可是一切都是上帝做主！欢迎您回家来，夫君！

巴萨尼奥　谢谢您，夫人。请您欢迎我这位朋友；这就是安东尼奥，我曾经受过他无穷的恩惠。

鲍西娅　他的确使您受惠无穷，因为我听说您曾经使他受累无穷呢。

安东尼奥　没有什么，现在一切都已经圆满解决了。

鲍西娅　先生，我们非常欢迎您的光临，可是口头的空言不能表示诚意，所以一切客套的话，我都不说了。

葛莱西安诺　（向尼莉莎）我以那边的月亮起誓，你冤枉了我，我真的把它送给了那法官的书记。好人，你既然把这件事情看得这么重，那么我但愿拿了去的人是个割掉了鸡巴的。

鲍西娅　啊！已经在吵架了吗？为了什么事？

葛莱西安诺　为了一个金圈圈儿，她给我的一个不值钱的指环，上面刻着的诗句，就跟那些刀匠们刻在刀子上的差不多，什么“爱我毋相弃”。

尼莉莎　你管它什么诗句，什么值钱不值钱？我当初给你的时候，你曾经向我发誓，说你要戴着它直到死去，死了就跟你一起葬在坟墓里。即使不为我，为了你所发的重誓，你也应该把它看重，好好儿地保存着。送给一个法官的书记！呸！上帝可以替我判断，拿了这指环去的那个书记，一定是个脸上永远不会出毛的。

葛莱西安诺　他年纪长大起来，自然会出胡子的。

尼莉莎　一个女人也会长成男子吗？

葛莱西安诺　我举手起誓，我的确把它送给一个少年人，一个年纪小小、发育不全的孩子。他的个儿并不比你高，这个法官的书记。他是个多话的孩子，一定要我把这指环给他做酬劳，我实在不好意思不给他。

鲍西娅　恕我说句不客气的话，这是你的不对，你怎么可以把你妻子的第一件礼物随随便便给了人？你已经发过誓把它套在你的手指上，它就是你身体上不可分的一部分。我也曾经送给我的爱人一个指环，使他发誓永不把它抛弃。他现在就在这儿，我敢代他发誓，即使用世间所有的财富和他交换，他也不肯丢掉它或是把它从他的手指上取下来的。真的，葛莱西安诺，你太对不起你的妻子了，倘若是我的话，我早就发起脾气来啦。

巴萨尼奥　（旁白）哎哟，我应该把我的左手砍掉了，那就可以发誓说，因为强盗要我的指环，我不肯给他，所以连手都给砍下来了。

葛莱西安诺　巴萨尼奥老爷也把他的指环给那法官了，因为那法官一定要向他讨那指环。其实他就是拿了指环去，也一点不算过分。那个孩子、那法官的书记，因为写了几个字，也就讨了我的指环去做酬劳。他们主仆两人什么都不要，就是要这两个指环。

鲍西娅　我的爷，您把什么指环送了人哪？我想不会是我给您的那个吧？

巴萨尼奥　要是我可以用说谎来加重我的过失，那么我会否认的。可是您瞧我的手指上已没有指环，它已经没有了。

鲍西娅　正像您的虚伪的心里没有一丝真情一样。我对天发誓，除非等我见了这指环，否则我再也不跟您同床共枕。

尼莉莎　要是我看不见我的指环，我也再不跟你同床共枕。

巴萨尼奥　亲爱的鲍西娅，要是您知道我把这指环送给什么人，要是您知道我因为谁的缘故把这指环送人，要是您能够想到为了什么理由我把这指环送人，我又是多么舍不下这个指环，可是人家偏偏什么都不要，一定要这个指环，那时候您就不会生这么大的气了。

鲍西娅　要是您知道这指环的价值，或是识得了把这指环给您的那人的一半好处，或是懂得了您自己保存着这指环的光荣，您就不会把这指环抛弃。只要你肯稍微用诚恳的话向他解释几句，世上哪有这样不讲理的人，会好意思硬要人家留作纪念的东西？尼莉莎讲的话一点不错，我可以用我的生命赌咒，一定是什么女人把这指环拿去了。

巴萨尼奥　不，夫人，我用我的名誉、我的灵魂起誓，并不是什么女人拿去，的确是送给那位法学博士了。他不接受我送给他的三千块钱，一定要讨这指环，我不答应，他就老大不高兴地走了。就是他救了我的好朋友的性命，我应该怎么说呢，好太太？我没有法子，只好叫人追上去送给他。人情和礼貌逼着我这样做，我不能让我的名誉沾上忘恩负义的污点。原谅我，好夫人，以天上的明灯起誓，要是那时候您也在那儿，我想您一定会恳求我把这指环送给这位贤能的博士的。

鲍西娅　让那博士再也不要走近我的屋子。他既然拿去了我所珍爱的宝物，又是您所发誓永远为我保存的东西，那么我也会像您一样慷慨。我会把我所有的一切都给他，即使他要我的身体，或是我的丈夫的眠床，我都不会拒绝他。我总有一天会认识他的，那是我完全有把握的。您还是一夜也不要离开家里，像个百眼怪物那样看守着我吧。否则我可以凭着我的尚未失去的贞操起誓，要是您让我一个人在家里，我一定要跟这个博士睡在一床的。

尼莉莎　我也要跟他的书记睡在一床，所以你还是留心不要走开我的身边。

葛莱西安诺　好，随你的便，只要不让我碰到他，要是他给我捉住了，我就折断这个少年书记的那支笔。

安东尼奥　都是我的不是，引出你们这一场吵闹。

鲍西娅　先生，这跟您没有关系，您来我们是很欢迎的。

巴萨尼奥　鲍西娅，饶恕我这一次出于不得已的错误，当着这许多朋友们的面，我向您发誓，凭着您这一双美丽的眼睛，在它们里面我可以看见我自己——

鲍西娅　你们听他的话！我的左眼里也有一个他，我的右眼里也有一个他。您用您的两重人格发誓，我还能够相信您吗？

巴萨尼奥　不，听我说。原谅我这一次错误，以我的灵魂起誓，我以后再不违背对您发出的誓言。

安东尼奥　我曾经为了他的幸福，把我自己的身体向人抵押，倘不是幸亏那个把您丈夫的指环拿去的人，几乎送了性命。现在我敢再立一张契约，以我的灵魂作为担保，保证您的丈夫绝对不会再有故意背信的行为。

鲍西娅　那么就请您做他的保证人，把这个给他，叫他比上回那个保存得牢一些。

安东尼奥　拿着，巴萨尼奥，请您发誓永远保存这个指环。

巴萨尼奥　天哪！这就是我给那博士的那个！

鲍西娅　我就是从他手里拿来的。原谅我，巴萨尼奥，因为凭着这个指环，那博士已经跟我睡过觉了。

尼莉莎　原谅我，我的好葛莱西安诺，就是那个发育不全的孩子，那个博士的书记，因为我问他讨这个指环，昨天晚上已经跟我睡在一起了。

葛莱西安诺　哎哟，这就像是在夏天把铺得好好的道路重新翻造。嘿！我们就这样冤冤枉枉地做起王八来了吗？

鲍西娅　不要说得那么难听。你们大家都有点莫名其妙。这儿有一封信，拿去慢慢地念吧，它是培拉里奥从帕度亚寄来的，你们从这封信里，就可以知道那位博士就是鲍西娅，她的书记便是这位尼莉莎。罗兰佐可以向你们证明，当你们出发以后，我就立刻动身；我回到家还没有多长时间，连大门也没有进去过呢。安东尼奥，我们非常欢迎您到这儿来。我还带着一个您所意料不到的好消息给您，请您拆开这封信，您就可以知道您有三艘商船，已经满载而归，马上要到港了。您再也想不出这封信怎么会那么巧地到了我的手里。

安东尼奥　我没有话说了。

巴萨尼奥　您就是那个博士，我还不认识您吗？

葛莱西安诺　你就是要叫我当王八的那个书记吗？

尼莉莎　是的，可是除非那书记会长成一个男子，他再也不能叫你当王八了。

巴萨尼奥　好博士，你今晚就陪着我睡觉吧。当我不在的时候，您可以睡在我妻子的床上。

安东尼奥　好夫人，您救了我的命，又给了我一条活路。我从这封信里得到了确实的消息，我的船只已经平安到港了。

鲍西娅　喂，罗兰佐！我的书记也有一件好东西要给您哩。

尼莉莎　是的，我可以送给他，不收任何费用。这儿是那犹太富翁亲笔签署的一张授赠产业的文契，声明他死了以后，全部遗产都传给您和杰西卡，请你们收下吧。

罗兰佐　两位好夫人，你们像是散布玛哪[①]的天使，救济着饥饿的人们。

鲍西娅　天已经差不多亮了，可是我知道你们还想把这些事情知道得详细一点。我们大家进去吧。你们还有什么疑惑的地方，尽管再向我们发问，我们一定老老实实地回答一切问题。

葛莱西安诺　很好，我要我的尼莉莎宣誓答复的第一个问题，是现在离白昼只有两小时了，我们是去睡觉呢，还是等明天晚上再睡？正是——

不惧黄昏近，但愁白日长；
翩翩书记俊，今夕喜同床。
金环束指间，灿烂自生光，
唯恐娇妻骂，莫将弃道旁。（众下）

① 玛哪，上帝所降的粮食，见《旧约·出埃及记》。

TWELFTH NIGHT 第十二夜

善于在字面上翻弄花样的，很容易流于轻薄。

导 读

《第十二夜》又名《随心所欲》，被认为是莎士比亚最优秀的喜剧之一。

《第十二夜》得名于西方的传统节日，基督教圣诞假期中的最后一夜为第十二夜，也就是1月6的主显节。

该剧本主要叙述了几个相关人物的爱情故事。薇奥拉和西巴斯辛是孪生兄妹，两人长得很像，却在一次船难中分开了，两人都以为对方已经在船难中丧生。薇奥拉决定化妆成西萨里奥，到伊利里亚的奥西诺公爵的门下充当男仆。而当时奥西诺公爵疯狂地爱上了刚刚失去哥哥的奥丽维娅。已经爱上奥西诺的薇奥拉被公爵指派向奥丽维娅传达爱慕之意，但是被奥丽维娅拒绝了。奥丽维娅此时却又爱上了传口信的薇奥拉，当奥丽维娅向薇奥拉表达爱意时，薇奥拉明确地拒绝了。可是随后西巴斯辛出现，并巧遇奥丽维娅。奥丽维娅再次向西巴斯辛（她以为是薇奥拉）求爱，对奥丽维娅一见钟情的西巴斯辛立刻同意结婚。四个人最终相遇，才使得谜团解开，奥丽维娅与西巴斯辛结婚，而奥西诺也察觉到薇奥拉对自己的爱情，两人也最终结合。

剧中人物

奥西诺　伊利里亚公爵

西巴斯辛　薇奥拉之兄

安东尼奥　船长，西巴斯辛之友

另一船长　薇奥拉之友

凡伦丁 }
丘里奥 } 公爵侍臣

托比·培尔契爵士　奥丽维娅的叔父

安德鲁·艾古契克爵士

马伏里奥　奥丽维娅的管家

费　边 }
费斯特　小丑 } 奥丽维娅之仆

奥丽维娅　富有的伯爵小姐

薇奥拉　热恋公爵者

玛利娅　奥丽维娅的侍女

群臣、牧师、水手、警吏、乐工及其他侍从等

地　点

伊利里亚某城及其附近海滨

第一幕

第一场　公爵府中一室

【公爵、丘里奥、众臣同上；乐工随侍。

公　爵　假如音乐是爱情的食粮，那么奏下去吧，尽量地奏下去，好让爱情因过饱噎塞而死。又奏起这个调子来了！它有一种渐渐消沉下去的节奏。啊！它经过我的耳畔，就像微风吹拂一丛紫罗兰，发出轻柔的声音，一面把花香偷走，一面又把花香分送。够了！别再奏下去了！它现在已经不像原来那样甜蜜了。爱情的精灵呀！你是多么敏感而活泼。虽然你有海一样的容量，可是无论怎样高贵卓越的事物，一进了你的范围，便会在顷刻间失去了它的价值。爱情是这样充满了奇思异想，在一切事物中是最富于幻想的。

丘里奥　殿下，您要不要去打猎？

公　爵　什么，丘里奥？

丘里奥　去打鹿。

公　爵　啊，一点不错，我的心就像是一头鹿。唉！当我第一眼瞧见奥丽维娅的时候，我觉得好像空气给她澄清了。那时我就变成了一头鹿。从此我的情欲像凶暴残酷的猎犬一样，永远追逐着我。

【凡伦丁上。

公　爵　怎样！她那边有什么消息？

凡伦丁　启禀殿下，他们不让我进去，只从她的侍女嘴里传来了这一个答复：除非再过七个寒暑，否则就是青天也不能窥见她的全貌；她要像一个修女一样，蒙着面幕而行，每天用辛酸的眼泪浇洒她的卧室。这一切都是为着纪念对于死去的哥哥的爱，她要把对哥哥的爱永远活生生地保留在她悲伤的记忆里。

公　爵　唉！她有这么一颗优美的心，对于她的哥哥也会挚爱到这等地步。假如爱神那支有力的金箭把她心里一切其他的感情一齐射死；假如只有一个唯一的君王占据着她的心肝头脑——这些尊严的御座，这些珍美的财宝——那时她将要怎样恋爱着啊！给我引道到芬芳的花丛，相思在花荫下格外情浓。（同下）

第二场　海　滨

【薇奥拉、船长及水手等上。

薇奥拉　朋友们，这儿是什么国土？

船　长　这儿是伊利里亚，姑娘。

薇奥拉　我在伊利里亚干什么呢？我的哥哥已经到极乐世界里去了。也许他侥幸没有淹死。水手们，你们以为怎样？

船　长　您也是侥幸才保全了性命的。

薇奥拉　唉，我的可怜的哥哥！但愿他也侥幸无恙！

船　长　不错，姑娘，您可以用侥幸的希望来宽慰您自己。我告诉您，我们的船撞破了之后，您和那几个跟您一同脱险的人紧攀着我们那只给风涛所颠摇的小船，那时我瞧见您的哥哥很有急智地把他自己捆在一根浮在海面的桅樯上，勇敢和希望教给了他这个计策。我见他像阿里翁①骑在海豚背上似的浮沉在波浪之间，直到我的眼睛望不见他。

薇奥拉　你的话使我很高兴，请收下这点钱，聊表谢意。由于我自己脱险，使我抱着他也能够同样脱险的希望，你的话更把我的希望证实了几分。你知道这国土吗？

船　长　是的，姑娘，很熟悉；因为我就是在离这儿不到三小时旅程的地方长大的。

薇奥拉　谁统治着这地方？

① 阿里翁，希腊诗人和音乐家，传说他某次乘船从西西里至科林多，途中被水手迫害，因而跃入海中，一只海豚被他的歌声打动，把他救上了岸。

船　长　一位名实相符的高贵的公爵。

薇奥拉　他叫什么名字？

船　长　奥西诺。

薇奥拉　奥西诺！我曾经听我父亲说起过他，那时他还没有娶亲。

船　长　现在他还是这样，至少在最近我还不曾听说他娶亲的消息。因为只一个月之前我才离开这，那时刚刚有一种新鲜的风传——您知道大人物的一举一动，都会被一般人纷纷议论着的——说他在向美貌的奥丽维娅求爱。

薇奥拉　她是谁呀？

船　长　她是一位品德高尚的姑娘；她的父亲是位伯爵，约莫在一年前死去，把她交给他的儿子，她的哥哥照顾，可是他不久也死了。他们说为了表示对她哥哥深切的友爱，她已经发誓不再跟男人们在一起或是见他们的面。

薇奥拉　唉！要是我能够侍候这位小姐，就可以不用在时机没有成熟之前泄露我的身份了。

船　长　那很难办到，因为她不肯接纳任何请求，就是公爵的请求她也是拒绝的。

薇奥拉　船长，你瞧上去是个好人。虽然造物主常常用一层美丽的墙来围蔽住内中的污秽，但是我可以相信你的心地跟你的外表一样好。请你替我保守秘密，不要把我的真相泄露出去，我以后会重谢你的。你得帮助我假扮起来，好让我达到我的目的。我要去侍候这位公爵，你可以把我送给他作为一个净了身的侍童。也许你会得到些好处的，因为我会唱歌，用各种音乐向他说话，使他重用我。

以后有什么事以后再说；
我会使计谋，你只需静默。

船　长　我便当哑巴，你去做近侍；
倘多话挖去我的眼珠子。

薇奥拉　谢谢你，领着我去吧。（同下）

第三场　奥丽维娅宅中一室

【托比·培尔契爵士及玛利娅上。

托　比　我的侄女碰到什么鬼了，把她哥哥的死看得那么重？悲哀是要损寿的呢。

玛利娅　真的，托比老爷，您晚上得早点儿回来。您那侄女很反对您深夜不归呢。

托　比　哼，让她去今天反对、明天反对，尽管反对下去吧。

玛利娅　哦，但是您总得有个分寸，不要太失身份才是。

托　比　身份！我这身衣服难道不合身份吗？穿了这种衣服去喝酒，也很有身份的了；还有这双靴子，要是它们不合身份，就叫它们在靴带上吊死了吧。

玛利娅　您这样酗酒会作践了您自己的，我昨天听见小姐说起过，她还说起您有一晚带到这儿来向她求婚的那个傻骑士。

托　比　谁？安德鲁·艾古契克爵士吗？

玛利娅　嗯，就是他。

托　比　他在伊利里亚也算是一表人才了。

玛利娅　那又有什么相干？

托　比　哼，他一年有三千块钱收入呢。

玛利娅　哦，可是一年之内就把这些钱全花光了。他是个大傻瓜，而且是个浪子。

托　比　呸！你说出这种话来！他会拉低音提琴，他会不看书本讲三四国文字，一个字都不模糊，他有很好的天分。

玛利娅　是的，傻子都是得天独厚的。因为他除了是个傻瓜之外，又是一个惯会惹是招非的家伙；要是他没有懦夫的天分来缓和一下他那喜欢吵架的脾气，有见识的人都以为他就会有棺材睡的。

托　比　我举手发誓，这样说他的人，都是一批坏蛋，信口雌黄的东西。他们是谁啊？

玛利娅　他们又说您每夜跟他在一块儿喝酒。

托比　我们都喝酒祝我的侄女健康呢。只要我的喉咙里有食道，伊利里亚有酒，我便要为她举杯祝饮。谁要是不愿为我的侄女举杯祝饮，喝到像拙陀螺似的天旋地转，他就是个不中用的汉子，是个卑鄙小人。嘿，丫头！放正经些！安德鲁·艾古契克爵士来啦。

【安德鲁·艾古契克爵士上。

安德鲁　托比·培尔契爵士！您好，托比·培尔契爵士！

托　比　亲爱的安德鲁爵士！

安德鲁　您好，美貌的小泼妇！

玛利娅　您好，大人。

托　比　寒暄几句，安德鲁爵士，寒暄几句。

安德鲁　您说什么？

托　比　这是舍侄女的丫鬟。

安德鲁　好寒萱姐姐，我希望咱们多多结识。

玛利娅　我的名字是玛丽，大人。

安德鲁　好玛丽寒萱姐姐——

托　比　你弄错了，骑士，“寒暄几句”就是跑上去向她应酬一下，招呼一下，客套一下，来一下的意思。

安德鲁　哎哟，当着这些人我可不能跟她打交道。“寒暄”就是这个意思吗？

玛利娅　再见，先生们。

托　比　要是你让她这样走了，安德鲁爵士，你以后再不用充汉子了。

安德鲁　要是你这样走了，姑娘，我以后再不用充汉子了。好小姐，你以为你手边是些傻瓜吗？

玛利娅　大人，可是我还不曾跟您握手呢。

安德鲁　那很好办，让我们握手。

玛利娅　好了，大人，思想是无拘无束的。请您把这只手带到卖酒的柜台那里去，让它喝两盅吧。

安德鲁　这怎么讲，好人儿？你在打什么比方？

玛利娅　我是说它怪没劲的。

安德鲁　是啊，我也这样想。不管人家怎么说我蠢，应该好好保养两手的道理我还懂得。可是你说的是什么笑话？

玛利娅　没劲的笑话。

安德鲁　你一肚子都是这种笑话吗？

玛利娅　不错，大人，满手里抓的也都是。得，现在我放开您的手了，我的笑料也都没了。（下）

托　比　骑士啊！你应该喝杯酒儿。几时我见你这样给人愚弄过？

安德鲁　我想你从来没有见过，除非你见我给酒弄昏了头。有时我觉得我跟一般基督徒和平常人一样笨，可是我是个吃牛肉的老饕，我相信那对于我的聪明很有妨害。

托　比　一定一定。

安德鲁　要是我真那样想的话，以后我得戒了。托比爵士，明天我要骑马回家去了。

托　比　Pourquoi[①]，我的亲爱的骑士？

安德鲁　什么叫Pourquoi？好还是不好？我理该把我花在击剑、跳舞和耍熊上面的工夫学几种外国话的。唉！要是我读了文学该多好！

托　比　要是你花些工夫在你的鬈发钳[②]上头，你就可以有一头很好的头发了。

安德鲁　怎么，那跟我的头发有什么关系？

托　比　很明白，因为你瞧你的头发不用些工夫上去是不会鬈曲起来的。

安德鲁　可是我的头发不也已经够好看了吗？

托　比　好得很，它披下来的样子就像纺杆上的麻线一样，我希望有哪位奶奶把你夹在大腿里纺它一纺。

安德鲁　真的，我明天要回家去了，托比爵士。你侄女不肯接见我，即使接见我，多半她也不会要我。这儿的公爵也向她求婚呢。

托　比　她不要什么公爵不公爵，她不愿嫁给比她身份高、地位高、年龄高、智慧高的人，我听见她这样发过誓。嘿，老兄，还有希望呢。

安德鲁　我再耽搁一个月。我是世上心思最古怪的人，我有时老是喜欢喝酒跳舞。

托　比　这种玩意儿你很擅长吗，骑士？

安德鲁　可以比得过伊利里亚任何一个人，可是我不愿跟老手比。

托　比　你跳舞的本领怎样？

安德鲁　不骗你，我会旱地拔葱。

托　比　我会葱炒羊肉。

安德鲁　讲到我的倒跳的本事，简直可以比得上伊利里亚的任何一个人。

托　比　为什么你要把这种本领藏匿起来呢？为什么这种天才要覆上一块幕布？

---

① 法文，“为什么”之意。

② 鬈发钳（tongs）与外国话（tongues）音相近。

难道它们也会沾上灰尘，像大姑娘的画像一样吗？为什么不跳着“加里阿”到教堂里去，跳着“科兰多”一路回家？假如是我的话，我要走步路也是“捷格”舞，撒泡尿也是五步舞呢。你是什么意思？这世界上是应该把才能隐藏起来的吗？从你那双出色的好腿来看，我想它们是在一个跳舞的星光底下生下来的。

安德鲁　哦，我这双腿很有气力，穿了火黄色的袜子倒也十分漂亮。我们一起喝酒去吧？

托　比　除了喝酒，咱们还有什么事好做？咱们的命宫不是金牛星吗？

安德鲁　金牛星！金牛星管的是腰和心。

托　比　不，老兄，是腿和股。跳个舞给我看。哈哈！跳得高些！哈哈！好极了！（同下）

第四场　公爵府中一室

【凡伦丁及薇奥拉男装上。

凡伦丁　要是公爵继续这样宠幸你，西萨里奥，你多半就要高升起来了。他认识你还只有三天，你就跟他这样熟了。

薇奥拉　看来你不是怕他的心性捉摸不定，就是怕我会玩忽职守，所以你才怀疑他会不会继续这样宠幸我。先生，他待人是不是有始无终的？

凡伦丁　不，相信我。

薇奥拉　谢谢你。公爵来了。

【公爵，丘里奥及侍从等上。

公　爵　喂！有谁看见西萨里奥了吗？

薇奥拉　在这儿，殿下，听候您的吩咐。

公　爵　你们暂时走开些。西萨里奥，你已经知道了一切，我已经把我秘密的内心中的书册向你展示过了。因此，好孩子，到她那边去，别让他们把你挡在门外，站在她的门口，对他们说，你要站到脚底下生了根，直到她接见你为止。

薇奥拉　殿下，要是她真像人家所说的那样沉浸在悲哀里，她一定不会允许我进去的。

公　爵　你可以跟他们吵闹，不用顾虑一切礼貌的界限，但是一定不要毫无结果而归。

薇奥拉　假定我能够和她见面谈话了，殿下，那么又怎样呢？

公　爵　噢！那么就向她宣布我的恋爱的热情，把我的一片挚诚说给她听，让她吃惊。你表演起我的伤心来一定很出色，你这样的青年一定比那些面孔板板的使者们更能引起她的注意。

薇奥拉　我想不见得吧，殿下。

公　爵　好孩子，相信我的话。因为像你这样的妙龄，还不能算是个成人：狄安娜的嘴唇也不比你的更柔滑而红润；你的娇细的喉咙像处女一样尖锐而清朗；在各方面你都像个女人。我知道你的性格很容易对付这件事情。四五个人陪着他去，要是你们愿意，全去也可以，因为我欢喜孤寂。你倘能成功，那么你主人的财产你也可以有份。

薇奥拉　我愿意尽力去向您的爱人求婚。（旁白）

唉，怨只怨多阻碍的前程！

但我一定要做他的夫人。（各下）

第五场　奥丽维娅宅中一室

【玛利娅及小丑上。

玛利娅　不，你要是不告诉我你到哪里去来，我便把我的嘴唇抿得紧紧的，连一根毛发也钻不进去，不替你说一句好话。小姐因为你不在，要吊死你呢。

小　丑　让她吊死我吧，好好地吊死的人，在这世上可以不怕敌人。

玛利娅　把你的话解释解释。

小　丑　因为他看不见敌人了。

玛利娅　好一句无聊的回答。让我告诉你“不怕敌人”这句话是怎么来的吧。

小　丑　怎么来的，玛利娅姑娘？

玛利娅　是从战场上来的。下回你再犯傻的时候，就可以放开胆子这样说。

小　丑　好吧，上帝给聪明予聪明人，至于傻子们呢，那只好靠他们的本事了。

玛利娅　可是你这么久在外边鬼混，小姐一定要把你吊死的；否则把你赶出去，那不是跟把你吊死一样好吗？

小　丑　好好地吊死常常可以防止坏的婚姻。至于赶出去，那在夏天倒还没什么要紧。

玛利娅　那么你已经下了决心了吗？

小　丑　不，没有。可是我决定了两端。

玛利娅　假如一端断了，一端还连着；假如两端都断了，你的裤子也落下来了。

小　丑　妙，真的很妙。好，去你的吧。要是托比老爷戒了酒，你在伊利里亚的雌儿中间也算是个门当户对的调皮角色了。

玛利娅　闭嘴，你这坏蛋，别胡说了。小姐来啦，你还是好好地想出个推托来。（下）

小　丑　才情呀，请你帮我好好地装一下傻瓜！那些自负才情的人，实际上往往是些傻瓜。我知道我自己没有才情，因此也许可以算作聪明人。昆那拍勒斯[1]怎么说的？"与其做愚蠢的智人，不如做聪明的愚人。"

【奥丽维娅偕马伏里奥上。

小　丑　上帝祝福你，小姐！

奥丽维娅　把这傻子撵出去！

小　丑　喂，你们没听见吗？把这位小姐撵出去。

奥丽维娅　算了吧！你是个干燥无味的傻子，我不要再看见你了，而且你已经变得不老实起来了。

小　丑　我的小姐，这两个毛病用酒和忠告都可以治好。只要给干燥无味的傻子一点酒喝，他就不干燥了。只要劝不老实的人洗心革面，弥补他从前的过失：假如他能够弥补的话，他就不再不老实了；假如他不能弥补，那么叫裁缝把他补一补也就得了。弥补者，弥而补之也：道德的失足无非补上了一块罪恶；罪恶悔改之后，也无非补上了一块道德。假如这种简单的论理可以通得过去，很好；假如通不过去，还有什么办法？当王八是一件倒霉的事，美人好比鲜花，这都是无可怀疑的。小姐吩咐把傻子撵出去，因此我再说一句，把她撵出去吧。

奥丽维娅　尊驾，我吩咐他们把你撵出去呢。

小　丑　这就是大错而特错了！小姐，"戴了和尚帽，不定是和尚"；那就好比是说，我身上虽然穿着愚人的彩衣，可是我并不一定连头脑里也穿着它呀。我的好

---

① 杜撰的人名。

小姐，准许我证明您是个傻子。

奥丽维娅　你能吗？

小　丑　再便当不过了，我的好小姐。

奥丽维娅　那么证明一下。

小　丑　小姐，我必须盘问您；我的贤淑的小乖乖，回答我。

奥丽维娅　好吧，先生，为了没有别的消遣，我就等候着你的证明吧。

小　丑　我的好小姐，你为什么悲伤？

奥丽维娅　好傻子，为了我哥哥的死。

小　丑　小姐，我想他的灵魂是在地狱里。

奥丽维娅　傻子，我知道他的灵魂是在天上。

小　丑　这就越显得你的傻了，我的小姐。你哥哥的灵魂既然在天上，为什么要悲伤呢？列位，把这傻子撵出去。

奥丽维娅　马伏里奥，你以为这傻子怎样？是不是更有趣了？

马伏里奥　是的，而且会变得越来越有趣，一直到死。老弱会使聪明减退，可是对于傻子却能使他变得格外傻起来。

小　丑　老爷，上帝保佑您快快老弱起来，好让您格外傻得厉害！托比老爷可以发誓说我不是狐狸，可是他不愿跟人家打赌两便士说您不是个傻子。

奥丽维娅　你怎么说，马伏里奥？

马伏里奥　我不懂小姐您怎么会喜欢这种没有头脑的混账东西。前天我看见他给一个像石头一样冥顽不灵的下等的傻子算计了去。您瞧，他已经毫无招架之功了。要是您不笑笑给他一点题目，他便要无话可说了。我说，听见这种傻子的话也会那么高兴的聪明人们，都不过是些傻子们的应声虫罢了。

奥丽维娅　啊！你是太自命不凡了，马伏里奥，你缺少一副健全的胃口。你认为是炮弹的，在宽容慷慨、气度汪洋的人看来，不过是鸟箭。傻子有特许放肆的权利，虽然他满口骂人，人家不会见怪于他；君子出言必有分量，虽然他老是指摘人家的错处，也不能算为谩骂。

小　丑　麦鸠利赏给你说谎的本领吧，因为你给傻子说了好话！

【玛利娅重上。

玛利娅　小姐，门口有一位年轻的先生很想见您说话。

奥丽维娅　从奥西诺公爵那儿来的吧？

玛利娅　我不知道，小姐，他是一位漂亮的青年，随从很盛。

奥丽维娅　我家里有谁在跟他周旋呢？

玛利娅　是令亲托比老爷，小姐。

奥丽维娅　你去叫他走开，他满口都是些疯话。不害羞的！（玛利娅下）马伏里奥，你给我去。假若是公爵差来的，说我病了，或是不在家，随你怎样说，把他打发走。（马伏里奥下）你瞧，先生，你的打诨已经陈腐起来，人家不喜欢了。

小　丑　我的小姐，你帮我说话就像你的大儿子也会是个傻子一般，愿上帝在他的头颅里塞满脑子吧！瞧你的那位有一副最不中用的头脑的令亲来了。

【托比·培尔契爵士上。

奥丽维娅　哎哟，又已经半醉了。叔叔，门口是谁？

托　比　一个绅士。

奥丽维娅　一个绅士！什么绅士？

托　比　有一个绅士在这儿——这种该死的咸鱼！怎样，蠢货！

小　丑　好托比爷爷！

奥丽维娅　叔叔，叔叔，你怎么这么早就昏天黑地了？

托　比　声天色地！我打倒声天色地！有一个人在门口。

小　丑　是呀，他是谁呢？

托　比　就算他是魔鬼也好，我不管。我说，我心里耿耿三尺有神明。好吧，都是一样的。（下）

奥丽维娅　傻子，醉汉像个什么东西？

小　丑　像个溺死鬼，像个傻瓜，又像个疯子。多喝了一口就会把他变成个傻瓜，再喝一口就发了疯，喝了第三口就把他溺死了。

奥丽维娅　你去找个验尸的来吧，让他来验验我的叔叔，因为他已经喝酒喝到了第三个阶段，他已经溺死了。瞧瞧他去。

小　丑　他还不过是发疯呢，我的小姐，傻子该去照顾疯子。（下）

【马伏里奥重上。

马伏里奥　小姐，那个少年发誓说要见您。我对他说您有病；他说他知道，因此要来见您。我对他说您睡了；他似乎也早已知道了，因此要来见您。还有什么话好对他说呢，小姐？什么拒绝都挡不了他。

奥丽维娅　对他说我不想见他。

马伏里奥　这也已经对他说过了。他说，他要像州官衙门前竖着的旗杆那样立在您的门前不走，像凳子脚一样直挺挺地站着，非得见您不可。

奥丽维娅　他是怎样一个人？

马伏里奥　呃，就像一个人那么的。

奥丽维娅　可是是什么样子的呢？

马伏里奥　很无礼的样子。不管您愿不愿意，他一定要见您。

奥丽维娅　他的相貌怎样？多大年纪？

马伏里奥　说是个大人吧，年纪还太轻；说是个孩子吧，又嫌大些。就像是一颗没有成熟的豆荚，或是一只半生的苹果，又像大人又像小孩，所谓介乎两可之间。他长得很漂亮，说话也很刁钻；看他的样子，似乎有些未脱乳臭。

奥丽维娅　叫他进来。把我的侍女唤来。

马伏里奥　姑娘，小姐叫你呢。（下）

【玛利娅重上。

奥丽维娅　把我的面纱拿来。来，罩住我的脸。我们要再听一次奥西诺来使的话。

【薇奥拉及侍从等上。

薇奥拉　哪一位是这里府中的贵小姐？

奥丽维娅　有什么话对我说吧，我可以代她答话。你来有什么见教？

薇奥拉　最辉煌的、卓越的、无双的美人！请您指示我这位是不是就是府中的小姐，因为我没有见过她。我不大甘心浪掷我的言辞，因为它不但写得非常出色，而且我费了好大的辛苦才把它背熟。两位美人，不要取笑我，我是个非常敏感的人，一点点轻侮都受不了。

奥丽维娅　你是从什么地方来的，先生？

薇奥拉　除了我背熟了的以外，我不能说别的话，您那问题是我所不曾预备作答的。温柔的好人儿，好好儿地告诉我您是不是府里的小姐，好让我陈说我的来意。

奥丽维娅　你是个唱戏的吗？

薇奥拉　不，我的深心的人儿，可是我敢当着最有恶意的敌人发誓，我并不是我所扮演的角色。您是这府中的小姐吗？

奥丽维娅　是的，要是我没有篡夺了我自己。

薇奥拉　假如您就是她，那么您的确是篡夺您自己了。因为您有权力给予别人的，您却没有权力把它藏匿起来。但是这种话跟我来此的使命无关，我要继续着恭维您的言辞，然后告知您我的来意。

奥丽维娅　把重要的话说出来，恭维免了吧。

薇奥拉　唉！我好容易才把它背熟，而且它又是很有诗意的。

奥丽维娅　那么多半是些鬼话，请你留着不用说了吧。我听说你在我门口一味顶撞，让你进来只是为要看看你究竟是个什么人，并不是要听你说话。要是你没有发疯，那么去吧；要是你明白事理，那么说得简单一些：我现在没有那样心思去理会一段没有意思的谈话。

玛利娅　请你动身吧，先生，这儿便是你的路。

薇奥拉　不，好清道夫，我还要在这儿闲荡一会儿呢。亲爱的小姐，请您劝劝您这位“彪形大汉”别那么神气活现。

奥丽维娅　把你的尊意告诉我。

薇奥拉　我是一个使者。

奥丽维娅　你那种礼貌那么可怕，你带来的信息也一定是些坏事情。有什么话说出来吧。

薇奥拉　除了您之外不能让别人听见。我不是来向您宣战，也不是来要求您臣服；我手里握着橄榄枝，我的话里充满了和平，也充满了意义。

奥丽维娅　可是你一开始就不讲礼。你是谁？你要的是什么？

薇奥拉　我的不讲礼是我从你们对我的接待上学来的。我是谁，我要些什么，是个秘密，在您的耳中是神圣，别人听起来就是亵渎。

奥丽维娅　你们都走开吧，我们要听一听这段神圣的话。（玛利娅及侍从等下）现在，先生，请教你的经文？

薇奥拉　最可爱的小姐——

奥丽维娅　倒是一种叫人听了怪舒服的教理，可以大发议论呢。你的经文呢？

薇奥拉　在奥西诺的心头。

奥丽维娅　在他的心头！在他的心头的哪一章？

薇奥拉　照目录上排起来，是他心头的第一章。

奥丽维娅　噢！那我已经读过了，无非是些旁门左道。你没有别的话要说了吗？

薇奥拉　好小姐，让我瞧瞧您的脸。

奥丽维娅　贵主人有什么事要差你来跟我的脸接洽吗？你现在岔开你的正文了，

可是我们不妨拉开幕儿，让你看看这幅图画。（揭除面幕）你瞧，先生，我就是这个样子，它不是画得很好吗？

薇奥拉　要是一切都出于上帝的手，那真是绝妙之笔。

奥丽维娅　它的色彩很耐久，先生，受得起风霜的侵蚀。

薇奥拉　那真是各种色彩精妙地调和而成的美貌，那红红的白白的都是造化亲自用他的可爱的巧手敷上去的。小姐，您是世上最忍心的女人，要是您甘心让这种美埋没在坟墓里，不给世间留下一份副本。

奥丽维娅　啊！先生，我不会那样狠心。我可以列下一张我的美貌的清单，一一开陈清楚，把每一件细目都载在我的遗嘱上，例如：一款，浓淡适中的朱唇两片；一款，灰色的倩眼一双，附眼睑；一款，玉颈一围，柔颐一个，等等。你是奉命到这儿来恭维我的吗？

薇奥拉　我明白您是个什么样的人了。您太骄傲了，可是即使您是个魔鬼，您是美貌的。我的主人爱着您。啊！这么一种爱情，即使您是人间的绝色，也应该酬答他的。

奥丽维娅　他怎样爱着我呢？

薇奥拉　用崇拜，大量的眼泪，震响着爱情的呻吟，吞吐着烈火的叹息。

奥丽维娅　你的主人知道我的意思，我不能爱他。虽然我想他品格很高，知道他很尊贵，很有身份，年轻而纯洁，有很好的名声，慷慨，博学，勇敢，长得又体面，可是我还是不能爱他，他老早就已经得到我的回音了。

薇奥拉　要是我也像我主人一样热情地爱着您，也是这样的受苦，这样了无生趣地把生命拖延，我不会懂得您的拒绝是什么意思。

奥丽维娅　啊，你准备怎样呢？

薇奥拉　我要在您的门前用柳枝筑成一所小屋，不时到府中访谒我的灵魂；我要吟咏着被冷淡的忠诚的爱情的篇什，不顾夜多么深我要把它们高声歌唱，我要向着回声的山崖呼喊您的名字，使饶舌的风都叫着“奥丽维娅”。啊！您在天地之间将要得不到安静，除非您怜悯了我！

奥丽维娅　你的口才倒是颇堪造就的。你的家世怎样？

薇奥拉　超过于我目前的境遇，但我是个有身份的士人。

奥丽维娅　回到你主人那里去。我不能爱他，叫他不要再差人来了，除非你再来见我，告诉我他对于我的答复觉得怎样。再会！多谢你的辛苦，这几个钱赏给你。

薇奥拉　我不是个要钱的信差，小姐，留着您的钱吧。不曾得到报酬的，是我的主人，不是我。但愿爱神使您所爱的人也是心如铁石，好让您的热情也跟我主人的一样遭到轻蔑！再会，狠心的美人！（下）

奥丽维娅　“你的家世怎样？”“超过于我目前的境遇，但我是个有身份的士人。”我可以发誓你一定是的，你的语调，你的脸，你的肢体、动作、精神，各方面都可以证明你的高贵。——别这么性急。且慢！且慢！除非颠倒了主仆的名分。——什么！这么快便染上那种病了？我觉得好像这个少年的美处在悄悄地蹑步进入我的眼中。好，让它去吧。喂！马伏里奥！

【马伏里奥重上。

马伏里奥　有，小姐，听候您的吩咐。

奥丽维娅　去追上那个无礼的使者，公爵差来的人，他不管我要不要，硬把这戒指留下。对他说我不要，请他不要向他的主人献功，让他的主人死心，我跟他的主人没有缘分。要是那少年明天还打这儿走过，我可以告诉他为什么。去吧，马伏里奥。

马伏里奥　是，小姐。（下）

奥丽维娅　我的行事我自己全不懂，
怎一下子便会把人看中？
一切但凭着命运的吩咐，
谁能够做得了自己的主！（下）

第二幕

第一场　海　滨

【安东尼奥及西巴斯辛上。

安东尼奥　您不愿住下去了吗？您也不愿让我陪着您去吗？

西巴斯辛　请您原谅，我不愿。我是个倒霉的人，我的晦气也许会连累您，所以我要请您离开我，好让我独自担承我的厄运。假如连累到您身上，那是太辜负您的好意了。

安东尼奥　可是让我知道您的去向吧。

西巴斯辛　不瞒您说，先生，我不能告诉您，因为我所决定的航行不过是无目的的漫游。可是我看您这样有礼，您一定不会强迫我说出我所保守的秘密来，因此按礼该我来向您表白我自己。安东尼奥，您要知道我的名字是西巴斯辛，罗德利哥是我的化名。我的父亲便是梅萨林的西巴斯辛，我知道您一定听说过他的名字。他死后丢下我和一个妹妹，我们两人是在同一个时辰出生的，我多么希望上天也让我们两个人在同一个时辰死去！可是您，先生，却来改变我的命运，因为就在您把我从海浪里打救起来之前不久，我的妹妹已经淹死了。

安东尼奥　唉，可惜！

西巴斯辛　先生，虽然人家说她非常像我，许多人都说她是个美貌的姑娘，我虽然不好意思相信这句话，但是至少可以大胆说一句，即使妒忌她的人也不能不承认她有一颗美好的心。她已经被海水淹死了，先生，虽然似乎我要用更多的泪水来淹没对她的记忆。

安东尼奥　先生，请您恕我招待不周。

西巴斯辛　啊，好安东尼奥！我才是多多打扰您了哪！

安东尼奥　要是您看在您我交情的份上，不愿叫我痛不欲生的话，请您允许我做您的仆人吧。

西巴斯辛　您已经搭救了我的生命，要是您不愿让我抱愧而死，那么请不要提出那样的请求，免得您白白救了我一场。我立刻告辞了！我的心是怪软的，还不曾脱去我母亲的性质，为了一点点理由，我的眼睛里就会露出我的弱点来。我要到奥西诺公爵的宫廷里去，再会了。（下）

安东尼奥　一切神明护佑着您！我在奥西诺的宫廷里有许多敌人，否则我会马上到那边去会您——

但无论如何我爱您太深，
履险如夷我定要把您寻。（下）

第二场　街　道

【薇奥拉上，马伏里奥随上。

马伏里奥　您不是刚从奥丽维娅伯爵小姐那儿来的吗？

薇奥拉　是的，先生，因为我走得慢，所以现在还不过在这儿。

马伏里奥　先生，这戒指她还给您。您当初还不如自己拿走呢，免得我麻烦。她又说您必须叫您家主人死心，明白她不要跟他来往。还有，您不用再那么莽撞地到这里来替他说话了，除非来回报一声您家主人已经对她的拒绝表示认可。好，拿去吧。

薇奥拉　她自己拿了我这戒指去的，我不要。

马伏里奥　算了吧，先生，您使性子把它丢给她，她的意思也要我把它照样丢还给您。假如它是值得弯下身子拾起来的话，它就在您的眼前；不然的话，让什么人看见就给什么人拿去吧。（下）

薇奥拉　我没有留下戒指呀，这位小姐是什么意思？但愿她不要迷恋了我的外貌才好！她把我打量得那么仔细，真的，我觉得她看得我那么出神，连自己讲的什么话儿也顾不了了，那么没头没脑，颠颠倒倒的。一定的，她爱上我啦，情急智生，才差这个无礼的使者来邀请我。不要我主人的戒指！嘿，他并没有把什么戒指送给她呀！我才是她意中的人，真是这样的话——事实上确是这样——那么，可怜的小姐，她真是做梦了！我现在才明白假扮的确不是一桩好事情，魔鬼会乘机大显他的身手。一个又漂亮又靠不住的男人，多么容易占据了女人家柔弱的心！唉！这都是我们生性脆弱的缘故，不是我们自身的错处，因为上天造下我们是哪样的人，我们就是哪样的人。这种事情怎么了结呢？我的主人深深地爱着她；我呢，可怜的小鬼，也是那样恋着他；她呢，认错了人，似乎在思念我。这怎么了呢？因为我是个男人，我没有希望我的主人爱上我；因为我是个女人，唉！可怜的奥丽维娅也要白费无数的叹息了！

这纠纷要让时间来理清；

叫我打开这结儿怎么成！（下）

第三场　奥丽维娅宅中一室

【托比·培尔契爵士及安德鲁·艾古契克爵士上。

托　比　过来，安德鲁爵士。深夜不睡即是起身得早；“起身早，身体好”，你知道的——

安德鲁　不，老实说，我不知道，我知道的是深夜不睡便是深夜不睡。

托　比　一个错误的结论，我听见这种话就像看见一个空酒瓶那么头痛。深夜不睡，过了半夜才睡，那就是到大清早才睡，岂不是睡得很早？我们的生命不是由四大元素组成的吗？

安德鲁　不错，他们是这样说，可是我以为我们的生命不过是吃吃喝喝而已。

托　比　你真有学问，那么让我们吃吃喝喝吧。玛利娅，喂！开一瓶酒来！

【小丑上。

安德鲁　那个傻子来啦。

小　丑　啊，我的心肝们！咱们刚好凑成一幅《三个臭皮匠》。

托　比　欢迎，驴子！现在我们来一个轮唱歌吧。

安德鲁　说老实话，这傻子有一副很好的喉咙。我宁愿拿四十个先令去换他这么一条腿和这么一副可爱的声音。真的，你昨夜打诨打得很好，说什么匹格罗格罗密忒斯哪，维比亚人越过了丘勃斯的赤道线哪，真是好得很。我送六便士给你的姘头，收到了没有？

小　丑　你的恩典我已经放进了我的口袋。因为马伏里奥的鼻子不是鞭柄，我的小姐有一双玉手，她的跟班们不是开酒馆的。

安德鲁　好极了！嗯，无论如何这要算是最好的打诨了。现在唱个歌吧。

托　比　来，给你六便士，唱个歌吧。

安德鲁　我也有六便士给你呢，要是一个骑士大方起来——

小　丑　你们要我唱支爱情的歌呢，还是唱支劝人为善的歌？

托　比　唱个情歌，唱个情歌。

安德鲁　是的，是的，劝人为善有什么意思。

小　丑　（唱）

你到哪儿去，啊，我的姑娘？
听呀，那边来了你的情郎，
嘴里吟着抑扬的曲调。
不要再走了，美貌的亲亲；
恋人的相遇终结了行程，
每个聪明人全都知晓。

安德鲁　真好极了！

托　比　好，好！

小　丑　（唱）

什么是爱情？它不在明天；
欢笑嬉游莫放过了眼前，
将来的事有谁能猜料？
不要蹉跎了大好的年华；
来吻着我吧，用你百般甜唇，
转眼青春早化成衰老。

安德鲁　凭良心说话，好一副流利的歌喉！

托　比　好一股恶臭的气息！

安德鲁　真的，很甜蜜又很恶臭。

托　比　用鼻子听起来，那么恶臭也很动听。可是我们要不要让天空跳起舞来呢？

我们要不要唱一支轮唱歌，把夜枭吵醒，那曲调会叫一个织工听了三魂出窍？

安德鲁　要是你爱我，让我们来一下吧，唱轮唱歌我挺拿手啦。

小　丑　对啦，大人，有许多狗也会唱得很好。

安德鲁　不错不错。让我们唱《你这坏蛋》吧。

小　丑　《闭住你的嘴，你这坏蛋》，是不是这一首，骑士？那么我可不得不叫你做坏蛋啦，骑士。

安德鲁　人家不得不叫我做坏蛋，这也不是第一次。你开头，傻子，第一句是，“闭住你的嘴。”

小　丑　要是我闭住我的嘴，我就再也开不了头啦。

安德鲁　说得好，真的。来，唱起来吧。（三人唱轮唱歌）

【玛利娅上。

玛利娅　你们在这里猫儿叫春似的闹些什么呀！要是小姐没有叫起她的管家马伏里奥来把你们赶出门外去，再不用相信我的话好了。

托　比　小姐是个骗子，我们都是大人物，马伏里奥是拉姆西的佩格姑娘。

我们是三个快活的人。

我不是同宗吗？我不是她的一家人吗？胡说八道，姑娘！巴比伦有一个人，姑娘，姑娘！

小　丑　要命，这位老爷真会开玩笑。

安德鲁　哦，他高兴开起玩笑来，开得可是真好，我也一样；不过他的玩笑开得富于风趣，而我的玩笑开得更为自然。

托　比　啊！十二月十二——

玛利娅　看在上帝的面上，别闹了吧！

【马伏里奥上。

马伏里奥　我的爷爷们，你们疯了吗，还是怎么啦？难道你们没有脑子，不懂规矩，全无礼貌，在这种夜深时候还要像一群发酒疯的补锅匠似的乱吵？你们把小姐的屋子当作一间酒馆，好让你们直着喉咙，唱那种鞋匠的歌儿吗？难道你们全不想想这是什么地方，这儿住的是什么人，或者现在是什么时刻了吗？

托　比　老兄，我们的轮唱是严守时刻的。你去上吊吧！

马伏里奥　托比老爷，莫怪我说句不怕忌讳的话。小姐吩咐我告诉您说，她虽然把您当个亲戚留住在这儿，可是她不能容忍您那种胡闹。要是您能够循规蹈矩，我们这儿是十分欢迎您的；否则的话，要是您愿意向她告别，她一定会让您走。

托　比　既然我非去不可，那么再会吧，亲亲！

玛利娅　别这样，好托比老爷。

小　丑　他的眼睛显示出他末日将要来临。

马伏里奥　岂有此理！

托　比　可是我绝对不会死亡。

小　丑　托比老爷，您在说谎。

马伏里奥　真有体统！

托　比　我要不要叫他滚蛋？

小　丑　叫他滚蛋又怎样？

托　比　要不要叫他滚蛋，毫无留贷？

小　丑　啊！不，不，不，你没有这种胆量。

托　比　唱的不入调吗？先生，你说谎！你不过是一个管家，有什么可以神气的？你以为你自己道德高尚，人家便不能喝酒取乐了吗？

小　丑　是啊，以圣安起誓，生姜吃下嘴去也总是辣的。

托　比　你说得一点也不错。——去，朋友，用面包屑去擦你的项链吧。开一瓶酒来，玛利娅！

马伏里奥　玛利娅姑娘，要是你没有把小姐的恩典看作一钱不值，你可不要帮助他们做这种胡闹，我一定会去告诉她的。（下）

玛利娅　滚你的吧！

安德鲁　向他挑战，然后失约，愚弄他一下子，倒是个很好的办法，就像人肚子饿了喝酒一样。

托　比　好，骑士，我给你写挑战书，或者代你去口头通知他你的愤怒。

玛利娅　亲爱的托比老爷，今夜请忍耐一下子吧，今天公爵那边来的少年会见了小姐之后，她心里很烦。至于马伏里奥先生，我去对付他好了。要是我不把他愚弄得给人当作笑柄，让大家取乐儿，我便是个连直挺挺躺在床上都不会的蠢东西。我知道我一定能够。

托　比　告诉我们，告诉我们，告诉我们一些关于他的事情。

玛利娅　好，老爷，有时候他有点儿像清教徒。

安德鲁　啊！要是我早想到了这一点，我要把他打得像狗一样呢。

托　比　什么，为了像清教徒吗？你有什么绝妙的理由，亲爱的骑士？

安德鲁　我没有什么绝妙的理由，可是我有充分的理由。

玛利娅　他是个鬼清教徒，反复无常、逢迎取巧是他的本领；一头装腔作势的驴子，背熟了几句官话，便倒也似的倒了出来。自信非凡，以为自己真了不得，谁看见他都会爱他。我可以凭着那个弱点堂堂正正地给他一顿教训。

托　比　你打算怎样？

玛利娅　我要在他走过的路上丢一封暧昧的情书，里面活生生地描写着他的胡须的颜色、他的腿的形状、他走路的姿势、他的眼睛、额角和脸上的表情，他一见就会觉得写的是他自己。我会学您侄女的笔迹写字，在已经忘记了的信件上，我们连自己的笔迹也很难辨认呢。

托　比　好极了，我嗅到一个计策了。

安德鲁　我鼻子里也闻到了呢。

托　比　他见了你丢下的这封信，便会以为是我的侄女写的，以为她爱上了他。

玛利娅　我的意思正是这样。

安德鲁　你的意思是要叫他变成一头驴子。

玛利娅　驴子，那是毫无疑问的。

安德鲁　啊！那好极了！

玛利娅　出色的把戏，你们瞧着好了，我知道我的药对他一定生效。我可以把你们两人连那傻子安顿在他拾那信的地方，瞧他怎样把它解释。今夜呢，大家上床睡去，梦着那回事吧。再见。（下）

托　比　晚安，好姑娘！

安德鲁　我说，她是个好丫头。

托　比　她是头纯种的小猎犬，很爱我，怎样？

安德鲁　我也曾经给人爱过呢。

托　比　我们去睡吧，骑士。你应该叫家里再寄些钱来。

安德鲁　要是我不能得到你的侄女，我就大上其当了。

托　比　去要钱吧，骑士，要是你结果终不能得到她，你就叫我傻子。

安德鲁　要是我不去要，就再不要相信我，随你怎么办都行。

托　比　来，来，我去烫些酒来，现在去睡太晚了。来，骑士。来，骑士。（同下）

第四场　公爵府中一室

【公爵、薇奥拉、丘里奥及余人等上。

公　爵　给我奏些音乐。早安，朋友们。好西萨里奥，我只要听我们昨晚听的那支古曲，我觉得它比目前轻音乐中那种轻倩的乐调和警炼的字句更能慰解我的痴情。来，就唱一节吧。

丘里奥　启禀殿下，会唱这歌儿的人不在这儿。

公　爵　他是谁？

丘里奥　是那个弄人费斯特，殿下，他是奥丽维娅小姐的尊翁所宠幸的傻子。他就在这儿附近。

公　爵　去找他来，现在先把那曲调奏起来吧。（丘里奥下。奏乐）过来，孩子。要是你有一天和人恋爱了，请在甜蜜的痛苦中记着我。因为真心的恋人都像我一样，在其他一切情感上都是轻浮易变，但他所爱的人儿的影像，却永远铭刻在他的心头。你喜不喜欢这个曲调？

薇奥拉　它传出了爱情的宝座上的回声。

公　爵　你说得很好。我相信你虽然这样年轻，你的眼睛一定曾经看中过什么人；是不是，孩子？

薇奥拉　略微有点，请您原谅我。

公　爵　是个什么样子的女人呢？

薇奥拉　相貌跟您差不多。

公　爵　那么她是不配被你爱的。什么年纪呢？

薇奥拉　年纪也跟您差不多，殿下。

公　爵　啊，那太老了！女人应当找一个比她年纪大些的男人，这样她才跟他合得来，不会失去她丈夫的欢心。因为，孩子，不论我们怎样自称自赞，我们的爱情总比女人们流动不定些，富于希求，易于反复，更容易消失而生厌。

薇奥拉　这一层我也想到了，殿下。

公　爵　那么还是选一个比你年轻一点的姑娘做你的爱人吧，否则你的爱情便不能常青——

女人正像是娇艳的蔷薇，
花开才不久便转眼枯萎。

薇奥拉　是啊，可叹她刹那的光荣，早枝头零落留不住东风！

【丘里奥偕小丑重上。

公　爵　啊，朋友！来，把我们昨夜听的那支歌儿再唱一遍。好好听着，西萨里奥。那是个古老而平凡的歌儿，是晒着太阳的纺线工人和织布工人以及无忧无虑的制花边的女郎们常唱的。歌里的话儿都是些平常不过的真理，搬弄着纯朴的古代的那种爱情的纯洁。

小　丑　您准备好了吗，殿下？

公　爵　好，你请唱吧。（奏乐）

小　丑　（唱）

过来吧，过来吧，死神！
让我横陈在凄凉的柏棺[①]的中央；
飞去吧，飞去吧，浮生！
我被害于一个狠心的美貌姑娘。
为我罩上白色的殓衾铺满紫衫；
没有一个真心的人为我而悲哀。
莫让一朵花儿甜柔，
撒上了我那黑色的、黑色的棺材；
没有一个朋友迓候
我尸身，不久我的骨骼将会散开。
免得多情的人们千万次的感伤，
请把我埋葬在无从凭吊的荒场。

公　爵　这是赏给你的辛苦钱。

小　丑　一点不辛苦，殿下，我以唱歌为乐呢。

公　爵　那么就算赏给你的快乐钱。

小　丑　不错，殿下，快乐总是要付出代价的。

公　爵　现在请让我不要再见到你。

小　丑　好，忧愁之神保佑着你！但愿裁缝用闪缎给你裁一身衫子，因为你的心

---

① 此处“柏棺”原文为Cypress，自来注家均肯定应做Crape（丧礼用之黑色绉纱）解释，按字面解Cypress为一种杉柏之属，径译“柏棺”，在语调上似乎更为适当，故仍将错就错，据字意译。

就像猫眼石那样闪烁不定。我希望像这种没有恒心的人都航海去，好让他们过着五湖四海，千变万化的生活，因为这样的人最后总会两手空空地回家。再会。（下）

公　爵　大家都退开去。（丘里奥及侍从等下）西萨里奥，你再给我到那位狠心的女王那边去，对她说，我的爱情是超越世间的，泥污的土地不是我所看重的事物；命运所赐给她的尊荣财富，你对她说，在我的眼中都像命运一样无常；吸引我的灵魂的是她的天赋的灵奇，绝世的仙姿。

薇奥拉　可是假如她不能爱您呢，殿下？

公　爵　我不能得到这样的回音。

薇奥拉　可是您不能不得到这样的回音。假如有一位姑娘——也许真有那么一个人——也像您爱着奥丽维娅一样痛苦地爱着您，您不能爱她，您这样告诉她，那么她岂不是非得接受这样的答复吗？

公　爵　女人的小小的身体一定受不住像爱情强加于我心中的那种激烈的搏跳。女人的心没有这样广大，可以藏得下这许多，她们缺少含忍的能力。唉，她们的爱就像一个人的口味一样，不是从脏腑里，而是从舌尖上感觉到的，过饱了便会食伤呕吐；可是我的爱就像饥饿的大海，能够消化一切。不要把一个女人所能对我发生的爱情跟我对于奥丽维娅的爱情相提并论吧。

薇奥拉　哦，可是我知道——

公　爵　你知道什么？

薇奥拉　我知道得很清楚女人对于男人会怀着怎样的爱情。真的，她们是跟我们一样真心的。我的父亲有一个女儿，她爱上了一个男人，正像假如我是个女人也许会爱上了殿下您一样。

公　爵　她的历史怎样？

薇奥拉　一片空白而已，殿下。她从来不向人诉说她的爱情，让隐藏在内心中的抑郁像蓓蕾中的蛀虫一样，侵蚀着她的绯红的脸颊。她因相思而憔悴，疾病和忧愁折磨着她，像是墓碑上刻着的“忍耐”的化身，默坐着向悲哀微笑。这不是真的爱情吗？我们男人也许更多话，更会发誓，可是我们所表示的，总多于我们所决心实行的；不论我们怎样山盟海誓，我们的爱情总不过如此。

公　爵　但是你的姐姐有没有殉情而死，我的孩子？

薇奥拉　我父亲的女儿只有我一个，儿子也只有我一个——可她有没有殉情我不知道。殿下，我要不要就去见这位小姐？

公　爵　对了，这是正事——

快前去，送给她这颗珍珠；

说我的爱情永不会认输。（各下）

第五场　奥丽维娅的花园

【托比·培尔契爵士、安德鲁·艾古契克爵士及费边上。

托　比　来吧，费边先生。

费　边　噢，我就来，要是我把这场好戏略微错过了一点点儿，让我在懊恼里煎死了吧。

托　比　让这个卑鄙龌龊的丑东西出一场丑，你高兴不高兴？

费　边　我才要快活死哩！您知道那次我因为耍熊，被他在小姐跟前说我坏话。

托　比　我们再把那头熊牵来激他发怒，我们要把他捉弄得体无完肤。你说怎样，安德鲁爵士？

安德鲁　要是我们不那么做，那才是终身的憾事呢。

托　比　小坏东西来了。

【玛利娅上。

托　比　啊，我的小宝贝！

玛利娅　你们三人都躲到黄杨树后面去。马伏里奥正从这条道上走过来了。他已经在那边太阳光底下对他自己的影子练习了半个钟头仪法。谁要是喜欢笑话，就留心瞧着他吧。我知道这封信一定会叫他变成一个发痴的呆子的。凭着玩笑的名义，躲起来吧！你躺在那边。（丢下一信）这条鲟鱼已经来了，你不去撩撩他的痒处是捉不到手的。（下）

【马伏里奥上。

马伏里奥　不过是运气，一切都是运气。玛利娅曾经对我说过小姐喜欢我，我也曾经听见她自己说过那样的话，说要是她爱上了人的话，一定要选像我这种脾气的人。而且，她待我比待其他的下人显得分外尊敬。这点我应该怎么解释呢？

托　比　瞧这个自命不凡的混蛋！

费　边　静些！他已经痴心妄想得变成一头出色的火鸡了。瞧他那种蓬起了羽毛高视阔步的样子！

安德鲁　他妈的，我可以把这混蛋痛打一顿！

托　比　别闹啦！

马伏里奥　做了马伏里奥伯爵！

托　比　啊，混蛋！

安德鲁　给他吃手枪！给他吃手枪！

托　比　别闹！别闹！

马伏里奥　这种事情是有前例可援的，斯特拉契夫人也下嫁给了家臣。

安德鲁　该死，这畜生！

费　边　静些！现在他着了魔啦，瞧他越想越得意。

马伏里奥　跟她结婚过了三个月，我坐在我的宝座上——

托　比　啊！我要弹一颗石子到他的眼睛里去！

马伏里奥　身上披着绣花的丝绒袍子，召唤我的臣僚过来；那时我刚睡罢午觉，撇下奥丽维娅酣睡未醒——

托　比　大火硫黄烧死他！

费　边　静些！静些！

马伏里奥　那时我装出一副威严的神气，先目光凛凛地向众人瞟视一周，对他们表示我知道我的地位，他们也必须明白自己的身份，然后吩咐他们去请我的托比老叔过来——

托　比　把他铐起来！

费　边　别闹！别闹！别闹！好啦！好啦！

马伏里奥　我的七个仆人恭恭敬敬地前去找他。我皱了皱眉头，或者给我的表上了上弦，或者抚弄着我的——什么珠宝之类。托比来了，向我行了个礼——

托　比　这家伙可以让他活命吗？

费　边　哪怕有几辆马车要把我们的静默拉走，也不要闹吧！

马伏里奥　我这样向他伸出手去，用一副庄严的威势来抑住我的亲昵的笑容——

托　比　那时托比不就给了你一个嘴巴子吗？

马伏里奥　说，“托比叔父，我已蒙令侄女不弃下嫁，请您准许我这样说话——”

托　比　什么？什么？

马伏里奥　“您必须把喝酒的习惯戒掉。”

托　比　他妈的，这狗东西！

费　边　哎，别生气，否则我们的计策就要失败了。

马伏里奥　“而且，您还把您的宝贵的光阴跟一个傻瓜骑士在一块儿浪费——”

安德鲁　说的是我，一定的啦。

马伏里奥　“那个安德鲁爵士——”

安德鲁　我知道是我，因为许多人都管我叫傻瓜。

马伏里奥　（见信）这儿有些什么东西呢？

费　边　现在那蠢鸟走近陷阱旁边来了。

托　比　啊，静些！但愿能操纵人心意的神灵叫他高声朗读。

马伏里奥　（拾信）哎哟，这是小姐的手笔！瞧这一钩一弯一横一竖，那不正是她的笔锋吗？没有问题，一定是她写的。

安德鲁　她的一钩一弯一横一竖，那是什么意思？

马伏里奥　（读）“给不知名的恋人，至诚的祝福。”完全是她的口气！对不住，封蜡。且慢！这封口上的钤记不就是她一直用作封印的鲁克丽丝的肖像吗？一定是我的小姐。可是那是写给谁的呢？

费　边　这叫他心窝儿里都痒起来了。

马伏里奥　（读）

知我者天，
我爱为谁？
慎莫多言，
莫令人知。

“莫令人知。”下面还写些什么？又换了句调了！“莫令人知”，说的也许是你哩，马伏里奥！

托　比　嘿，该死，这獾子！

马伏里奥　（读）

我可以向我所爱的人发号施令；
但隐秘的衷情如鲁克丽丝之刀，
杀人不见血地把我的深心剚刃：
我的命在M，O，A，I的手里飘摇。

费　边　无聊的谜语！

托　比　我说是个好丫头。

马伏里奥　“我的命在M，O，A，I的手里飘摇。”不，让我先想一想，让我想一想，让我想一想。

费　边　她给他吃了一服多好的毒药！

托　比　瞧那只鹰儿多么饿急似的想一口吞下去！

马伏里奥　“我可以向我所爱的人发号施令。”哦，她可以命令我，我侍候着她，她是我的小姐。这是无论哪个有一点点脑子的人都看得出来的，全然合得拢。可是那结尾一句，那几个字母又是什么意思呢？能不能牵附到我的身上？——慢慢！M，O，A，I——

托　比　哎，这应该想个法儿，他弄糊涂了。

费　边　即使像一只狐狸那样骚气冲天，这狗子也会闻出味来，汪汪地叫起来的。

马伏里奥　M，马伏里奥，M，嘿，那正是我的名字的第一个字母哩。

费　边　我不是说他会想出来的吗？这狗的鼻子在没有味的地方也会闻出味来。

马伏里奥　M——可是这次序不大对，这样一试，反而不成功了。跟着来的应该是个A字，可是是个O字。

费　边　我希望O字应该放在结尾的吧？

托　比　对了，否则我要揍他一顿，让他喊出个“O！”来。

马伏里奥　A的背后又跟着个I。

费　边　哼，要是你背后生眼睛[①]的话，你就知道你眼前并没有什么幸运，你的背后却有倒霉的事跟着呢。

马伏里奥　M，O，A，I，这隐语可跟前面所说的不很合辙。可是稍微把它颠倒一下，也就可以适合我了，因为这几个字母都在我的名字里。且慢！这儿还有散文呢。（读）“要是这封信落到你手里，请你想一想。照我的命运而论，我是在你之上，可是你不用惧怕富贵：有的人是生来的富贵，有的人是挣来的富贵，有的人是送上来的富贵。你的好运已经向你伸出手来，赶快用你的全部精神抱住它。你应该练习一下怎样才合乎你所将要做的那种人的身份，脱去你卑恭的旧习，放出一些活泼的神气来。对亲戚不妨分庭抗礼，

① 眼睛原文为eye，与I音相近。

对仆人不妨摆摆架子；你嘴里要鼓唇弄舌地谈些国家大事，装出一副矜持的样子。为你叹息的人儿这样吩咐着你。记着谁曾经赞美过你的黄袜子，愿意看见你永远扎着十字交叉的袜带。我对你说，你记着吧。好，只要你自己愿意，你就可以出头了。否则让我见你一生一世做个管家，与众仆为伍，不值得抬举。再会！我是愿意跟你交换地位的，幸运的不幸者。”青天白日也没有这么明白，平原旷野也没有这么显豁。我要摆起架子来，谈起国家大事来；我要叫托比丧气，我要断绝那些鄙贱之交，我要一点不含糊地做起这么一个人来。我没有自己哄骗自己，让想象把我愚弄，因为每一个理由都指点着说，我的小姐爱上我了。她最近称赞过我的黄袜子和我的十字交叉的袜带，她就是用这方法表示她爱我，用一种命令的方法叫我打扮成她所喜欢的样式。谢谢我的命星，我好幸福！我要放出高傲的神气来，穿了黄袜子，扎着十字交叉的袜带，立刻就去装束起来。赞美上帝和我的命星！这儿还有附启。（读）“你一定想得到我是谁。要是你接受我的爱情，请你用微笑表示你的意思，你的微笑是很好看的。我的好人儿，请你当着我的面永远微笑吧。”上帝，我谢谢你！我要微笑，我要做每一件你吩咐我做的事。（下）

费　边　即使波斯王给我一笔几千块钱的恩俸，我也不愿错过这场玩意儿。

托　比　这丫头想得出这种主意，我简直可以娶了她。

安德鲁　我也可以娶了她呢。

托　比　我不要她什么嫁妆，只要再给我想出这么一个笑话来就行了。

安德鲁　我也不要她什么嫁妆。

费　边　我那位捉蠢鹅的好手来了。

【玛利娅重上。

托　比　你愿意把你的脚搁在我的头颈上吗？

安德鲁　或者搁在我的头颈上？

托　比　要不要我把我的自由孤注一掷，做你的奴隶？

安德鲁　是的，要不要我也做你的奴隶？

托　比　你已经叫他大做其梦，要是那种幻象一离开了他，他一定会发疯的。

玛利娅　可是您老实对我说，他中计了吗？

托　比　就像收生婆喝了烧酒一样。

玛利娅　要是你们要看看这场把戏会闹出什么结果来，请看好他怎样到小姐跟前去：他会穿起黄袜子，那正是她所讨厌的颜色；还要扎着十字交叉的袜带，那正是她所厌恶的式样；他还要向她微笑，照她现在那样悒郁的心境，她一定会不高兴，管保叫他大受一场没趣。假如你们要看的话，跟我来吧。

托　比　好，就是到地狱门口也行，你这好机灵鬼！

安德鲁　我也要去。（同下）

第三幕

第一场　奥丽维娅的花园

【薇奥拉及小丑持手鼓上。

薇奥拉　上帝保佑你和你的音乐，朋友！你是靠着打手鼓过日子的吗？

小　丑　不，先生，我靠着教堂过日子。

薇奥拉　你是个教士吗？

小　丑　没有的事，先生。我靠着教堂过日子，因为我住在我的家里，而我的家是在教堂附近。

薇奥拉　你也可以说，国王住在叫花子窝的附近，因为叫花子住在王宫的附近；教堂筑在你的手鼓旁边，因为你的手鼓放在教堂旁边。

小　丑　您说得对，先生。人们一代比一代聪明了！一句话对于一个聪明人就像是一副小山羊皮的手套，一下子就可以翻了过来。

薇奥拉　嗯，那是一定的啦。善于在字面上翻弄花样的，很容易流于轻薄。

小　丑　那么，先生，我希望我的妹妹不要有名字。

薇奥拉　为什么呢，朋友？

小　丑　先生，她的名字不也是个字吗？在那个字上面翻弄翻弄花样，也许我的妹妹就会轻薄起来。可是文字自从失去自由以后，也就变成很危险的家伙了。

薇奥拉　为什么呢，朋友？

小　丑　不瞒您说，先生，要是我向您说出理由来，那非得用文字不可。可是现在文字变得那么坏，我真不高兴用它们来证明我的理由。

薇奥拉　我敢说你是个快活的家伙，万事都不关心。

小　丑　不是的，先生，我所关心的事倒有一点儿。可是凭良心说，先生，我可一点不关心您。如果不关心您就是无所关心的话，先生，我倒希望您也能够化为乌有才好。

薇奥拉　你不是奥丽维娅小姐府中的傻子吗？

小　丑　真的不是，先生。奥丽维娅小姐不喜欢傻气，她要嫁了人才会在家里养起傻子来，先生。傻子之于丈夫，犹之乎小鱼之于大鱼，丈夫不过是个大一点的傻子而已。我真的不是她的傻子，我是给她说说笑话的人。

薇奥拉　我最近曾经在奥西诺公爵那里看见过你。

小　丑　先生，傻气就像太阳一样环绕着地球，到处放射它的光辉。要是傻子不常到您主人那里去，如同常在我的小姐那儿一样，那么，先生，我可真是抱歉。我想我也曾经在那边看见过您这聪明人。

薇奥拉　哼，你要在我身上打趣，我可要不睬你了。拿去，这个钱给你。（给他一枚钱币）

小　丑　好，上帝保佑您长起胡子来吧！

薇奥拉　老实告诉你，我倒真为了胡子害相思呢，虽然我不要在自己脸上长起来。小姐在里面吗？

小　丑　（指着钱币）先生，您要是再赏我一个钱，凑成两个，不就可以养儿子了吗？

薇奥拉　不错，如果你拿它们去放债取利息。

小　丑　先生，我愿意做个弗里吉亚的潘达洛斯，给这个特洛伊罗斯找一个克瑞西达[①]来。

薇奥拉　我知道了，朋友，你很善于乞讨。

小　丑　我希望您不会认为这是非分的乞讨，先生，我要乞讨的不过是个叫花子——克瑞西达后来不是变成个叫花子了吗？小姐就在里面，先生。我可以对他们说明您是从哪儿来的，至于您是谁，您来有什么事，那就不属于我的领域之内了——我应当说“范围”，可是那两个字已经给人用得太熟了。（下）

薇奥拉　这家伙扮傻子很有点儿聪明。装傻装得好也是要靠才情的：他必须窥伺被他所取笑的人们的心情，了解他们的身份，还得看准了时机；然后像窥伺着眼前每一只鸟雀的野鹰一样，每个机会都不放过。这是一种和聪明人的艺

---

① 关于特洛伊罗斯与克瑞西达恋爱的故事可参看莎士比亚所著悲剧《特洛伊罗斯与克瑞西达》。潘达洛斯系克瑞西达之舅，为他们之间撮合者。克瑞西达因生性轻浮，后被人所弃，沦为乞丐。

术一样艰难的工作：傻子不妨说几句聪明话，聪明人说傻话难免笑骂。

【托比·培尔契爵士、安德鲁·艾古契克爵士同上。

托　比　您好，先生。

薇奥拉　您好，爵士。

安德鲁　上帝保佑您，先生。

薇奥拉　上帝保佑您，我是您的仆人。

安德鲁　先生，我希望您是我的仆人，我也是您的仆人。

托　比　请您进去吧。舍侄女有请，要是您是来看她的话。

薇奥拉　我来正是要拜见令侄女，爵士，她是我的航行的目标。

托　比　请您试试您的腿吧，先生，把它们移动起来。

薇奥拉　我的腿倒是听我使唤，爵士，可是我听不懂您叫我试试我的腿是什么意思？

托　比　我的意思是，先生，请您走，请您进去。

薇奥拉　好，我就移步前进。可是人家已经先来了。

【奥丽维娅及玛利娅上。

薇奥拉　最卓越最完美的小姐，愿诸天为您散下芬芳的香雾！

安德鲁　那年轻人是一个出色的廷臣。“散下芬芳的香雾”！好得很。

薇奥拉　我的来意，小姐，只能让您自己的玉耳眷听。

安德鲁　“香雾”“玉耳”“眷听”，我已经学会了三句话了。

奥丽维娅　关上园门，让我们两人谈话。（托比、安德鲁、玛利娅同下）把你的手给我，先生。

薇奥拉　小姐，我愿意奉献我的绵薄之力为您效劳。

奥丽维娅　你叫什么名字？

薇奥拉　您仆人的名字是西萨里奥，美貌的公主。

奥丽维娅　我的仆人，先生！自从假作卑恭认为是一种恭维之后，世界上从此不曾有过乐趣。你是奥西诺公爵的仆人，年轻人。

薇奥拉　他是您的仆人，他的仆人自然也是您的仆人，您的仆人的仆人便是您的仆人，小姐。

奥丽维娅　我不高兴想他，我希望他心里空无所有，不要充满着我。

薇奥拉　小姐，我来是要替他说动您那颗温柔的心。

奥丽维娅　啊！对不起，请你不要再提起他了。可是如果你肯为另外一个人求爱，我愿意听你的请求，胜过于听天乐。

薇奥拉　亲爱的小姐——

奥丽维娅　对不起，让我说句话。上次你到这儿来把我迷醉了之后，我叫人拿了个戒指追你。我欺骗了我自己，欺骗了我的仆人，也许欺骗了你。我用那种无耻的狡猾把你明知道不属于你的东西强纳在你手里，一定会使你看不起我。你会怎样想呢？你不曾把我的名誉拴在桩柱上，让你那残酷的心所想得到的一切思想恣意地把它虐弄吧？像你这样敏慧的人，我已经表示得太露骨了；掩藏着我的心事的，只是一层薄薄的蝉纱。所以，让我听你的意见吧。

薇奥拉　我可怜你。

奥丽维娅　那是到达恋爱的一个阶段。

薇奥拉　不，此路不通，我们对敌人也往往会发生怜悯，这是常有的经验。

奥丽维娅　啊，听了你的话，我倒是又要笑起来了。世界啊！微贱的人多么容易骄傲！要是做了俘虏，那么落于狮子的爪下比之豺狼的吻中要幸运多少啊！（钟鸣）时钟在谴责我把时间浪费。别担心，好孩子，我不会留住你。可是等到才情和青春成熟之后，你的妻子将会收获到一个出色的男人。向西才是你要走的路。

薇奥拉　那么向西走了！愿小姐称心如意！您没有什么话要我向我的主人说吗，小姐？

奥丽维娅　且慢，请你告诉我，你认为我这人怎样？

薇奥拉　我认为你认为你不是你自己。

奥丽维娅　要是我认为这样，我认为你也是这样。

薇奥拉　你猜想得不错，我不是我自己。

奥丽维娅　我希望你是我所希望于你的那种人！

薇奥拉　那是不是比现在的我要好些，小姐？我希望好一些，因为现在我不过是你的弄人。

奥丽维娅　唉！他嘴角的轻蔑和怒气，
冷然的神态可多么美丽！
爱比杀人重罪更难隐藏；
爱的黑夜有中午的阳光。

西萨里奥，凭着春日蔷薇、
贞操、忠信与一切，我爱你
这样真诚，不顾你的骄傲，
理智拦不住热情的宣告。
别以为我这样向你求情，
你就可以无须再献殷勤；
须知求得的爱虽费心力，
不劳而获的更应该珍惜。

薇奥拉　我起誓，凭着天真与青春，
我只有一条心一片忠诚，
没有女人能够把它占有，
只有我是我自己的君后。
别了，小姐，我从此不再
来为我主人向你苦苦陈哀。

奥丽维娅　你不妨再来，也许能感动
我释去憎嫌把感情珍重。（同下）

第二场　奥丽维娅宅中一室

【托比·培尔契爵士，安德鲁·艾古契克爵士及费边上。

安德鲁　不，真的，我再不能住下去了。

托　比　为什么呢，恼火的朋友？说出你的理由来。

费　边　是啊，安德鲁爵士，您得说出个理由来。

安德鲁　嘿，我见你的侄女对待那个公爵的仆人比之待我好得多，我在花园里瞧见的。

托　比　她那时也看见了你吗，老兄？告诉我。

安德鲁　就像我现在看见你一样清清楚楚。

费　边　那正是她爱您的一个很好的证据。

安德鲁　啐！你把我当作一头驴子吗？

费　边　大人，我可以用判断和推理来证明这句话的正确。

托　比　说得好，判断和推理在诺亚[①]还没有上船以前，已经就当上陪审官了。

费　边　她当着您的脸对那个少年表示殷勤，是要叫您着急，唤醒您那打瞌睡的勇气，给您的心里燃起火来，在您的肝脏里加点儿硫黄罢了。您那时就该走上去向她招呼，说几句崭新的俏皮话儿叫那年轻人哑口无言。她盼望您这样，可是您大意错过了。您放过了这么一个大好的机会，我的小姐自然要冷淡您啦。您目前在她心里的地位就像挂在荷兰人胡须上的冰柱一样，除非您能用勇气或是手段干出一些出色的勾当，才可以挽回过来。

安德鲁　无论如何，我宁愿用勇气，因为我最讨厌使手段。叫我做个政客，还不如做个布朗派[②]的教徒。

托　比　好啊，那么把你的命运建筑在勇气上吧。给我去向那公爵差来的少年挑战，在他身上戳十来个窟窿，我的侄女一定会注意到。你可以相信，世上没有一个媒人会比一个勇敢的名声更能说动女人的心了。

费　边　此外可没有别的办法了，安德鲁大人。

安德鲁　你们谁肯替我向他下战书？

托　比　快去用一手虎虎有威的笔法写起来。要干脆简单，不用说俏皮话，只要言之成理，别出心裁就得了。尽你的笔墨所能把他嘲骂，要是你把他“你”啊“你”的“你”了三四次，那不会有错；再把纸上写满了谎，即使你的纸大得足以铺满英国威尔士地方的那张大床[③]。快去写吧。把你的墨水里掺满着怨毒，虽然你用的是一枝鹅毛笔。去吧。

安德鲁　我到什么地方来见你们？

托　比　我们会到你房间里来看你，去吧。（安德鲁下）

费　边　这是您的一个宝货，托比老爷。

托　比　我倒累他破费过不少呢，孩儿，约莫有两千多块钱的样子。

费　边　我们就可以看到他的一封妙信了。可是您不会给他送去的吧？

托　比　要是我不送去，你别相信我。我一定要把那年轻人激出一个回音来。我

---

① 诺亚及其方舟的故事，见《圣经·创世纪》第六章。

② 布朗派为英国伊丽莎白时代清教徒布朗所创的教派。

③ 该床方十一英尺，今尚存。

想就是叫牛儿拉着车绳也拉不拢他们两人在一起。你把安德鲁解剖开来，要是能在他肝脏里找得出一滴可以沾湿一只跳蚤的脚的血，我愿意把他那副臭皮囊吃下去。

费　边　他那个对头的年轻人，照那副相貌来看，也不像是会下辣手的。

托　比　瞧，一窠九只的鹪鹩中最小的一只来了。

【玛利娅上。

玛利娅　要是你们愿意捧腹大笑，不怕笑到腰酸背痛，那么跟我来吧。那只蠢鹅马伏里奥已经信了邪道，变成一个十足的异教徒了。因为没有一个相信正道而希望得救的基督徒，会做出这种丑恶不堪的奇形怪状来的。他现在正穿着黄袜子呢。

托　比　袜带是十字交叉的吗？

玛利娅　再难看不过了，就像个在寺院里开学堂的塾师先生。我像是他的刺客一样紧跟着他。我故意掉下来诱他的那封信上的话，他每一句都听从。他笑容满面，脸上的皱纹比增添了东印度群岛的新地图上的线纹还多。你们从来不曾见过这样一个东西，我真忍不住要向他丢东西过去。我知道小姐一定会打他，要是她打了他，他一定仍然会笑，以为是一件大恩典。

托　比　来，带我们去，带我们到他那儿去。（同下）

第三场　街　道

【西巴斯辛及安东尼奥上。

西巴斯辛　我本来不愿意麻烦你，可是你既然这样喜欢自己劳碌，那么我也不再向你多话了。

安东尼奥　我抛不下你，我的愿望比磨过的刀还要锐利地驱迫着我。虽然为了要看见你，再远的路我也会跟着你去，可并不全然为着这个理由：我担心你在这些地方是个陌生人，路上也许会碰到些什么；一路没人引导没有朋友的异乡客，出门总有许多不方便。我的诚心的爱，再加上这样使我忧虑的理由，迫使我来追赶你。

西巴斯辛　我的善良的安东尼奥，除了感谢、感谢、永远的感谢之外，再没有别的话好回答你了。一件好事常常只换得一声空口的道谢，可是我的钱财假如能跟我的衷心的感谢一样多，你的好心一定不会得不到重重的报酬。我们干些什么呢？要不要去瞧瞧这城里的古迹？

安东尼奥　明天吧，先生，还是先去找个住处。

西巴斯辛　我并不疲倦，到天黑还有许多时间呢，让我们去瞧瞧这儿的名胜，一饱眼福吧。

安东尼奥　请你原谅我，我在这一带街道上走路是冒着危险的。从前我曾经参加海战，和公爵的舰队作过对，那时我立了一点功，假如在这儿给捉到了，可不知要怎样抵罪哩。

西巴斯辛　大概你杀死了很多的人吧？

安东尼奥　我的罪名并不是这么一种杀人流血的性质，虽然照那时的情形和争执的激烈看来，很容易有流血的可能。本来把我们夺来的东西还给了他们，就可以和平解决了，我们城里大多数人为了经商，也都这样做了，可是我不肯屈服。因此，要是我在这儿给捉到了的话，他们绝对不会轻易放过我。

西巴斯辛　那么你不要太多地出来露面吧。

安东尼奥　那的确不大妥当。先生，这儿是我的钱袋，请你拿着吧。南郊的大象旅店是最好的下宿的地方，我先去定好膳宿，你可以在城里逛着见识见识，再到那边来见我好了。

西巴斯辛　为什么你要把你的钱袋给我？

安东尼奥　也许你会看中什么玩意儿想要买下，我知道你的钱不够买这些非急用的东西，先生。

西巴斯辛　好，我就替你保管你的钱袋，过一个钟头再见吧。

安东尼奥　在大象旅店。

西巴斯辛　我记得。（各下）

第四场　奥丽维娅的花园

【奥丽维娅及玛利娅上。

奥丽维娅　我已经差人去请他了。假如他肯来，我要怎样款待他呢？我要给他些什么呢？因为年轻人常常是买来的，而不是讨来或借来的。我说得太高声了。马伏里奥在哪儿呢？他这人很严肃，懂得规矩，以我目前的处境来说，很配做我的仆人。马伏里奥在什么地方？

玛利娅　他就来了，小姐，可是他的样子古怪得很。他一定给鬼迷了，小姐。

奥丽维娅　啊，怎么啦？他在说胡话吗？

玛利娅　不，小姐，他只是一味地笑。他来的时候，小姐，您最好叫人保护着您，因为这人的神经有点不正常呢。

奥丽维娅　去叫他来。（玛利娅下）

他是痴汉，我也是个疯婆；

他欢喜，我忧愁，一样糊涂。

【玛利娅偕马伏里奥重上。

奥丽维娅　怎样，马伏里奥！

马伏里奥　亲爱的小姐，哈哈！

奥丽维娅　你笑什么？我要差你做一件正经事呢，别那么快活。

马伏里奥　不快活，小姐！我当然可以不快活，这种十字交叉的袜带扎得我血脉不通，可是那有什么要紧呢？只要能叫一个人看了欢喜，那就像诗上所说的“一人欢喜，人人欢喜”了。

奥丽维娅　什么，你怎么啦，家伙？究竟是怎么一回事？

马伏里奥　我的腿儿虽然是黄的，我的心儿却不黑。那信已经到了他的手里，命令一定要服从。我想那一手簪花妙楷我们都是认得出来的。

奥丽维娅　你还是睡觉去吧，马伏里奥。

马伏里奥　睡觉去！对了，好人儿，我一定奉陪。

奥丽维娅　上帝保佑你！为什么你这样笑着，还老是吻你的手？

玛利娅　您怎么啦，马伏里奥？

马伏里奥　多承见问！是的，夜莺应该回答乌鸦的问话。

玛利娅　您为什么当着小姐的面这样放肆？

马伏里奥　“不用惧怕富贵”，写得很好！

奥丽维娅　你说那话是什么意思，马伏里奥？

马伏里奥　“有的人是生来的富贵，”——

奥丽维娅　嘿！

马伏里奥　“有的人是挣来的富贵，”——

奥丽维娅　你说什么？

马伏里奥　“有的人是送上来的富贵。”

奥丽维娅　上天保佑你！

马伏里奥　“记着谁曾经赞美过你的黄袜子，”——

奥丽维娅　你的黄袜子！

马伏里奥　“愿意看见你永远扎着十字交叉的袜带。”

奥丽维娅　扎着十字交叉的袜带！

马伏里奥　“好，只要你自己愿意，你就可以出头了，”——

奥丽维娅　我就可以出头了？

马伏里奥　“否则让我见你一生一世做个管家吧。”

奥丽维娅　哎哟，这家伙简直中了邪在发疯了。

【一仆人上。

仆　人　小姐，奥西诺公爵的那位青年使者回来了，我好容易才请他回来。他在等候着小姐的意旨。

奥丽维娅　我就去见他。（仆人下）好玛利娅，这家伙要好好看管。我的托比叔父呢？叫几个人加意留心着他；我宁可失掉我嫁妆的一半，也不希望看到他有什么意外。（奥丽维娅、玛利娅下）

马伏里奥　啊，哈哈！你现在明白了吗？不叫别人，却叫托比爵士来照看我！正合信上所说的：她有意叫他来，好让我跟他顶撞一下，因为她信里正要我这样。“脱去你卑恭的旧习；”她说，“对亲戚不妨分庭抗礼，对仆人不妨摆摆架子；你嘴里要鼓唇弄舌地谈些国家大事，装出一副矜持的样子；”随后还写着怎样装出一副严肃的面孔、庄重的举止、慢声慢气的说话腔调，学着大人先生的样子，诸如此类。我已经捉到她了，可是那是上帝的功劳，感谢上帝！而且她刚才临走的时候，她说，“这家伙要好好看管”，家伙！不说马伏里奥，也不照我的地位称呼我，而叫我家伙。哈哈，一切都符合，一点儿没有疑惑，一点儿没有阻碍，一点儿没有不放心的地方。还有什么好说呢？什么也不能阻止我达到我的全部的希望。好，干这种事情的是上帝，不是我，感谢上帝！

【玛利娅偕托比·培尔契爵士及费边上。

托　比　以神圣的名义，他在哪儿？要是地狱里的群鬼都缩小了身子，一起走进他的身体里去，我也要跟他说话。

费　边　他在这儿，他在这儿。您怎么啦，老爷？您怎么啦，先生？

马伏里奥　走开，我用不着你，别搅扰了我的安静。走开！

玛利娅　听，魔鬼在他嘴里说着鬼话了！我不是对您说过吗？托比老爷，小姐请您看顾看顾他。

马伏里奥　啊！啊！她这样说吗？

托　比　好了，好了，别闹了吧！我们一定要客客气气对付他，让我一个人来吧。——你好，马伏里奥？你怎么啦？嘿，老兄！抵抗魔鬼呀！你想，他是人类的仇敌呢。

马伏里奥　你知道你在说些什么话吗？

玛利娅　你们瞧！你们一说了魔鬼的坏话，他就生气了。求求上帝，不要让他中了鬼迷才好！

费　边　把他的小便送到巫婆那边去吧。

玛利娅　好，明天早晨一定送去。我的小姐舍不得他哩。

马伏里奥　怎么，姑娘！

玛利娅　主啊！

托　比　请你别闹，这不是个办法，你不见你惹他生气了吗？让我来对付他。

费　边　除了用软功之外，没有别的法子。轻轻地、轻轻地，魔鬼是个粗坯，你要跟他动粗是不行的。

托　比　喂，怎么啦，我的好家伙！你好，好人儿？

马伏里奥　爵士！

托　比　哦，小鸡，跟我来吧。嘿，老兄！跟魔鬼在一起玩可不对。该死的黑鬼！

玛利娅　叫他念祈祷，好托比老爷，叫他祈祷。

马伏里奥　念祈祷，小淫妇！

玛利娅　你们听着，跟他讲到关于上帝的话，他就听不进去了。

马伏里奥　你们全给我去上吊吧！你们都是些浅薄无聊的东西，我不是跟你们一样的人。你们就会知道的。（下）

托　比　有这等事吗？

费　边　要是这种情形在舞台上表演起来，我一定要批评它捏造得出乎情理之外。

托　比　这个计策已经把他迷得神魂颠倒了，老兄。

玛利娅　还是追上他去吧，也许这计策一漏了风，就会坏掉。

费　边　哦，我们真的要叫他发疯了。

玛利娅　那时屋子里可以清静些。

托　比　来，我们要把他捆起来关在一间暗室里。我的侄女已经相信他疯了，我们可以这样依计而行，让我们开开心，叫他吃吃苦头。等到我们开腻了这玩笑，再向他发慈悲。那时我们宣布我们的计策，把你封做疯人的发现者。可是瞧，瞧！

【安德鲁·艾古契克爵士上。

费　边　又有别的花样来了。

安德鲁　挑战书已经写好在此，你读读看，念上去就像酸醋胡椒的味道呢。

费　边　是这样厉害吗？

安德鲁　对了，我向他保证的。你只管读好了。

托　比　给我。（读）"年轻人，不管你是谁，你不过是个下贱的东西。"

费　边　好，真勇敢！

托　比　"不要吃惊，也不要奇怪为什么我这样称呼你，因为我不愿告诉你是什么理由。"

费　边　一句很好的话，这样您就可以不受法律的攻击了。

托　比　（读）"你来见奥丽维娅小姐，她当着我的面把你厚待。可是你说谎，那并不是我要向你挑战的理由。"

费　边　很简单明白，而且百分之百地——不通。

托　比　"我要在你回去的时候埋伏着等候你。要是命该你把我杀死的话——"

费　边　很好。

托　比　"你便是个坏蛋和恶人。"

费　边　您仍旧避过了法律方面的责任，很好。

托　比　"再会吧，上帝超度我们两人中一人的灵魂吧！也许他会超度我的灵魂，可是我比你有希望一些，所以你留心自己吧。你的朋友（这要看你怎样对待他）和你的誓不两立的仇敌，安德鲁·艾古契克上。"——要是这封信不能激动他，那么他的两条腿也不能走动了。我去送给他。

玛利娅　您有很凑巧的机会，他现在正在跟小姐谈话，等会儿就要出来了。

托　比　去，安德鲁大人，给我在园子角落里等着他，像个衙役似的，一看见他，便拔出剑来，一拔剑，就高声咒骂。因为一句可怕的咒骂，神气活现地从嘴里厉声发出来，比之真才实艺更能叫人相信他是个了不得的家伙。去吧！

安德鲁　好，骂人的事情我自己会。（下）

托　比　我可不去送这封信。因为照这位青年的举止看来，是个很有资格很有教养的人，否则他的主人不会差他来拉拢我的侄女的。这封信写得那么奇妙不通，一定不会叫这青年害怕，他一定会以为这是一个呆子写的。可是，老兄，我要口头去替他挑战，故意夸张艾古契克的勇气，让这位仁兄相信他是个勇猛暴躁的家伙，我知道他那样年轻一定会害怕起来的。这样他们两人便会彼此害怕，就像眼光能杀人的毒蜥蜴似的，两人一照面，就都呜呼哀哉了。

费　边　他和您的侄女来了，让我们回避他们，等他告别之后再追上去。

托　比　我可以想出几句可怕的挑战话儿来。（托比、费边、玛丽娅下）

【奥丽维娅偕薇奥拉重上。

奥丽维娅　我对一颗石子样的心太多费唇舌了，鲁莽地把我的名誉下了赌注。我心里有些埋怨自己的错，可是那是个极其倔强的错，埋怨只能招它一阵讪笑。

薇奥拉　我主人的悲哀也正和您这种痴情的样子相同。

奥丽维娅　拿着，因为我的缘故把这玩意儿戴在你身上吧，那上面有我的小像。不要拒绝它，它没长舌头不会让你讨厌的。请你明天再过来。你无论向我要什么，只要对我的名誉没有妨碍，我都可以给你。

薇奥拉　我向您要的，只是请您把真心的爱给我的主人。

奥丽维娅　那我已经给了你了，怎么还能凭着我的名誉再给他呢？

薇奥拉　我可以奉还给你。

奥丽维娅　好，明天再来吧。

再见！像你这样一个恶魔，
我甘愿被你向地狱里拖。（下）

【托比·培尔契爵士及费边重上。

托　比　先生，上帝保佑你！

薇奥拉　上帝保佑您，爵士！

托　比　准备着防御吧。我不知道你做了什么对不起他的事情，可是你那位对头满心怀恨，一股子的杀气在园子尽头等着你呢。拔出你的剑来，赶快准备好，因为你的敌人是个敏捷精明而可怕的人。

薇奥拉　您弄错了，爵士，我相信没人会跟我争吵，我完全不记得我曾经得罪过什么人。

托　比　你会知道事情是恰恰相反的，我告诉你。所以要是你看重你的生命的话，留点神吧，因为你的冤家年轻力壮，武艺不凡，火气又那么大。

薇奥拉　请问爵士，他是谁呀？

托　比　他是个不靠军功而受封的骑士，可是跟人吵起架来，那简直是个魔鬼：他已经叫三个人的灵魂出壳了。现在他的怒气已经一发而不可收拾，非得把人杀死送进坟墓里去才能甘心。他的格言是不管三七二十一，拼个你死我活。

薇奥拉　我要回到府里去请小姐派几个人给我当保镖。我不会跟人打架。我听说有些人故意向别人寻事，试验他们的勇气，这个人大概也是这一类的。

托　比　不，先生，他的发怒是有充分理由的，因为你得罪了他，所以你还是答应他的要求吧。你不能回到屋子里去，除非你在没有跟他交手之前先跟我比个高低。横竖都得冒险，你为何不去会会他呢？所以上去吧，把你的剑赤条条地拔出来，无论如何你非得动手不可，否则以后你再不用带剑了。

薇奥拉　这真是既无礼又古怪。请您帮我一个忙，去问问那骑士我得罪了他什么。那一定是我偶然的疏忽，绝不是有意的。

托　比　我就去问他。费边先生，你陪着这位先生等我回来。（下）

薇奥拉　先生，请问您知道这是怎么一回事吗？

费　边　我知道那骑士对您很不乐意，抱着拼命的决心，可是详细的情形不知道。

薇奥拉　请您告诉我他是个什么样子的人？

费　边　照他的外表上看起来，并没有什么惊人的地方，可是您跟他一交手，就知道他的厉害了。他，先生，的确是您在伊利里亚无论哪个地方所碰得到的最有本领、最凶狠、最厉害的敌手。您就过去见他好不好？我愿意替您跟他讲和，要是能够的话。

薇奥拉　那多谢您了。我是个宁愿亲近教士不愿亲近骑士的人。我这副小胆子，即使让别人知道了，我也不在乎。（同下）

【托比及安德鲁重上。

托　比　嘿，老兄，他才是个魔鬼呢，我从来不曾见过这么一个泼货。我跟他连剑带鞘较量了一回，他给我这么致命的一刺，简直无从招架。至于他还起手来，那简直像是你的脚踏在地上一样万无一失。他们说他曾经在波斯王宫里当过剑师。

安德鲁　糟了！我不高兴跟他动手。

托　比　好，但是他可不肯甘休呢，费边在那边简直拦不住他。

安德鲁　该死！早知道他有这种本领，我再也不去惹他了。假如他肯放过这回，我情愿把我的灰色马儿送给他。

托　比　我去跟他说去。站在这儿，摆出些威势来，这件事情总可以和平了结的。（旁白）你的马儿少不得要让我来骑，你可大大地给我捉弄了。

【费边及薇奥拉重上。

托　比　（向费边）我已经叫他把他的马儿送上议和。我已经叫他相信这孩子是个魔鬼。

费　边　他也是十分害怕他，吓得心惊肉跳脸色发白，像是一头熊追在背后似的。

托　比　（向薇奥拉）没有法子，先生，他因为已经发过誓，非得跟你决斗不可。他已经把这回吵闹考虑过，认为起因的确是微不足道的。所以为了他所发的誓，拔出你的剑来吧，他声明他不会伤害你的。

薇奥拉　（旁白）求上帝保佑我！一点点事情就会给他们知道我是不配当男人的。

费　边　要是你见他势不可当，就让让他吧。

托　比　来，安德鲁爵士，没有办法，这位先生为了他的名誉，不得不跟你较量一下，按着决斗的规则，他不能规避这一回事。可是他已经答应我，因为他是个堂堂君子又是个军人，他不会伤害你的。来吧，上去！

安德鲁　求上帝让他不要背誓！（拔剑）

薇奥拉　相信我，这全然不是出于我的本意。（拔剑）

【安东尼奥上。

安东尼奥　放下你的剑。要是这位年轻的先生得罪了你，我替他担个不是；要是你得罪了他，我替他与你相拼。（拔剑）

托　比　你，朋友！咦，你是谁呀？

安东尼奥　先生，我是他的好朋友，因为他的缘故，无论什么事情说得出的便做得到。

托　比　好吧，你既然这样喜欢管人家的闲事，我就奉陪了。（拔剑）

费　边　啊，好托比老爷，住手吧！警官们来了。

托　比　过会儿再跟你算账。

薇奥拉　（向安德鲁）先生，请你放下你的剑吧。

安德鲁　好，放下就放下，朋友，我可以向你担保，我的话说过就算数。那匹马你骑起来准很舒服，它也很听话。

【二警吏上。

警吏甲　就是这个人，执行你的任务吧。

警吏乙　安东尼奥，我奉奥西诺公爵之命来逮捕你。

安东尼奥　你看错人了，朋友。

警吏甲　不，先生，一点没有错。我认识你的脸，虽然你现在头上不戴着水手的帽子。——把他带走，他知道我认识他的。

安东尼奥　我只好服从。（向薇奥拉）这场祸事都是因为要来寻找你而起，可是没有办法，我必得服罪。现在我不得不向你要回我的钱袋了，你准备怎样呢？叫我难过的倒不是我自己的遭遇，而是不能给你尽一点力。你吃惊吗？请你宽心吧。

警吏乙　来，朋友，去吧。

安东尼奥　那笔钱我必须向你要几个。

薇奥拉　什么钱，先生？为了您在这儿对我的好意相助，又看见您现在的不幸，我愿意尽我的微弱的力量借给您几个钱。我是个穷小子，这儿随身带着的钱，可以跟您平分。拿着吧，这是我一半的家私。

安东尼奥　你现在不认识我了吗？难道我给你的好处不能使你心动吗？别看着我倒霉好欺侮，要是激起我的性子来，我也会不顾一切，向你一一数说你的忘恩负义的。

薇奥拉　我一点不知道，您的声音相貌我也完全不认识。我痛恨人们的忘恩，比之痛恨说谎、虚荣、饶舌、酗酒，或是其他存在于脆弱的人心中的陷入的恶德还要厉害。

安东尼奥　唉，天哪！

警吏乙　好了，对不起，朋友，走吧。

安东尼奥　让我再说句话，你们瞧这个孩子，他是我从死神的手掌中夺回来的，我用神圣的爱心照顾着他，我以为他的样子是个好人，才那样看重着他。

警吏甲　那跟我们有什么相干呢？别耽误时间了，去吧！

安东尼奥　可是唉！这个天神一样的人，原来是个邪魔外道！西巴斯辛，你未免太羞辱了你这副好相貌了。

心上的瑕疵是真的垢污；

无情的人才是残废之徒。

善即是美；但美丽的奸恶，

是魔鬼雕就文采的空椟。

警吏甲　这家伙发疯了，带他去吧！来，来，先生。

安东尼奥　带我去吧。（警吏带安东尼奥下）

薇奥拉　他的话儿句句发自衷肠；

他坚持不疑，我意乱心慌。

但愿想象的事果真不错，

是他把妹妹错认作哥哥！

托　比　过来，骑士。过来，费边，让我们悄悄地讲几句聪明话。

薇奥拉　他说起西巴斯辛的名字，

我哥哥正是我镜中影子，

兄妹俩生就一般的形状，

再加上穿扮得一模一样；

但愿暴风雨真发了慈心，

无情的波浪变作了多情！（下）

托　比　好一个刁滑的卑劣的孩子，比兔子还胆怯！他坐视朋友危急而不顾，还要装作不认识，可见他刁恶的一斑，至于他的胆怯呢，问费边好了。

费　边　一个懦夫，一个把怯懦当神灵一样敬奉的懦夫。

安德鲁　他妈的，我要追上去把他揍一顿。

托　比　好，把他狠狠地揍一顿，可是别拔出你的剑来。

安德鲁　要是我不——（下）

费　边　来，让我们去瞧去。

托　比　我可以赌无论多少钱，到头来不会有什么事发生的。（同下）

第四幕

第一场　奥丽维娅宅旁街道

【西巴斯辛及小丑上。

小　丑　你要我相信我不是差来请你的吗？

西巴斯辛　算了吧，算了吧，你是个傻瓜，给我走开。

小　丑　装腔装得真好！是的，我不认识你，我的小姐也不会差我来请你去讲话，你的名字也不是西萨里奥老爷。什么都不是。

西巴斯辛　请你到别处去大放厥词吧，你又不认识我。

小　丑　大放厥词！他从什么大人物那儿听了这句话，却来用在一个傻瓜身上。大放厥词！我担心整个痴愚的世界都要装腔作态起来了。请你别那么怯生生的，告诉我应当向我的小姐放些什么“厥词”。要不要对她说你就来？

西巴斯辛　傻东西，请你走开吧，这儿有钱给你，要是你再不去，我可就要不客气了。

小　丑　真的，你倒是很慷慨。这种聪明人把钱给傻子，就像用十四年的收益来买一句好话。

【安德鲁上。

安德鲁　呀，朋友，我又碰见你了吗？吃这一下。（击西巴斯辛）

西巴斯辛　怎么，给你尝尝这一下，这一下，这一下！（打安德鲁）所有的人都疯了吗？

【托比及费边上。

托　比　停住，朋友，否则我要把你的刀子摔到屋子里去了。

小　丑　我就去把这事告诉我的小姐。我不愿凭两便士就代人受过。（下）

托　比　（拉西巴斯辛）算了，朋友，住手吧。

安德鲁　不，让他去吧。我要换一个法儿对付他。要是伊利里亚是有法律的话，我要告他非法殴打的罪，虽然是我先动手，可是那没有关系。

西巴斯辛　放下你的手！

托　比　算了吧，朋友，我不能放走你。来，我的青年的勇士，放下你的家伙。你打架已经打够了，来吧。

西巴斯辛　你别想抓住我。（挣脱）现在你要怎样？要是你有胆子的话，拔出你的剑来吧。

托　比　什么！什么！那么我倒要让你流几滴莽撞的血呢。（拔剑）

【奥丽维娅上。

奥丽维娅　住手，托比！我命令你！

托　比　小姐！

奥丽维娅　有这等事吗？忘恩的恶人！只配住在从来不懂得礼貌的山林和洞窟里的。滚开！——别生气，亲爱的西萨里奥。——莽汉，走开！（托比、安德鲁、费边同下）好朋友，你是个有见识的人，这回的惊扰实在太失礼、太不成话了，请你不要生气。跟我到舍下去吧，我可以告诉你这个恶人曾经多少次无缘无故地惹是招非，你听了就可以把这回事情一笑置之了。你一定要去的：

别推托！他灵魂该受天戳，
为你惊起了我心头小鹿。

西巴斯辛　滋味难名，不识其中奥妙；
是疯眼昏迷？是梦魂颠倒？
愿心魂永远在忘河沉浸；
有这般好梦再不须梦醒！

奥丽维娅　请你来吧；你得听我的话。

西巴斯辛　小姐，遵命。

奥丽维娅　但愿这回非假！（同下）

第二场　奥丽维娅宅中一室

【玛利娅及小丑上；马伏里奥在相接的暗室内。

玛利娅　哦，我请你把这件袍子穿上，这把胡须套上，让他相信你是副牧师托巴斯师傅。快些，我就去叫托比老爷来。（下）

小　丑　好，我就穿起来，假装一下，我希望我是第一个扮作这种样子的。我的身材不够高，穿起来不怎么神气，略为胖一点，也不像个用功念书的。可是给人称赞一声是个老实汉子和很好的当家人，也就跟一个用心思的读书人一样好了。——那两个对头来了。

【托比·培尔契爵士及玛利娅上。

托　比　上帝祝福你，牧师先生！

小　丑　早安，托比大人！目不识丁的布拉格的老隐士曾经向高波杜克王的侄女说过这么一句聪明话："是什么，就是什么。"因此，我既是牧师先生，也就是牧师先生，因为"什么"即是"什么"，"是"即是"是"。

托　比　走过去，托巴斯师傅。

小　丑　呃哼，喂！这监狱里平安呀！

托　比　这小子装得很像，好小子。

马伏里奥　（在内）谁在叫？

小　丑　副牧师托巴斯师傅来看疯人马伏里奥来了。

马伏里奥　托巴斯师傅，托巴斯师傅，托巴斯好师傅，请您到我小姐那儿去一趟。

小　丑　滚你的，胡言乱语的魔鬼！瞧这个人给你缠得这样子！只晓得嚷小姐吗？

托　比　说得好，牧师先生。

马伏里奥　（在内）托巴斯师傅，从来不曾有人给人这样冤枉过。托巴斯好师傅，别以为我疯了。他们把我关在这个暗无天日的地方。

小　丑　啐，你这不老实的撒旦！我用最客气的称呼叫你，因为我是个最有礼貌的人，即使对于魔鬼也不肯失礼。你说这屋子是黑的吗？

马伏里奥　像地狱一样，托巴斯师傅。

小　丑　嘿，它的凸窗像壁垒一样透明，它的向着南北方的顶窗像乌木一样发光呢，你还说看不见吗？

马伏里奥　我没有发疯，托巴斯师傅。我对您说，这屋子是黑的。

小　丑　疯子，你错了。我对你说，世间并无黑暗，只有愚昧。埃及人在大雾中辨不清方向，还不及你在愚昧里那样发昏。

马伏里奥　我说，这座屋子简直像愚昧一样黑暗，即使愚昧是像地狱一样黑暗。我说，从来不曾有人给人这样欺侮过。我并不比您更疯，您不妨提出几个合理的问题来问我，试试我疯不疯。

小　丑　毕达哥拉斯对于野鸟有什么意见？

马伏里奥　他说我们祖母的灵魂也许曾经在鸟儿的身体里寄住过。

小　丑　你对于他的意见觉得怎样？

马伏里奥　我认为灵魂是高贵的，绝对不赞成他的说法。

小　丑　再见，你在黑暗里住下去吧。等到你赞成了毕达哥拉斯的说法之后，我才可以承认你的头脑健全。留心别打山鹬，因为也许你要害得你祖母的灵魂流离失所了。再见。

马伏里奥　托巴斯师傅！托巴斯师傅！

托　比　我的了不得的托巴斯师傅！

小　丑　嘿，我可真是多才多艺呢。

玛利娅　你就是不挂胡须不穿道袍也没有关系，他又看不见你。

托　比　你再用你自己的口音去对他说话，把怎样的情形再来告诉我。我希望这场恶作剧快快告个段落。要是放了他没关系，我看就放了他吧。因为我已经大大地失去了我侄女的欢心，倘把这玩意儿尽管闹下去，恐怕不大妥当。等会儿到我的屋子里来吧。（托比、玛利娅下）

小　丑　嗨，罗宾，快活的罗宾哥，

　　问你的姑娘近况如何。

马伏里奥　傻子！

小　丑　不骗你，她心肠有点硬。

马伏里奥　傻子！

小　丑　唉，为了什么原因，请问？

马伏里奥　喂，傻子！

小　丑　她已经爱上了别人。

　　——嘿！谁叫我？

马伏里奥　好傻子，谢谢你给我拿蜡烛、笔、墨水和纸张来，以后我不会亏待你的。君子不扯谎，我永远感你的恩。

小　丑　马伏里奥老爷吗？

马伏里奥　是的，好傻子。

小　丑　唉，老爷，您怎么会发起疯来呢？

马伏里奥　傻子，从来不曾有人给人这样欺侮过。我的头脑跟你一样清楚呢，傻子。

小　丑　跟我一样？那么您真的是疯了，要是您的头脑跟傻子差不多。

马伏里奥　他们把我当作一件家具看待，把我关在黑暗里，差牧师们——那些蠢驴子！——来看我，千方百计想把我弄昏了头。

小　丑　您说话留点神吧，牧师就在这儿呢。——马伏里奥，马伏里奥，上天保佑你明白过来吧！好好地睡睡觉儿，别啰里啰唆地讲空话。

马伏里奥　托巴斯师傅！

小　丑　别跟他说话，好伙计。——谁？我吗，师傅？我可不要跟他说话哩，师傅。上帝和您同在，好托巴斯师傅！——呃，阿门！——好的，师傅，好的。

马伏里奥　傻子，傻子，傻子，我对你说！

小　丑　唉，老爷，您耐心吧！您怎么说，师傅？——师傅怪我跟您说话哩。

马伏里奥　好傻子，给我拿一点儿灯火和纸张来。我对你说，我跟伊利里亚无论哪个人一样头脑清楚呢。

小　丑　唉，我巴不得这样呢，老爷！

马伏里奥　我可以举手发誓我没有发疯。好傻子，拿墨水、纸和灯火来，我写好之后，你去替我送给小姐。你送了这封信去，一定会拿到一笔空前的大赏赐的。

小　丑　我愿意帮您的忙。但是老实告诉我，您是不是真的疯了，还是装疯？

马伏里奥　相信我，我没有发疯，我老实告诉你。

小　丑　嘿，我可信不过一个疯子的话，除非我能看见他的脑子。我去给您拿蜡烛、纸和墨水。

马伏里奥　傻子，我一定会重重报答你。请你去吧。

小　丑　大爷我去了，
　　请您不要吵，
　　不多一会的时光，
　　小鬼再来见魔王；

手拿木板刀，
胸中如火烧，
向着魔鬼打哈哈，
样子像个疯娃娃:
爹爹不要恼，
给您剪指甲，
再见，我的魔王爷！（下）

第三场　奥丽维娅的花园

【西巴斯辛上。

西巴斯辛　这是空气，那是灿烂的太阳，这是她给我的珍珠，我看得见也摸得到。虽然怪事这样包围着我，然而不是疯狂。那么安东尼奥到哪儿去了呢？我在大象旅店里找不到他。可是他曾经到过那边，据说他到城中各处寻找我去了。现在我很需要他的指教，因为虽然我心里觉得这也许是出于错误，而并非是一种疯狂的举动，可是这种意外和飞来的好运太有些未之前闻，无可理解了，我简直不敢相信我的眼睛。无论我的理智怎样向我解释，我总觉得不是我疯了便是这位小姐疯了。可是，真是这样的话，她一定不会那样井井有条，神气那么端庄地操持她的家务，指挥她的仆人，料理一切的事情，如同我所看见的那样。其中一定有些蹊跷。她来了。

【奥丽维娅及一牧师上。

奥丽维娅　不要怪我太性急。要是你没有坏心肠的话，现在就跟我和这位神父到我家的礼拜堂里去吧。当着他的面前，在那座圣堂的屋顶下，你要向我充分证明你的忠诚，好让我小气的、多疑的心安定下来。他可以保守秘密，直到你愿意宣布出来按照我的身份的婚礼将在什么时候举行。你说怎样？

西巴斯辛　我愿意跟你们两位前往；
立过的盟誓永没有欺罔。

奥丽维娅　走吧，神父；但愿天公作美，
一片阳光照着我们酣醉！（同下）

第五幕

第一场　奥丽维娅宅前街道

【小丑及费边上。

费　边　看在咱们交情的分上，让我瞧一瞧他的信吧。

小　丑　好费边先生，请答应我一个请求。

费　边　尽管说吧。

小　丑　别向我要这封信看。

费　边　这就是说，把一条狗给了人，要求的代价是，再把那条狗要回。

【公爵、薇奥拉、丘里奥及侍从等上。

公　爵　朋友们，你们是奥丽维娅小姐府中的人吗？

小　丑　是的，殿下，我们是附属于她的一两件零星小物。

公　爵　我认识你，你好吗，我的好朋友？

小　丑　不瞒您说，殿下，我的仇敌使我好些，我的朋友使我坏些。

公　爵　恰恰相反，你的朋友使你好些。

小　丑　不，殿下，坏些。

公　爵　为什么呢？

小　丑　呃，殿下，他们称赞我，把我当作驴子一样愚弄，可是我的仇敌坦白地告诉我说我是一头驴子。因此，殿下，多亏我的仇敌我才能明白我自己，我的朋友却把我欺骗了。因此，结论就像接吻一样，说四声“不”就等于说两声“请”，这样一来，当然是朋友使我坏些，仇敌使我好些了。

公　爵　啊，这说得好极了！

小　丑　凭良心说，殿下，这一点不好，虽然您愿意做我的朋友。

公　爵　我不会使你坏些。这些钱给你。

小　丑　倘不是害怕犯了骗人钱财的罪名，殿下，我倒希望您把它再加一倍。

公　爵　啊，你给我出的好主意。

小　丑　把您的慷慨的手伸进您的袋里去，殿下，只这一次，不要犹疑吧。

公　爵　好吧，我姑且来一次罪上加罪，拿去。

小　丑　掷骰子有幺二三；古话说，“一不做，二不休，三回才算数”；跳舞要用三拍子；您只要听圣班纳特教堂的钟声好了，殿下——一，二，三。

公　爵　你这回可骗不动我的钱了。要是你愿意去对你小姐说我在这儿要见她，同着她到这儿来，那么也许会再唤醒我的慷慨来的。

小　丑　好吧，殿下，给您的慷慨唱个安眠歌，等着我回来吧。我去了，殿下，可是我希望您明白我的要钱并不是贪财。好吧，殿下，就照您的话，让您的慷慨打个盹儿，我等一会儿再来叫醒他吧。（下）

薇奥拉　殿下，搭救我的那个人来了。

【安东尼奥及警吏上。

公　爵　他那张脸我记得很清楚，可是上次我见他的时候，他脸上涂得黑黑的，就像烽烟里的乌尔冈一样。他是一只吃水量和体积都很小的舰上的舰长，可是使我们舰队中最好的船只大遭损失，就是心怀嫉恨的、给他打败的人也不得不佩服他。怎么回事？

警　吏　启禀殿下，这就是在坎迪地方把“凤凰号”和它的货物劫了去的安东尼奥，也就是在“猛虎号”上把您的侄公子泰特斯削去了腿的那人。我们在这儿的街道上看见他穷极无赖，在跟人家打架，因此抓来了。

薇奥拉　殿下，他曾经拔刀相助，帮过我忙，可是后来对我说了一番奇怪的话，似乎发了疯似的。

公　爵　好一个海盗！在水上行窃的贼徒！你怎么敢凭着你的愚勇，投身到被你用血肉和巨量的代价结下冤仇的人们的手里呢？

安东尼奥　尊贵的奥西诺，请许我洗刷去您给我的称呼。安东尼奥从来不曾做过海盗或贼徒，虽然我有充分的理由和原因承认我是奥西诺的敌人。一种魔法把我吸引到这儿来。在您身边的那个最没有良心的孩子，是我从汹涌的怒海的吞噬中救了出来的，否则他已经毫无希望了。我给了他生命，又把我的友情无条件地完全给了他。因为他的缘故，纯粹出于爱心，我冒着危险出现在这个敌对的城里，见他给人包围了，就拔剑相助。可是我遭到逮捕，他的狡恶的心肠因恐我连累他受罪，便假装不认识我，一刹那就像已经暌违了二十年似的，甚至于我在半点钟前给他任意使用的我自己的钱袋，也不肯还给我。

薇奥拉　怎么会有这种事呢？

公　爵　他在什么时候到这城里来的？

安东尼奥　今天，殿下。三个月来，我们朝朝夜夜都在一起，不曾有一分钟分离过。

【奥丽维娅及侍从等上。

公　爵　这里来的是伯爵小姐，天神降临人世了！——可是你这家伙，完全在说疯话，这孩子已经侍候我三个月了。那种话等会儿再说吧。把他带到一旁去。

奥丽维娅　殿下有什么下示？除了断难遵命的一件事之外，凡是奥丽维娅力量所能及的，一定愿意效劳。——西萨里奥，你失了我的约啦。

薇奥拉　小姐！

公　爵　温柔的奥丽维娅！——

奥丽维娅　你怎么说，西萨里奥？——殿下——

薇奥拉　我的主人要跟您说话，地位关系我不能开口。

奥丽维娅　殿下，要是您说的仍旧是那一套，我可已经听厌了，就像奏过音乐以后的号叫一样令人不耐。

公　爵　仍旧是那么残酷吗？

奥丽维娅　仍旧是那么坚定，殿下。

公　爵　什么，坚定得不肯改变一下你的乖僻吗？你这无礼的女郎！向着你的无情的不仁的祭坛，我的灵魂已经用无比的虔诚吐露出最忠心的献礼。我还有什么办法呢？

奥丽维娅　办法就请殿下自己斟酌吧。

公　爵　假如我狠得起那么一条心，为什么我不可以像临死时的埃及大盗[①]一样，把我所爱的人杀死呢？蛮性的嫉妒有时也带着几分高贵的气质。但是你听我说：既然你漠视我的诚意，我也有几分明白谁在你的心中夺去了我的位置，你就继续做你的铁石心肠的暴君吧。可是你所爱着的这个宝贝，我当天发誓我曾经那样宠爱着他，我要把他从你的那双冷酷的眼睛里除去，免得他傲视

① 事见赫利俄多洛斯所著希腊浪漫故事《埃塞俄比亚人》。

他的主人。来，孩子，跟我来。我的恶念已经成熟：

　　我要牺牲我钟爱的羔羊，

　　白鸽的外貌乌鸦的心肠。（走）

薇奥拉　我甘心愿受一千次死罪，

　　只要您的心里得到安慰。（随行）

奥丽维娅　西萨里奥到哪儿去？

薇奥拉　追随我所爱的人，

　　我爱他甚于生命和眼睛，

　　远过于对于妻子的爱情。

　　愿上天鉴察我一片诚挚，

　　倘有虚谎我决不辞一死！

奥丽维娅　哎哟，他厌弃了我！我受了欺骗了！

薇奥拉　谁把你欺骗？谁给你受气？

奥丽维娅　才不久你难道已经忘记？——请神父来。（一侍从下）

公　爵　（向薇奥拉）去吧！

奥丽维娅　到哪里去，殿下？西萨里奥，我的夫，别去！

公　爵　你的夫？

奥丽维娅　是的，我的夫。他能抵赖吗？

公　爵　她的夫，嘿？

薇奥拉　不，殿下，我不是。

奥丽维娅　唉！是你的卑怯的恐惧使你否认了自己的身份。不要害怕，西萨里奥，别放弃了你的地位。你知道你是什么人，要是承认了，你就跟你所害怕的人并肩相埒了。

【牧师上。

奥丽维娅　啊，欢迎，神父！神父，我请你凭着你的可尊敬的身份，到这里来宣布你所知道的关于这位少年和我之间不久以前的事情；虽然我们本来预备保守秘密，但现在不得不在时机未到之前公布了。

牧　师　一个永久相爱的盟约，已经由你们两人握手缔结，用神圣的吻证明，用戒指的交换确定了。这婚约的一切仪式，都由我主持做证，照我的表上所指示，距离现在我不过向我的坟墓走了两小时的行程。

公　爵　唉，你这骗人的小畜生！等你年纪再大一些，你会是个怎样的人呢？

也许你过分早熟的奸诡，

反会害你自己身败名毁。

别了，你尽管和她论嫁娶；

可留心以后别和我相遇。

薇奥拉　殿下，我要声明——

奥丽维娅　不要发誓，

放大胆些，别亵渎了神祇！

【安德鲁·艾古契克爵士头破血流上。

安德鲁　看在上帝的份上，叫个外科医生来吧！立刻去请一个来瞧瞧托比爵士。

奥丽维娅　什么事？

安德鲁　他把我的头给打破了，托比爵士也给他弄得满头是血。看在上帝的份上，救救命吧！谁要是给我四十镑钱，我也宁愿回到家里去。

奥丽维娅　谁干了这种事，安德鲁爵士？

安德鲁　公爵的跟班名叫西萨里奥的。我们把他当作一个胆小鬼，哪晓得他简直是个魔鬼。

公　爵　我的跟班西萨里奥？

安德鲁　他妈的！他就在这儿。你无缘无故敲破我的头！我不过是给托比爵士怂恿了才动手的。

薇奥拉　你为什么对我说这种话呢？我没有伤害你呀。你自己无缘无故向我拔剑，可是我对你很客气，并没有伤害你。

安德鲁　假如一颗血淋淋的头可以算得上是伤害的话，你已经把我伤害了。我想你以为满头是血是算不了一回事的。托比爵士一瘸一拐地来了——

【托比·培尔契爵士由小丑搀扶醉步上。

安德鲁　你等着瞧吧：如果他刚才不是喝醉了，你一定会尝到他的厉害手段。

公　爵　怎么，先生！你怎么啦？

托　比　有什么关系？他把我打坏了，还有什么别的说的？傻瓜，你有没有看见狄克医生，傻瓜？

小　丑　喔！他在一个钟头之前喝醉了，托比老爷，他的眼睛在早上八点钟就昏花了。

托　比　那么他便是个踱着八字步的混蛋。我顶讨厌酒鬼。

奥丽维娅　把他带走！谁把他们弄成这样子的？

安德鲁　我来扶着您吧，托比爵士，咱们一块儿裹伤口去。

托　比　你来扶着我？蠢驴，傻瓜，混蛋，瘦脸的混蛋，笨鹅！

奥丽维娅　招呼他上床去，好好看顾一下他的伤口。（小丑、费边、托比、安德鲁同下）

【西巴斯辛上。

西巴斯辛　小姐，我很抱歉伤了令亲。可是即使他是我的同胞兄弟，为了自卫起见我也只好出此手段。您用那样冷淡的眼光瞧着我，我知道我一定冒犯您了；原谅我吧，好人，看在不久以前我们彼此立下的盟誓份上。

公　爵　一样的面孔，一样的声音，一样的装束，化成了两个身体。一副天然的幻镜，真实和虚妄的对照！

西巴斯辛　安东尼奥！啊，我的亲爱的安东尼奥！自从我不见了你之后，我的时间过得多么痛苦啊！

安东尼奥　你是西巴斯辛吗？

西巴斯辛　难道你不相信是我吗，安东尼奥？

安东尼奥　你怎么会分身呢？把一只苹果切成两半，也不会比这两人更为相像。哪一个是西巴斯辛？

奥丽维娅　真奇怪呀！

西巴斯辛　那边站着的是我吗？我从来不曾有过一个兄弟，我又不是一尊无所不在的神明。我只有一个妹妹，但已经被盲目的波涛卷去了。对不住，请问你我之间有什么关系？你是哪一国人？叫什么名字？谁是你的父母？

薇奥拉　我是梅萨林人。西巴斯辛是我的父亲，我的哥哥也是一个像你一样的西巴斯辛，他葬身于海洋中的时候也穿着像你一样的衣服。要是灵魂能够照着在生时的形状和服饰出现，那么你是来吓我们的。

西巴斯辛　我的确是一个灵魂，可是还没有脱离我的生而具有的物质的皮囊。你的一切都能符合，只要你是个女人，我一定会让我的眼泪滴在你的脸上，而说，“大大地欢迎，溺死了的薇奥拉！”

薇奥拉　我的父亲额角上有一颗黑痣。

西巴斯辛　我的父亲也有。

薇奥拉　他死的时候薇奥拉才十三岁。

西巴斯辛　唉！那记忆还鲜明地留在我的灵魂里。他的确在我妹妹刚满十三岁的时候了结了他的一生。

薇奥拉　假如只是我这一身僭妄的男装阻碍了我们彼此的欢欣，那么等一切关于地点、时间、遭遇的枝节完全衔接，证明我确是薇奥拉之后，再拥抱我吧。我可以叫一个在这城中的船长来为我证明，我的女衣便是寄放在他那里的。多亏他的帮忙，我才侥幸保全了生命，能够来侍候这位尊贵的公爵。此后我便一直奔走于这位小姐和这位贵人之间。

西巴斯辛　（向奥丽维娅）小姐，原来您是弄错了，但那也是心理上的自然的倾向。您本来要跟一个女孩子订婚，可是拿我的生命起誓，您的希望并没有落空。您现在同时是一个女人和一个男人的未婚妻了。

公　爵　不要惊骇，他的血统也很高贵。要是这件事情果然是真，看来似乎不是一面骗人的镜子，那么在这番最幸运的覆舟里我也要沾点儿光。（向薇奥拉）孩子，你曾经向我说过一千次绝对不会像爱我一样爱着一个女人。

薇奥拉　那一切的话我愿意再发誓证明，那一切的誓我都要坚守在心中，就像分隔昼夜的天球中蕴藏着的烈火一样。

公　爵　把你的手给我，让我瞧你穿了女人的衣服是什么样子。

薇奥拉　把我带上岸来的船长那里存放着我的女服，可是他现在跟这儿小姐府上的管家马伏里奥有点讼事，被拘留起来了。

奥丽维娅　一定要他把他放出来。去叫马伏里奥来。——唉。我现在记起来了，他们说，可怜的人，他的神经病很厉害呢。因为我自己在大发其疯，所以把他的疯病完全忘记了。

【小丑持信及费边上。

奥丽维娅　他怎样啦，小子？

小　丑　启禀小姐，他总算很尽力抵挡着魔鬼。他写了一封信给您。我本该今天早上就给您的，可是疯人的信不比福音，送没送到都没什么关系。

奥丽维娅　拆开来读给我听。

小　丑　傻子要念疯子的话了，请你们洗耳恭听。（读）“凭着上帝的名义，小姐——”

奥丽维娅　怎么！你疯了吗？

小　丑　不，小姐，我在读疯话呢。小姐您既然要我读这种东西，那么您就得准许我疯声疯气地读。

奥丽维娅　请你读得清楚一些。

小　丑　我正是在这样做，小姐，可是他的话怎么写，我就只能怎么读。所以，我的好公主，请您还是全神贯注，留意倾听吧。

奥丽维娅　（向费边）喂，还是你读吧。

费　边　（读）“凭着上帝的名义，小姐，您屈待了我，全世界都要知道这回事。虽然您已经把我幽闭在黑暗里，叫您的醉酒的令叔看管我，可是我的头脑跟小姐您一样清楚呢。您自己骗我打扮成那个样子，您的信还在我手里，我可以用它来证明我自己的无辜，可是您的脸上不好看哩。随您把我怎么看待吧。因为冤枉难明，不得不暂时僭越了奴仆的身份，请您原谅。被虐待的马伏里奥上。”

奥丽维娅　这封信是他写的吗？

小　丑　是的，小姐。

公　爵　这倒不像是个疯子的话哩。

奥丽维娅　去把他放出来，费边，带他到这儿来。（费边下）殿下，等您把这一切再好好考虑一下之后，如果您不嫌弃，肯认我作一个亲戚，而不是妻子，那么同一天将庆祝我们两家的婚礼，地点就在我家，费用也由我来承担。

公　爵　小姐，多蒙厚意，敢不领情。（向薇奥拉）你的主人解除你的职务了。你事主多么勤劳，全然不顾那种职务多么不适于你的娇弱的身份和优雅的教养，你既然一直把我称作主人，从此以后，你便是你主人的主妇了。握着我的手吧。

奥丽维娅　你是我的妹妹了！

【费边偕马伏里奥重上。

公　爵　这便是那个疯子吗？

奥丽维娅　是的，殿下，就是他。——怎样，马伏里奥！

马伏里奥　小姐，您屈待了我，大大地屈待了我！

奥丽维娅　我屈待了你吗，马伏里奥？没有的事。

马伏里奥　小姐，您屈待了我。请您瞧这封信。您能抵赖说那不是您写的吗？您能写几笔跟这不同的字，几句跟这不同的句子吗？您能说这不是您的图章，不是您的大作吗？您可不能否认。好，那么承认了吧，凭着您的贞洁告诉我：为什么您向我表示这种露骨的恩意，吩咐我见您的时候脸带笑容，扎着十字交叉的袜带，穿着黄袜子，对托比大人和底下人要皱眉头？我满心怀着希望，一切服从您，您怎么要把我关起来，禁锢在暗室里，叫牧师来看我，给人当作闻所未闻的大傻瓜愚弄？告诉我为什么？

奥丽维娅　唉！马伏里奥，这不是我写的，虽然我承认很像我的笔迹，但这一定是玛利娅写的。现在我记起来了，第一个告诉我你发疯了的就是她，那时你便一路带笑而来，打扮和动作的样子就跟信里所说的一样。你别恼吧，这场诡计未免太恶作剧，等我们调查明白原因和主谋的人之后，你可以自己兼作原告和审判官来断这件案子。

费　边　好小姐，听我说，不要让争闹和口角来打断了当前这个使我惊喜交加的好时光。我希望您不会见怪，我坦白地承认是我跟托比老爷因为看不惯这个马伏里奥的顽固无礼，才想出这个计策来。因为托比老爷央求不过，玛利娅才写了这封信。为了酬劳她，他已经跟她结婚了。假如把两方所受到的难堪衡情酌理地判断起来，那么这种恶作剧的戏谑可供一笑，也不必计较了吧。

奥丽维娅　唉，可怜的傻子，他们太把你欺侮了！

小　丑　嘿，“有的人是生来的富贵，有的人是挣来的富贵，有的人是送上来的富贵。”这本戏文里我也是一个角色呢，老爷，托巴斯师傅就是我，老爷，但这没有什么相干。“凭着上帝起誓，傻子，我没有疯。”可是您记得吗？“小姐，您为什么要对这么一个没头脑的混蛋发笑？您要是不笑，他就开不了口啦。”六十年风水轮流转，您也遭了报应了。

马伏里奥　我一定要出这口气，你们这群东西一个都不放过。（下）

奥丽维娅　他给人欺侮得太不成话了。

公　爵　追他回来，跟他讲个和，他还不曾把那船长的事告诉我们哩。等我们知道了以后，假如时辰吉利，我们便可以举行郑重的婚礼。贤妹，我们现在还不会离开这儿。西萨里奥，来吧，当你还是一个男人的时候，你便是西萨里奥——

等你换过了别样的衣裙，
你才是奥西诺心上情人。（除小丑外均下）

歌

小　丑　当初我是个小儿郎，
嗨，呵，一阵雨儿一阵风；
做了傻事毫不思量，

朝朝雨雨呀又风风。

年纪长大啦不学好，
嗨，呵，一阵雨儿一阵风；
闭门羹到处吃个饱，
朝朝雨雨呀又风风。

娶了老婆，唉！要照顾，
嗨，呵，一阵雨儿一阵风；
吹牛医不了肚子饿，
朝朝雨雨呀又风风。

一壶老酒往头里灌，
嗨，呵，一阵雨儿一阵风；
掀开了被窝三不管，
朝朝雨雨呀又风风。

开天辟地有几多年，
嗨，呵，一阵雨儿一阵风；
咱们的戏文早完篇，
愿诸君欢喜笑融融！（下）